AIMER
À EN MOURIR

MEG O'BRIEN

AIMER
À EN MOURIR

Traduit de l'américain par
Edith Ochs

ÉDITIONS DU
ROCHER
Jean-Paul Bertrand

Titre original : *I'll Love You Till I Die*, St. Martin's Paperbacks, 1995.

ISBN 2 268 02951 4

Pour Robin, Greg, Amy, Kevin et Kaiti,
avec tout mon amour.

J'aimerais également rappeler le souvenir de ma tante,
Marie Catherine Moore, qui a su transformer en joie
les peines de mon enfance, et qui,
bien qu'elle m'ait été enlevée beaucoup trop tôt,
reste présente dans mon cœur.

1

On dit qu'aimer avec abnégation, sans réserve, est l'acte le plus noble de l'âme humaine. On dit que c'est une bénédiction en soi.

Mais qui dit cela ? Je n'en sais rien. Certainement pas moi, plus maintenant. Quand je scrute par-delà le paysage vaste et vide de mon âme aujourd'hui, je ne vois que les nuages qui cheminent à nouveau.

Je les vois au-dessus de l'amoncellement des collines, où David et moi nous sommes rencontrés pour la première fois. Je sens leur brume froide qui m'enveloppe, comme elle m'enveloppait certains jours d'été dans la prairie, là-bas, derrière notre maison. La voyez-vous, notre maison ? Elle est délabrée à présent, ses vitres brisées semblables à des yeux béants, effarés d'avoir vu trop de souffrance en trop peu de temps. On peut assumer des choses terribles, je pense, si elles ne fondent pas sur vous comme un train fou fonçant dans la nuit. Si on arrive à sauter en marche pour reprendre son souffle, on peut alors penser à des banalités et, peut-être, tenir le coup. « Ah oui, c'est affreux, vous dit-on, mais enfin, Dieu ne nous donne jamais plus que nous n'en pouvons supporter. »

Pourtant, quand le Train noir dévale la voie à toute allure sans prévenir – quand on n'a pas la place de courir un peu pour se mettre à l'abri – on ne peut qu'attendre debout de se faire écraser.

Et, bien sûr, cela n'empêchera pas qu'on vienne vous trouver après avec d'autres banalités. « La volonté divine, diront-ils en claquant la langue d'un air chagrin. La volonté divine. »

Pennoryn… Je le revois en cet instant dans mon imagination, juste après le virage, sur cette route de Cornouailles. Niché entre les collines, qui creusent un V tendre, velouté, semblable au point de jonction d'un corps de femme. Rien de plus normal, en somme. C'est là, dans cette maison, que je me suis révélée en tant que femme pour la première fois. Mon corps s'est ouvert à David sans qu'il soit nécessaire de beaucoup le convaincre, comme si, durant mes vingt-huit ans d'existence, il n'avait attendu que ce moment. Il l'avait attendu en sachant qu'il viendrait.

Lorsque je vis David pour la première fois, des larmes me montèrent aux yeux. On dit que c'est comme ça pour l'âme sœur. On dit qu'on « sait ». Que tout en vous le sait : votre tête, votre cœur, votre être tout entier.

Il en fut ainsi pour moi. Je regardai David cette première fois et je nous vis ensemble dans une maison exactement semblable à celle qu'il construisit pour nous là-bas, au bord de la prairie, près de notre colline. Je nous vis travailler côte à côte dans un jardin de primevères et de marguerites, de roses trémières et de lilas géants. Je rêvais de nous, assis sur une balancelle, main dans la main, par de douces soirées de printemps, et nous imaginais écrasant des moucherons et grattant les oreilles d'un bon vieux chien aux yeux expressifs. Je rêvais…

Bon, suffit. Comme je l'ai déjà dit : je « savais ».

Peu avant notre mariage, David bâtit notre maison avec l'aide d'une petite équipe d'ouvriers venus de Fowey. Je lui apportais des bouteilles glacées de sa boisson préférée, pissenlit et bardane, puis je m'asseyais sur le mur en torchis tout proche pour le regarder, avec ses muscles qui ondulaient sous l'effort, ses cheveux blonds dans le cou, décolorés par le soleil. Je ne me lassais jamais d'observer David. J'étais comme ces femmes de politiciens qu'on voit, pendues aux lèvres de leur homme.

Puis, quand notre maison fut bâtie et que ce fut le tour du jardin, David se mit à écrire des livres pendant que je taillais les buissons de marguerites. Je souhaitais qu'une des pièces soit une chambre d'enfant ; David la voulait pour bureau. Il prit l'habitude d'y dormir quand il travaillait tard la nuit.

Que David et moi en viendrions à dormir séparément plus souvent qu'ensemble, je ne le « savais » pas. Je ne l'avais pas prévu. Il y avait beaucoup de choses que je n'avais pas prévues.

Le docteur d'ici dit que je vivais dans un rêve. Moi, je dis que je vivais dans le souffle d'une prière. Depuis les jours les plus lointains de mon enfance, je me souviens d'avoir voulu quelqu'un « exactement comme David ». Quelqu'un pour partager de vrais secrets, pour rire et faire des choses folles, extravagantes. Nous nous mettions tout à coup à chanter ensemble, pour un oui ou pour un non – de ces chansons qu'on braille, en chahutant, comme celles qu'on apprend à l'école : *Il était un petit navire…*

David m'a apporté tant de joie. Il suffisait que je plonge mon regard dans le sien, que je l'entende prononcer mon nom, et j'aurais fait n'importe quoi, je serais devenue n'importe quoi.

Le docteur dit que c'est pour cela que je suis ici. Qu'aimer ainsi, à corps perdu, m'a aussi donné la souffrance.

Je sais que le docteur a raison. Je le vois aussi nettement que je revois toujours, en imagination, Pennoryn – la maison que nous avons bâtie – bien qu'elle soit fermée depuis huit mois maintenant. Je revois la mare un peu sur le côté, et les canetons qui y naissaient au printemps. J'entends les alouettes dans les ormes, dont les branches frottaient contre les fenêtres au-dessus de notre lit. Je revois David s'agenouiller devant la grande cheminée de pierre, ce dernier soir, pour y ajouter une lourde bûche de chêne, son beau visage empourpré par les flammes.

Je revois le couteau qui plonge comme l'éclair, s'enfonce dans son dos. Le sang bouillonne. Je crie : « Non ! » Je sens la vie quitter mon corps et mon âme pour rejoindre la sienne. Je sens que nous nous touchons, nous confondons en une seule flamme, unis l'un à l'autre dans la mort. Puis je sens qu'on me l'arrache et que ma chair renaît à la vie. Je me revois la combattre, je veux mourir, disparaître, le néant et, dans ma tête, je deviens de plus en plus petite jusqu'à n'être plus qu'un point minuscule dans un vaste tunnel noir. À l'autre extrémité du tunnel se tient David, la main tendue et couverte de sang. Il tente de m'atteindre, de m'attirer à lui, mais maintenant les vents se déchaînent autour de moi, et les vents ont des voix, des voix qui me disent que, cette fois, je n'ai pas le choix, je ne peux pas y aller.

Depuis, j'ai vécu un semblant de vie dans cet hôpital – pas malade comme quelqu'un dans le coma, mais pas vivante non plus. Des mois durant, on m'a déplacée, vêtue et nourrie. Ils disent que je les ai aidés, que j'en savais assez pour mâcher et glisser les bras dans les bons trous. Pourtant, je ne me souviens de rien. C'est comme si, dans ma tête, je dormais. « Retirée », disent-ils. C'est de la psychologie. Mais, peu à peu, il y eut de brefs instants de lumière. De mémoire. J'ai commencé à voir le visage de David. J'entendais sa voix comme je l'entends maintenant, et elle m'appelait alors comme maintenant : « Joanna, Joanna, viens… »

Cette fois, il n'y a plus ni vents, ni tunnel, seulement mon cœur qui me dit de partir. De rentrer à la maison. Il y a des choses que je dois savoir, et toutes les réponses se trouvent à Pennoryn.

2

« Quel est votre souvenir d'enfance le plus marquant ? » interroge l'examinateur.

Je réponds avec une animation feinte, car je sais ce qu'ils cherchent : du normal, quelque chose qui ne soit pas entrelacé de cette douleur qui jaillit, tel un « rire déplacé », et vous renvoie à l'asile.

Je me penche en avant sur ma chaise en bois. « J'ai adoré mon enfance ici, en Cornouailles. Et Mevagissey se trouve sur la côte, vous savez. Le port date du début du quinzième siècle et la ville s'appelait alors Lavorrick, ou peut-être Lammorrick. Maintenant, bien sûr, on vend partout des T-shirts et des glaces, mais quand j'étais petite… »

Les examinateurs échangent un coup d'œil. Je parle trop. *Ralentis.*

« Vous êtes allée à Mevagissey, ces derniers temps ? demande un homme sombre, vêtu de noir, qui ressemble plus à un croque-mort qu'à un docteur. Avant de venir ici, je veux dire ? »

Cela fait huit mois pleins que je suis arrivée à Whitehurst : six passés dans cet état d'absence, et les deux derniers à « revenir », à me bagarrer pour me souvenir de ce qui s'est passé dans les semaines qui ont précédé la mort de David. Je me souviens de la plus grande partie. Pourtant, il y a d'énormes trous noirs et, quand je commence à les explorer, je me sens vraiment mal.

Évidemment, je n'en dis rien aux trois acolytes. C'est à eux qu'il incombe de confirmer ou non l'avis du médecin m'autorisant à partir.

« Je ne suis pas retournée à Mevagissey depuis mon mariage, dis-je. Plus d'un an et demi, maintenant, non ? Mais j'ai un ami, là-bas, un artiste. Il m'envoie des cartes postales, quelquefois. »

Un troisième personnage aux ongles courts et manucurés s'empare d'un dossier, qu'il feuillette. « Je vois que vous avez aussi de la famille à Mevagissey… Si vous partez d'ici, allez-vous retourner chez eux ?

– Non. » La réponse fuse et, de nouveau, ils échangent des coups d'œil. Je me reprends, avec juste un petit trémolo dans la voix : « J'aimerais rentrer chez moi.

– Dans votre maison, vous voulez dire, à Pennoryn ?

– Oui. »

Il y a un silence pesant. Ces hommes… ces hommes tiennent ma vie entre leurs mains. Sans leur autorisation de sortir, je suis prisonnière ici.

Je m'efforce de faire apparaître mon retour comme une question de bon sens.

« J'aime Pennoryn. C'est plutôt petit et tranquille, avec des arbres, des fleurs et des oiseaux. Je pourrai finir de me rétablir.

– Parce que vous n'avez pas encore l'impression d'être rétablie ? »

Je me dépêche de corriger : « Oh, ce n'est pas ce que je voulais dire. Je voulais juste dire que je pourrais réapprendre à mener une vie normale sans être trop stressée. Le docteur Shahi me l'a conseillé. Il reconnaît lui aussi que Pennoryn semble être l'endroit idéal.

– Vous avez été… déconnectée du réel pendant six bons mois », dit l'homme manucuré en sélectionnant minutieusement ses mots. Je remarque que l'ongle d'un pouce est rongé jusqu'au sang. « Vous devriez être avec des gens qui vous connaissent, quelqu'un à qui parler.

– Ce n'est pas un problème. J'ai des voisins tout près.

– Charlotte Dean ? »

Je lève les yeux, surprise.

« Son nom se trouve dans le rapport de police, explique-t-il. Dites-moi, que vous rappelez-vous de la mort de votre mari ? »

De la mort de David, voici ce dont je me souviens, dis-je : du couteau qui plonge comme l'éclair, de la terrible lueur rouge du feu sur l'acier, du coup presque physique qui m'a traversé le cœur. Après ça, plus rien.

« Le docteur Shahi pense que ça reviendra avec le temps, conclus-je.

– Je crois savoir que la police n'a pas classé l'affaire... », intervient un homme à la tonsure jaunâtre. Les mots restent en suspens pendant qu'il se tète la langue et fait une grimace perplexe, comme si son crâne était un citron dont il suçait l'amertume.

« Non, pas encore. »

Un inspecteur du nom de Goff est venu me voir à l'hôpital le matin où je suis « revenue ». Il désirait beaucoup entendre mon récit de cette nuit-là, puisqu'il était sur l'affaire depuis le début et n'attendait que cette occasion. (On soupçonne toujours en premier la femme ou le mari, dans ce genre de situation, c'est du moins ce qu'on m'a dit.) Mais je n'avais aucun souvenir, aucune histoire à raconter. Comme je n'avais rien à lui fournir qui lui permettrait de me prendre en défaut, il n'avait pas l'air content.

Eh bien, on pourrait croire que le bon sens l'aurait incité à aller chercher ailleurs. On m'avait attaquée, moi aussi, laissée sans connaissance et il n'y avait pas d'arme du crime à proximité.

Par-dessus le marché, Charlotte et Henry – l'inspecteur me l'avait lui-même répété – avaient repéré quelqu'un vêtu de sombre qui courait sur la route, alors qu'ils roulaient vers Pennoryn pour venir nous voir, ce soir-là. Les rapports de police ont confirmé qu'il y avait eu un cambriolage plus tôt cette même semaine dans la région, une ferme à moins de cinq kilomètres de la mienne.

« Je crois qu'on a décidé de conclure pour le moment qu'il s'agissait d'un cambrioleur, dis-je.

– C'est ce que nous avons cru comprendre, confirme l'homme à la tonsure jaunâtre. Et c'est aussi ce qui nous inquiète. Si le tueur court toujours et apprend que vous retrouvez la mémoire… que vous risquez d'être capable de le reconnaître…

– Au moindre doute, j'appellerai la police. Je ne veux pas d'histoire. »

J'avais déjà passé tout cela en revue avec le docteur Shahi : ce que j'étais censée faire ou pas. Ces deux derniers mois, depuis que je suis revenue, on m'a fait suivre une thérapie après l'autre, sans arrêt. J'ai donc appris à me surveiller, à marcher sur des œufs.

« Le docteur Shahi vous a sûrement dit que le coup que vous avez reçu sur la tête n'est pas responsable de votre état ?

– Oui. Il m'a dit que c'était à cause du choc psychologique que je m'étais retirée de la réalité… dans ma tête.

– Parlez-nous encore de votre enfance », intervient le « croque-mort ».

Je vois rouge. C'est tout ce qui compte pour eux ici. Depuis deux mois : « Parlez-nous de votre enfance, de votre enfance, de votre enfance. » À chaque récit, cette époque devient plus paisible mais aussi plus lointaine, comme un manuscrit si souvent remanié qu'on en a effacé la vie en le vidant de son énergie et de sa substance.

« J'ai eu une enfance merveilleuse, dis-je en m'efforçant de nouveau d'y mettre du cœur. Je me rappelle l'école primaire de Mevagissey, avec les prières et les hymnes du matin, et qu'on apprenait à compter avec des petits coquillages. Je me souviens des nuages de poussière de craie s'échappant du chiffon du tableau noir, et des petits encriers de porcelaine dans les pupitres. » Je me penche en avant et ma voix monte d'un cran. « À Tregony Hill, il y avait une usine de sardines, dont l'odeur était abominable. C'est un affreux poisson gras, vous savez, et les enfants avaient l'habitude de s'y faufiler après l'école pour regarder quand on leur coupait la tête et qu'on leur vidait les boyaux. Ensuite, on jouait dans les caisses d'emballage. Elles étaient incrustées d'écailles et de sang figé… »

Je vois avec satisfaction une grimace de dégoût sur un visage. J'ajoute avec un sourire innocent : « C'est tout juste si les enfants se rendent compte de ce genre de chose, vous savez.

– En effet. »

Ça s'agite sur les sièges et on se gratte la gorge.

« Et votre famille ? interroge l'homme sombre.

– Notre maison surplombait le quai. Elle était très ancienne et bâtie sur une butte. La porte d'entrée se trouvait en fait sur le toit. C'est par là qu'on entrait et on descendait l'escalier pour aller au salon. Les barreaux de la rampe étaient courts en haut et plus grands en bas. On pouvait descendre en tenant un bâton contre les barreaux et le ton changeait comme sur un xylophone. »

Un lourd soupir. « Madame Carr, tout cela est fort passionnant. Mais, franchement, ce que nous voudrions savoir, ce sont vos antécédents psychiatriques. Comment était votre mère ? Votre père ? » Un autre bruissement de papier. « Vous étiez la plus jeune de quatre enfants, à ce que je vois. Trois frères aînés. Étiez-vous heureuse ? »

Je n'hésite qu'un instant. Je croise les mains et me renverse dans mon fauteuil. « Qu'entendez-vous par là ? »

L'irritation lui fait hausser le ton. « Vous sentiez-vous en sécurité avec vos parents ? Étiez-vous bien traitée ?

– J'avais Michael.

– Michael… ?

– Mon ami, Michael Lamb. On se connaît depuis le primaire, depuis l'âge de six ans et on a toujours fait bloc. Contre les autres enfants, vous comprenez.

– Les autres étaient méchants avec vous ?

– Je pense qu'ils étaient plus méchants avec Michael qu'avec moi, parce qu'il venait d'une famille pauvre.

– Est-ce le même Michael que celui qui vous envoie des cartes postales ? »

Leur boulot, j'y pense, consiste à recueillir des détails de ce genre pour les épingler dans mon dossier. Si je ne me méfie pas, tous mes souvenirs vont se dessécher et se flétrir ici, comme les ailes d'un papillon de nuit. Je fais de mon mieux pour les protéger.

« Oui, Michael est artiste. Il a une galerie à Mevagissey. »

Je jette un œil par la fenêtre aux bâtiments gris sous un ciel bleu étincelant. L'air est doux et je meurs d'envie d'être à

Pennoryn. J'ai envie de m'allonger dans la prairie sous le soleil pour me souvenir…

Je me souviens que je venais de planter un parterre de primevères sous la fenêtre de la cuisine quand Michael est venu à Pennoryn pour la première fois. Il m'apportait en cadeau de mariage un lièvre sculpté dans la pierre. « Un petit copain pour te tenir compagnie quand tu fais le jardin, a-t-il dit en s'agenouillant dans l'herbe à côté de moi. Je n'ai pas voulu l'emballer. Il a besoin d'air et de soleil. »

Il m'adressa un large sourire et ses yeux bleus pétillaient de malice, comme lorsque nous étions enfants. Puis il frotta le nez du lièvre contre le mien.

Je ris, heureuse de le revoir après si longtemps, et ébouriffai sa tignasse noire indisciplinée. Nous avons disposé le lièvre entre les primevères, son petit museau et ses oreilles pointant au milieu, avant de conclure d'un commun accord qu'il avait l'air plutôt content. David, qui travaillait au bureau, avait demandé qu'on ne le dérange pas. Plus tard, quand il vit le lièvre, il ne lui accorda qu'un bref coup d'œil. « De la part de Michael Lamb, tu dis ? Il vient souvent ici ?

– Pas du tout. C'est la première fois. »

Je vis bien que mon mari n'était pas content, malgré tout. Nous nous étions disputés ce matin-là à cause des heures interminables qu'il passait, enfermé dans son bureau. Mariée depuis trois mois seulement, je me sentais négligée. Pourtant, je voulais qu'il réussisse. Je trouvais à m'occuper… le jardin, les oiseaux. Nous avions rarement du monde. « Je t'aime, Joanna, je te veux toute à moi pour le moment », disait-il.

J'ai appris que le plus important – le plus important dans la vie, peut-être – c'est d'apprendre à lire entre les lignes de l'amour. Il s'y trouve des messages et si nous n'écoutons pas avec la tête autant qu'avec le cœur, nous risquons de passer à côté.

« Madame Carr ? »

L'examinateur au crâne chauve me parle. Je remobilise mon attention. « Oui ?

– Vous ne nous avez pas encore parlé de Charlotte Dean. »

Curieusement, j'ai un goût de peur sur la langue. Je me racle la gorge. « Que voulez-vous savoir ? Charlotte est mon amie.

– D'après le rapport de police, elle et son mari sont arrivés les premiers sur les lieux du crime. Ils ont trouvé votre mari mort et vous, étendue près de la porte, inconsciente, une blessure à la tête.

– Oui. » *En déshabillé rouge*, avait précisé l'inspecteur. Gentiment recouverte d'une petite couverture habituellement posée sur la banquette. Ils n'en parlent pas – bien que, personnellement, si j'étais à leur place, je trouverais plutôt suspecte cette marque d'attention, comme si quelqu'un s'était inquiété pour moi.

« C'est Mme Dean qui vous a fait admettre ici, poursuit l'examinateur.

– Oui. » Charlotte avait signé pour me faire entrer à Whitehurst cette nuit-là. Ma mère, imaginez-vous, est venue plus tard pour leur accorder l'autorisation de me garder.

« Mme Dean est venue vous voir à plusieurs reprises. Vous souvenez-vous de l'avoir vue ?

– Une fois seulement, peu après que je, heu… que je suis revenue à moi. » J'ai encore du mal à évoquer mon retour à la conscience.

« C'était il y a deux mois, madame Carr. Elle n'est pas revenue depuis ?

– Je… non.

– Vous avez l'impression de pouvoir quand même compter sur son aide si nous vous laissons partir ? Si nous vous autorisons à rentrer chez vous ?

– Absolument. Cela fait des années que nous sommes amies. J'imagine qu'elle a dû être débordée ces temps-ci. »

Pourtant j'ai un tremblement au creux de l'estomac qui ne veut pas se calmer. Je ne suis plus sûre de rien et la vérité, elle est là. Il faut simplement que j'aie l'air convaincue si je veux pouvoir m'en aller d'ici.

L'infirmière, Mme Rimes, m'aide à faire mes valises. « Le docteur Shahi a dit qu'il passerait vous voir, me dit-elle, et son visage rubicond se plisse en un sourire triste. Je dois dire que vous allez me manquer, madame Carr. »

Je la serre dans mes bras. « Vous n'avez jamais réussi à m'appeler Joanna, hein ? »

Elle prend une brosse et je m'assois sur une chaise tandis qu'elle la passe doucement dans mes cheveux. C'est un rituel quotidien, qui a commencé peu après mon arrivée ici, d'après ce qu'elle m'a dit. « Regardez comme ils ont poussé, remarque-t-elle. Avec seulement un ou deux cheveux blancs, après toutes ces épreuves. Vous vous rendez compte ?

– Un ou deux, c'est pas mal à trente ans, madame Rimes.

– Pas du tout. J'en avais déjà plein à cet âge-là. Ma fille aussi.

– Ma foi, j'imagine que je n'en ai pas vraiment vu tant que ça ces derniers temps, à rester assise ici, ma tête dans un autre monde. C'est un peu trop tranquille. »

Je nous vois dans la glace de la commode, la brave femme aux allures de grand-mère derrière moi et mes longs cheveux châtains éclairés par le soleil. On croirait un tableau et cela me rappelle qu'avant d'épouser David, non seulement je travaillais dans une galerie, mais je fréquentais d'autres galeries et musées, mes jours de liberté.

Mon corps dans la glace est toujours menu, avec quelque chose de flou, semble-t-il. J'ai hâte de retrouver ma prairie pour y marcher. Mon teint est presque entièrement lisse sur des pommettes convenables, et la réflexion de David me revient : « Tu as le genre de visage qui ne vieillit pas. »

Je me penche en avant et scrute mon reflet en clignant des yeux. J'ai des petites rides autour des yeux et les paupières un peu gonflées. Cela n'existait pas il y a un an. J'effleure les rides, songeuse.

Un bruit se fait entendre à la porte et je me retourne pour voir entrer le docteur Shahi. Il a l'air content, comme s'il m'avait retirée tout seul du précipice – ce qui est presque vrai. C'est le docteur que je respecte le plus. Les autres s'imaginent qu'on a les réponses dans la tête. Le docteur Shahi, lui, cherche dans le cœur, où il sait qu'elles se cachent comme un blaireau apeuré jusqu'à ce que quelqu'un les ramène au grand jour au risque de se faire mordre.

« Vous êtes ravissante, Joanna. »

Il est grand, le teint sombre, le visage jeune pour ses cinquante ans, et les cheveux noirs grisonnants qui se redressent obstinément malgré ses efforts persistants à vouloir les discipliner. Son anglais est précis, avec juste une pointe d'accent qui lui reste de son enfance dans le Pendjab. J'en suis venue à considérer le docteur Shahi comme un père ou, peut-être, comme un grand frère. Je lui rends son sourire. « Merci. Je suis si heureuse de rentrer chez moi. » L'excitation me fait monter le rouge aux joues.

« Comme vous le savez, votre maison n'a pas été entretenue.

– Oui, Charlotte m'a prévenue. On l'a confiée à un fondé de pouvoir. Personne ne pouvait commander des travaux sans mon autorisation.

– Une bonne chose, c'est que vous n'avez pas à vous faire de soucis sur le plan financier pour le moment. Nous nous sommes renseignés. »

Je hoche la tête. Bien que mes économies personnelles, commencées des années avant mon mariage, se soient toutes envolées, l'argent que David m'a laissé a fait des petits pendant que j'étais ici.

« N'oubliez pas que je veux vous revoir dans trois semaines, dit-il avec douceur. Et vous avez promis de m'appeler tous les vendredis matin à dix heures. » C'est une des conditions à mon départ, et le docteur Shahi est suffisamment sensible pour savoir combien cette obligation me dérange.

« J'appellerai.

– De même qu'à tout autre moment, si vous avez besoin de parler.

– Absolument. »

Il fronce les sourcils, les mains dans les poches de sa blouse blanche. En dessous, il porte des pantalons noirs et à ses pieds plutôt petits, des chaussures noires impeccablement cirées. Il les tient sagement rapprochées l'une de l'autre, comme s'il avait appris cela à l'école et ne l'avait pas oublié.

« Je crains seulement que ce soit un peu tôt », explique-t-il.

Mon cœur chavire. « Vous n'allez pas…

– Changer d'avis ? Non. Pourtant, Joanna, je sais que vous

êtes capable de dissimuler. Nous savons l'un et l'autre que, dans une certaine mesure, vous avez piégé les examinateurs. »

Mon regard se détourne nerveusement, puis revient vers lui. « Vous le savez et vous me laissez partir quand même ?

– Je pense que le moment est venu. Maintenant que vous avez récupéré des forces sur le plan physique, il n'y a pas vraiment de raison de vous garder. Et puis… le retour à Pennoryn peut vous aider à retrouver la mémoire. Peut-être avez-vous besoin de ça pour pouvoir oublier. »

Je ris avec seulement un soupçon d'amertume.

Il sourit. « Ça paraît ironique, je sais. Mais c'est dans votre subconscient et ça cause des dégâts. »

Je soupire. « Comme les termites, je sais – invisibles jusqu'à ce que la maison s'écroule. » De ça aussi, nous avons déjà parlé.

« Vous comprenez bien que si les choses ne marchaient pas… »

Il ne finit pas la phrase, mais je le sais. *Vous devrez revenir*.

Il me tend la main et, dedans, il y a un sachet blanc. « Un petit cadeau d'adieu. De la lavande, précise-t-il, pour votre bain. » Je souris et le porte à mon nez pour humer sa senteur apaisante. Le docteur Shahi a une mini-serre dont chaque étagère est couverte de plantes. Il les distribue volontiers à ses patients. « Cela vous détendra, ajoute-t-il.

– Merci. » Je glisse le paquet parfumé dans ma valise. Mme Rimes s'affaire, boucle la valise et sort mon vieux manteau vert du placard. Elle renifle.

« Prenez soin de vous, conclut le docteur Shahi.

– Promis. »

Une partie de moi déteste dire adieu. L'autre est comme un cheval de course piaffant et écumant, impatient de voir les portes grandes ouvertes.

3

Il faut quarante minutes en longeant la côte pour arriver à Pennoryn, et la Ford de location se montre à la hauteur. Je me détends au volant, soulagée que le docteur Shahi m'ait emmenée auparavant faire un tour en voiture pour me réhabituer. De part et d'autre se trouvent les collines verdoyantes et les hautes falaises de Cornouailles ; pour moi, le plus beau panorama du monde. Je me sens si heureuse d'être libre, si légère, que j'ai l'impression que la voiture va s'envoler.

Pourtant – et je sursaute, car cette idée surgit au milieu de pensées tellement souriantes – mon mari est mort. Je rentre chez nous et, pour la première fois, il ne sera pas là. Comment puis-je ne pas être effondrée ? Or, j'exulte, toute joyeuse de retrouver ma liberté. Et puis, il y a quelque chose… quelque chose dont je ne me souviens pas bien, qui s'agite à la lisière de mon cerveau. Le sentiment obscur que la liberté que je célèbre va au-delà de ma libération de Whitehurst.

Ce n'est pas nouveau, d'ailleurs. Je n'ai cessé de répéter au docteur Shahi au cours de nos séances : « Je ne comprends pas. Pourquoi la pensée de David me remplit-elle tantôt de joie et tantôt de tristesse ?

– Cela reviendra s'il doit en être ainsi, m'a-t-il répondu. Entretemps, tenez-vous-en au présent. Remplissez-le de joie. »

Cette idée de m'en tenir au présent m'a irritée au-delà de toute expression, mais c'est sans doute ce qui m'a gardé la tête hors de l'eau. « À chaque jour suffit sa peine », disent les chrétiens, de même que le docteur Shahi m'exhorte à « vivre l'instant présent », et puisque tant de gens de convictions différentes l'enseignent, il me faut bien croire qu'il y a une vérité là-dedans. J'y suis presque parvenue dans mes bons jours.

En grignotant des biscuits posés sur le siège du passager, je me rappelle qu'il n'y a rien à manger à la maison. Juste deux berlingots de lait que Mme Rimes a tenu à ce que j'emporte – elle les avait fauchés à la cuisine de l'hôpital en même temps que les biscuits. Demain matin, j'irai au village. Le gaz et l'électricité ont été rétablis à la demande de l'hôpital, mais je dois m'occuper moi-même du téléphone. Ensuite, j'irai faire des courses.

« Vous pourriez demander à une femme de ménage de passer à l'avance, m'a proposé le docteur Shahi.

– Non, je ne veux personne là-bas pour le moment… J'ai d'abord besoin de reprendre possession des lieux. »

Les examinateurs ont trouvé mon ardeur curieuse mais pas suspecte. Le docteur Shahi a très bien compris.

Le soleil est à une heure ou deux au-dessus de l'horizon quand je tourne vers l'intérieur des terres, en direction de Pennoryn. Dix minutes plus tard, je commence à voir le renflement familier de la colline verdoyante et mon cœur bat plus vite. Mes mains deviennent moites sur le volant. J'appuie sur l'accélérateur et la Ford avale les derniers mètres. Bientôt, j'aperçois le faîte des ormes qui abritent notre maison, puis, au détour d'un dernier virage, Pennoryn. J'ai la gorge sèche.

Bâti en pierre au petit bonheur, Pennoryn a un étage surmonté d'un grenier. Ses hautes fenêtres sont rehaussées de blanc et, telle une image de carte postale, il est niché dans un tendre vallon. Sur le côté, à gauche, scintille la mare aux canards, tandis que les derniers rayons de soleil teintent de rose les hauts joncs qui y poussent et tremblotent sous la brise tiède.

L'excitation fait vibrer chacune de mes fibres, comme les joncs. *Je suis chez moi.*

Je pénètre dans l'allée de gravier, émue par le crissement

familier sous les roues. À peine garée, je bondis hors de la voiture et me tiens immobile, le temps d'intégrer la scène que j'ai sous les yeux. Mon cœur, me semble-t-il, va éclater.

Cela ressemble aux photos que Charlotte m'a apportées à l'hôpital : une fenêtre de devant brisée par les tempêtes, le décor blanc qui s'écaille, l'herbe trop haute. Mais je suis là. C'est ma maison et celle de David, là où notre amour est éclos. Je peux me blottir entre ses murs pour sentir mon mari m'enlacer une fois encore. Je peux fouiller dans les placards pour retrouver sa vieille chemise de flanelle, la serrer contre ma poitrine et faire comme s'il était encore vivant.

Je cours vers la véranda et reste clouée sur le seuil, la clé dans ma main tremblante. Je pousse la porte qui grince affreusement. Les charnières ont besoin d'être huilées. Demain, je ferai venir le vitrier pour remplacer la vitre, et après…

Figée au milieu du salon, je regarde autour de moi. Il y a des toiles d'araignée dans les coins et, sur le plancher de chêne nu, une fine couche de poussière. Le papier peint choisi par David est moisi là où la pluie est entrée par la vitre cassée et a dégouliné, et les rideaux sont fanés. L'un d'eux est effiloché en bas, comme rongé par un petit rôdeur.

Je sens un poids s'écraser sur moi. Mes yeux sont attirés par terre, au pied de la grande cheminée de pierre. Il y a longtemps que le sang a été gratté. Charlotte s'en est occupée dès que la police a eu terminé son travail. Pourtant, je ne peux pas encore m'y faire. *Pense à quelque chose de simple*, me dis-je. *Qu'y a-t-il à faire ?*

Lors de cette unique visite à l'hôpital, après que j'étais « revenue » à moi, Charlotte m'a dit qu'elle avait rangé les petits objets de valeur au grenier : « Je les ai mis sous clé pour ne pas tenter les voleurs. » Seuls les tables, la banquette et les fauteuils sont à leur place, leur tissu rouge fané témoignant d'un bonheur enfui. Je revois encore David en train de lire, une tasse de thé à sa portée, ses longues jambes allongées devant lui…

Ma bouche s'ouvre et j'appelle, malgré moi : « David ? » Il devrait être penché sur sa machine à écrire, dans son bureau. Il va répondre : « Une minute, Joanna », en finissant de taper une ligne ou un paragraphe, puis il viendra pour m'aider à porter les commissions, m'embrasser sur la joue, me demander ce qu'il y a pour le dîner. C'est ce dont je me souviens de nos premiers moments ensemble – de notre radieuse lune de miel.

« David ? » crié-je encore, avant que les larmes jaillissent soudain. Elles ruissellent sur mes joues comme un torrent, une rivière de printemps grossie par des mois de neige accumulée. « Oh, David… où es-tu ? »

Je traverse en trébuchant l'entrée pour me rendre dans son bureau et je renverse un guéridon contre le mur. Je sais que mon mari n'est pas là, je ne fantasme pas, j'ai tous mes esprits. Mais j'ai besoin de toucher son bureau, son fauteuil, ses affaires.

J'ouvre brutalement une porte et je suis dans la pièce où David travaillait jour après jour, et je me souviens combien je me plaignais de ne pas le voir assez, qu'il ne sortait jamais d'ici. Maintenant, je donnerais n'importe quoi pour qu'il soit là. Je ne me plaindrais plus jamais. *Mon Dieu, faites qu'il soit là…*

C'est vrai que nous ne savons jamais apprécier ce que nous avons avant de le perdre. Nous critiquons sans arrêt notre bonne fortune en lui trouvant des défauts, en croyant qu'elle nous est due. Puis les dieux s'en mêlent. Ils tonnent et rugissent, et nous prennent ce que nous avons – souvent, à mon avis, juste pour bien montrer qui commande.

Si je devais mettre un panneau au-dessus de chaque porte du monde, ce serait : PRENEZ GARDE, VOUS QUI ENTREZ ICI. C'EST LORSQUE NOUS CROYONS TOUT SAVOIR SUR TOUT... QU'ILS NOUS MONTRENT QU'IL N'EN EST RIEN.

Le bureau de David est envahi de poussière, comme le reste de la maison. Sa table de travail fait face à la fenêtre qui domine ma plate-bande de primevères, et les vitres sont intactes mais recouvertes d'une couche de saleté. Des feuilles manuscrites sont encore empilées à côté de la machine à écrire et dispersées sur le sol, débordant de la corbeille encore pleine. Un stylo rouge est débouché.

Pourquoi Charlotte n'a-t-elle pas fait le ménage ici ? Je me le demande. Elle m'a dit s'être occupée de tout – pourtant, j'ai l'impression de m'être introduite dans un musée de cire, où les scènes ont été préservées comme si les gens les habitaient encore.

Je touche la pointe desséchée du stylo rouge de David en repensant avec quelle rage il pouvait détruire son travail, à sa mauvaise humeur après, qui le laissait mécontent de tout, y compris de moi. Je venais avec une tasse de thé et il me tournait le dos, sans lever les yeux.

Je me souviens avoir dit un jour : « La chaudière ne marche pas correctement. J'ai pensé que ça te réchaufferait.

– Tu trouverais n'importe quel prétexte pour m'interrompre, hein ? avait-il fulminé. Pourquoi ne t'occupes-tu pas toi-même de la chaudière ? Pour l'amour du ciel, Joanna, appelle un plombier ! Ne m'embête pas avec ce genre de détails. »

Je me suis sentie affreusement malheureuse ; je venais de commettre une terrible bévue. En tant que femme d'artiste, ou d'écrivain, il m'incombait d'épargner à celui-ci les aspects prosaïques de la vie quotidienne. Sinon, comment pourrait-il créer ? Et quant à ses sautes d'humeur – tantôt sombre, tantôt fantasque – n'étaient-elles pas la marque d'un grand génie ?

Nous étions mariés depuis un peu plus de trois mois le jour où nous nous sommes disputés pour la chaudière et j'aspirais tellement à être une épouse parfaite, avec l'espoir que les choses redeviendraient comme aux premiers jours. Quand nous nous sommes rencontrés, David était venu de Londres en congé pour visiter la région, alors que moi j'avais fui Mevagissey et foncé à la campagne pour trouver un instant de répit loin de la foule estivale. David avait crevé et je m'étais arrêtée pour l'aider, bien qu'on m'ait dûment répété, depuis l'enfance, qu'il ne fallait pas parler aux étrangers sur la route. Ce jour-là, j'avais tapi en moi le goût du danger. C'est peut-être ainsi que ça va se terminer, divaguai-je, mon corps dans la bruyère. Et les gens diraient : « Allez, j'ai toujours su qu'elle finirait ainsi. »

Mon autre moitié, la plus saine, regrettait de ne pas avoir d'arme sur le siège en simili-cuir.

En fin de compte, je n'ai pas eu besoin d'arme. J'avais en revanche une Thermos d'eau fraîche à offrir. Nous nous sommes assis sous un arbre au bord de ce qui devint notre prairie et avons bu à tour de rôle l'eau de la carafe. David portait des jeans et une chemise également en jean. Ses cheveux blonds raides étaient courts avec une coupe simple, et il les coiffait en arrière. Je me souviens m'être dit qu'il aurait pu poser pour des vêtements de sport masculins. Pourtant, je me sentais plus à l'aise avec lui qu'avec tous les autres Londoniens qu'on voyait à Mevagissey en costume trois-pièces, attaché-case à la main même en vacances.

Il me dit qu'il possédait une modeste librairie à Londres et je lui dis que je travaillais dans une galerie à Mevagissey, mais guère plus. Je détournai avec soin les questions sur la famille. Nous parlâmes à satiété – des livres que nous avions aimés, des films que nous détestions.

Je tombai amoureuse ce jour-là.

Au bout d'un moment, je dis à contre-cœur que je devais m'en aller. Le soleil était bas et rouge derrière la colline, et il y aurait des questions à n'en plus finir si je rentrais tard à la maison.

« Peut-être vous verrai-je à Mevagissey, dit-il. Où travaillez-vous exactement ? »

Je ne voulais pas de cet homme superbe – exceptionnel à Mevagissey – à côté des gens banals que je connaissais. Déjà, lui et cette journée avaient pris dans mon esprit des proportions imaginaires et romantiques. Il était impensable que David Carr entre chez Morley pour que les autres employées chuchotent derrière leurs mains et salissent ce qui pour moi était sacré.

Si je ne le vois pas à Mevagissey, me dis-je, son souvenir restera intact à jamais dans ma mémoire.

« J'aurai trop de travail, répondis-je à la hâte. Mais si vous êtes descendu dans les parages, je peux vous retrouver ici demain. Disons vers cinq heures ? »

J'étais ahurie de mon audace, mais David n'eut pas l'air de s'en formaliser. Et, en fin de compte, il vint à la prairie le jour suivant… et celui d'après.

« Si tu étais mienne, Joanna, dit-il à la fin de la semaine, ses lèvres chaudes contre ma tempe, j'achèterais ce terrain et je te construirais une maison, exactement là. Nous n'aurions plus besoin de nous quitter. Est-ce que ça te plairait, mon amour ? »

C'est ainsi que tout a commencé.

Chaque week-end, pendant sept mois – jusqu'à ce jour de janvier où nous nous sommes mariés – David venait de Londres pour aider les ouvriers à bâtir la maison. J'y faisais un saut, moi aussi, et de temps à autre, David levait les yeux de son marteau ou de sa scie et croisait mon regard, alors une palpitation que je ne pouvais cacher me parcourait la gorge. Le rouge montait à son beau visage tandis qu'il s'humectait les lèvres en lâchant ce qu'il avait à la main.

Je vivais dans la chasteté depuis des années avant David, vierge de cœur sinon de corps. L'amour vint tardivement à vingt-huit ans, mais quand il fut là, il me fut impossible de l'arrêter. Nous fîmes l'amour la première fois sous la charpente ouverte de notre maison, environnés par l'odeur du pin, du cèdre et du chêne, avec des orties qui nous brûlaient le dos. Je me souviens d'avoir craché sur une feuille de patience pour la frotter sur les zébrures que David portait dans le dos – le soignant pendant que mon autre main glissait par-devant, rallumant son désir pour que nous puissions recommencer.

« Tu es insatiable », me dit-il en riant. Sa voix vibrait ; David aussi était insatiable à l'époque. Puis vint le temps où l'humble ortie fit partie de notre passion, d'abord l'exquise torture d'une fine morsure sur la peau, provoquant une zébrure, puis l'application de la feuille de patience.

« Plus fort, mon amour, chuchotait David en reprenant son souffle. N'aie pas la main si légère. » Mes doigts tremblaient, je me refusais à lui faire mal. Mais j'obéissais à ses ordres, promenais les orties sur ses épaules, son ventre, partout où il le réclamait… et ses muscles se tendaient, son ardeur se réveillant au passage.

Quand la maison fut achevée, nous nous sommes mariés. La nuit avant de nous prêter serment, David m'annonça qu'il vendait son magasin, qu'il avait toujours voulu écrire. Je fus surprise, mais transportée à l'idée de l'avoir à la maison chaque jour. C'était le plus beau cadeau de mariage.

Il lui fallait de la place pour travailler, bien sûr, et mes tentatives pour transformer la seconde chambre en chambre d'enfant tombèrent à l'eau. « Nous avons besoin d'être seuls pour quelque temps, déclara David. Les enfants viendront plus tard. »

Comme nous avions un modeste budget, nous disposâmes dans le bureau divers meubles dépareillés en gardant la part du lion pour la machine à écrire. Pour notre premier anniversaire de mariage, je lui achetai une nouvelle lampe. L'interrupteur de l'ancienne était cassé, de sorte qu'on devait tourner l'ampoule pour allumer et éteindre. Nombre de nuits, couchée dans notre chambre, j'entendais David jurer quand il se brûlait les doigts en la dévissant. Puis j'attendais que la porte du bureau s'ouvre et que ses pas traversent le couloir.

Passées les premières semaines, souvent il n'y eut plus de bruit de pas, seul le battement irrégulier de mon cœur qui cognait contre mes tympans quand je me rendais compte qu'une fois encore, il ne viendrait pas.

Toutefois, il y eut une nuit, au début du printemps, où David vint partager notre lit. Il était couché, ses bras autour de moi, mon dos contre sa poitrine. La pluie frappait à la fenêtre et les ormes grattaient au-dessus. Les doigts de David caressaient mes seins ; sa langue jouait avec mon oreille. Ma peau était en feu, chaque nerf à vif. Cela faisait des semaines, et je me retournai, affamée, pour ouvrir mon corps au-dessus du sien. Non loin, des chats s'accouplaient, le hurlement violent de la femelle semblable aux pleurs d'un nouveau-né.

« Je veux un bébé de toi, chuchotai-je d'une voix pressante en l'attirant en moi. Donne-moi ton bébé, David, *s'il te plaît.* »

Aujourd'hui encore, je le sens se rétracter, je sens l'abîme glacial de la distance. Je demandais trop, j'attendais trop de ce qui, pour lui, n'était qu'un désir fugace. Je me sentis idiote et honteuse, j'aurais pu me couper la langue si cela avait changé quelque chose. Car je ne désirais rien d'autre alors que le tenir contre moi, ne pas le sentir s'éloigner, les yeux fixés au plafond avec cet air froid, abominable. « Je ne peux pas te donner ça, dit-il d'une voix dure. Laissc tomber, Joanna. »

En me remémorant cela, le chagrin qui m'envahit alors revient, me pénètre jusqu'à l'os. Je me secoue et, en passant un doigt sur la machine à écrire de David, je trace ses initiales dans la poussière : D.A.C., pour David Allingham Carr.

Maintenant, une ombre plane sur mon retour. Revenue au salon, je me poste devant le foyer, pour affronter enfin le seul souvenir qui me reste de ma dernière nuit avec David et de l'horreur qui s'est produite ici.

4

Quoique seule la poussière recouvre la cheminée en pierre et le sol, je crois voir encore les taches brunes, comme on peut le faire grâce aux produits chimiques dont disposent maintenant les policiers. Ils aspergent l'endroit, éteignent la lumière et d'abominables éclaboussures de sang apparaissent comme si elles n'avaient jamais été nettoyées.

J'ai lu ça quelque part. Je suis devenue une lectrice prolifique pendant mon mariage avec David, toujours à dévorer livres, journaux et revues – me remplissant la tête de futilités pour oublier que les choses n'étaient pas comme elles l'auraient dû. Quand j'ai lu ça à propos de ce révélateur miracle, je me suis dit : *C'est comme dans la vie. Au moment où on croit s'être lavé de ses péchés, un mauvais démon débarque avec un de ces bidons pour les faire apparaître au vu et au su de tous.*

J'aimerais à présent qu'il existe un autre produit chimique pour asperger les événements du passé, en insistant sur l'empreinte qu'ils ont laissée, et que la scène se déroule à nouveau, une image après l'autre. Ainsi nous apparaîtrait enfin ce qui s'est véritablement produit ici cette nuit-là.

Lorsque je suis revenue à moi, il y a deux mois, l'hôpital a appelé la police, une pure formalité. C'est alors que l'inspecteur Goff est venu m'interroger sur ce qui est arrivé, la nuit où David est mort. Râblé, les traits durs, des mains de camionneur plutôt que celles d'un policier, il s'est assis près de mon lit.

« Votre mari a été poignardé, m'a-t-il dit. Plusieurs fois, avec un instrument pointu. L'arme n'a jamais été retrouvée, mais nous pensons qu'on s'est servi d'un couteau à dents de scie, d'une vingtaine de centimètres. Il y a eu beaucoup de sang. La porte d'entrée était restée ouverte et des amis à vous – il consulta un petit bloc-notes –, Charlotte et Henry Dean, vous ont trouvée près de la porte, inconsciente. Pas de sang sur vous, aucune blessure, mais vous aviez été assommée. »

Le matin même, je venais d'apprendre du docteur Shahi que David était mort. Il me l'a annoncé avec douceur tandis que nous prenions une tasse de thé, mon visage inondé de soleil. Pourtant, le coup au cœur tenait du cauchemar ; je voulais croire que j'allais me réveiller pour découvrir que rien de tout cela n'était vrai. Tandis que l'inspecteur parlait, je ne pouvais empêcher ma bouche ou mon menton de trembler. Son regard fixe restait braqué dessus comme si c'était un indice. Je me sentais coupable, alors que pour rien au monde je n'aurais pu dire ce que j'avais à cacher.

« Vous ou votre mari aviez des ennemis ? me demanda-t-il. Quelqu'un qui aurait pu faire ça ? »

Je secouai la tête. « Personne. Personne qui me vienne à l'esprit.

– Le sauriez-vous ? Si votre mari avait des ennemis, je veux dire. Étiez-vous suffisamment proches l'un de l'autre pour que vous l'ayez su ?

– Je... bien entendu. » Curieusement, je n'en étais pas certaine.

« Allons, les temps se font durs en ville, remarqua l'inspecteur Goff. De plus en plus de gens au chômage. Beaucoup vont à la campagne pour toucher des indemnités – ou pire. »

Il se pencha en avant, ses yeux semblant sonder les miens pour percer des secrets. « Cela dit, l'agresseur de votre mari s'est montré particulièrement brutal. Alors, pourquoi vous avoir épargnée en vous laissant ainsi, recouverte d'une couverture... ? » Il hocha la tête comme s'il attendait une explication.

Mon regard fit le tour de la chambre d'hôpital, dont la fenêtre donnait sur la cour sans arbre. « Je n'ai pas été épargnée », soulignai-je.

Des heures ont passé. J'étire mes bras courbatus, qui berçaient ma tête cependant que je m'étais blottie devant la cheminée en tentant de faire revivre les événements de ce soir-là. Mes yeux sont gonflés de larmes, ma tête endolorie. Je ne revois toujours que le couteau qui plonge et je n'entends que mes cris.

« Faites ce que vous feriez en temps normal, vaquez à vos occupations habituelles, m'a conseillé le docteur Shahi. N'exagérez pas. La familiarité des lieux vous aidera. Ça devrait revenir, bien qu'il n'y ait aucune certitude, bien entendu. C'est à envisager aussi, Joanna. »

Ne jamais me souvenir ? Ne jamais savoir ce qui s'est passé ? Ça, je ne puis l'accepter. Je finirai par devenir folle, irrémédiablement.

Je n'ai pas dit cela au docteur Shahi ni aux examinateurs, bien sûr. Ils ne m'auraient pas laissée partir.

Je n'ai pas encore vu la cuisine, ni à l'étage, le grenier. J'ai entendu une petite débandade et je sais qu'il doit y avoir un mulot ou deux. Une fois, nous avons eu une famille entière, avec des bébés roses pas plus gros que mon petit doigt. David et moi les avions découverts un jour et nous passâmes une demi-heure à faire des oh ! et des ah ! comme s'ils étaient nos propres enfants. Je revois encore David soulever avec délicatesse un minuscule souriceau pour le poser doucement sur sa paume, puis contre sa joue.

« Oh, laisse-moi voir ! » m'écriai-je et il se pencha pour le poser contre ma gorge, nue au-dessus de ma chemise. Les minuscules pattes pétrirent ma peau en m'envoyant un petit coup au cœur d'une douceur incroyable, qui m'émut. « Oh, David, c'est doux comme un bébé », dis-je.

Le soir même, les mulots avaient disparu.

Assise, j'ai entendu roucouler les pigeons. Ils ont dû revenir pour nicher dans les moindres recoins de notre muret en torchis. J'ai envie de traverser le jardin, de balancer les jambes par-dessus le mur et d'explorer la prairie – peut-être de m'allonger dans l'herbe rude noyée d'ombre en repérant les étoiles comme je l'ai fait si souvent. Mais alors, je risquerais de me demander pourquoi la lumière n'est pas allumée dans le bureau de David comme toujours et de m'imaginer qu'il va venir me rejoindre.

Il le faisait rarement, bien sûr.

Époussetant mes jeans avec irritation, je me tourne vers notre chambre – à David et moi – en me disant que je vais me garder la prairie pour demain, quand le soleil sera bas et rouge par-delà la colline.

Mais notre chambre est envahie de fantômes d'un mur à l'autre. J'entre sur la pointe des pieds pour ne pas les déranger, j'ai eu mon content pour ce soir. Je fonce droit sur la vieille armoire en acajou, où David rangeait ses vêtements. Dans le miroir de la porte, je me vois, émaciée et tendue, plus du tout la même que la dernière fois où je me suis regardée dans cette glace. Derrière moi se trouve notre lit, ses quatre montants poussiéreux surmontés de quatre têtes sculptées d'Éros, dieu de l'amour et des souffrances engendrées par les tourments de l'amour. Ces quatre têtes m'ont toujours terrifiée. Mais pour David, c'était de l'art.

Je cherche sa chemise de flanelle préférée, qui reste introuvable. Pendant de longs moments, je fouille, angoissée, dans ses affaires – jeans, vêtements de travail, pulls – car j'ai besoin de sentir cette chemise, de la presser contre mon nez pour m'endormir avec.

Puis ça me revient. David la portait le soir où il est mort.

Le temps de me remettre, et je finis par opter pour un vieux blouson de cuir qui sent un peu le renfermé, raidi par l'humidité et le passage du temps. La plupart de mes propres habits, que Charlotte m'a apportés à l'hôpital, sont restés dans la voiture avec mes affaires de toilette. Trop fatiguée pour les sortir, j'entends le docteur Shahi me dire : « Ne forcez pas. Faites ce qui est raisonnable et pas plus. »

Il est raisonnable maintenant que je m'allonge sur le lit avec le blouson de David contre ma joue en croyant que je peux encore sentir son essence mêlée au moisi du temps.

Il est tard, plus de deux heures du matin, je pense, à en juger par la position de la lune. Elle fixe le lit, en projetant dessus l'ombre des ormes, comme des bras fluets qui s'agitent. Qu'est-ce qui m'a réveillée ? Je me souviens alors que je rêvais de Whitehurst ; j'ai entendu le son doux des sonnettes qui rappelait aux médecins l'heure de la ronde.

Je les entends encore, en fait, comme on entend parfois une radio après l'avoir éteinte. Je me demande si la sonnerie de l'hôpital m'accompagnera partout désormais – si je l'oublierai jamais tant que je vivrai.

5

Le matin, ça va mieux. Il y a du soleil, et les pinsons jacassent dans les lilas. En regardant par la fenêtre de la cuisine, j'aperçois la mare aux canards, l'eau vert sombre qui miroite en cercles concentriques tandis qu'un colvert plonge, en quête de nourriture.

Quoique la nuit agitée m'ait vidée de mes forces, je suis impatiente de m'installer. Après avoir avalé du lait et des biscuits en guise de petit déjeuner, je décide de faire comme si je rentrais après de longues vacances et devais remettre de l'ordre. Je sors mes valises de la voiture, prends une douche, et enfile un jean et une chemise propres, avant d'aller fouiller au grenier pour retrouver les affaires que Charlotte y a mises à l'abri.

Elles n'ont pas une grande valeur. La plupart de mes économies d'avant mon mariage ont servi à construire Pennoryn et, ensuite, David a tenu à ce que nous vivions sur ce qui restait de la vente de la librairie. J'aurais bien continué à travailler, chez Morley à Mevagissey ou ailleurs, dans notre petite ville, mais David ne voulait pas en entendre parler. « J'ai ma fierté, tu sais, et je ne veux pas qu'on dise que je ne peux pas subvenir aux besoins de ma femme. »

Je ne discutai pas. J'étais trop heureuse, à l'époque. Nous disposions d'un petit budget – tout petit, car David comptait chaque penny, bien que la vente de sa boutique lui ait rapporté une somme rondelette. « On ne sait jamais ce qui peut arriver », disait-il, et je comprenais qu'ayant grandi en orphelinat, il eût peur de manquer. J'économisais sur tout et nous mangions des repas simples, faisions durer les vêtements que nous avions avant notre mariage, et n'allâmes que de rares fois au théâtre à Londres.

Le vieux tourne-disque de David est posé sur une étagère dans un coin et, à côté, se trouvent empilés ses microsillons de collection. Il avait commencé à les collectionner avant notre mariage, ses préférés étant des tubes américains des années 40. Je branche le tourne-disque, mets un disque au hasard et allume. La platine tourne, le bras redescend et j'entends les accents de Margaret Whiting, leur pureté de bronze. Elle chante l'amour enfui et ces amants, qui ont gravé les mots « *Je t'aimerai jusqu'à ma mort* » sur un tronc d'arbre quand ils se sont rencontrés, des mots que les amants de partout se disent quand ils se rencontrent et tombent amoureux.

Quand David et moi construisions notre maison, nous nous asseyions certains soirs devant le feu finissant avec un pique-nique et du vin, tandis qu'une bonne grosse bûche crépitait. Le vieux tourne-disque se trouvait à côté de nous, tout usé et cabossé exception faite du saphir flambant neuf.

Et me revient un soir où David me dit, tandis que nous écoutions cette chanson : « Joanna… Je t'aimerai jusqu'à ma mort. »

Hors de moi, je donne un coup sur le bras du tourne-disque. L'aiguille traverse les sillons et s'arrête en rayant le vinyle. *Tu mentais ! Salaud, tu m'as menti !*

Et de nouveau, je me sens écrasée par quelque chose qui me dépasse et que je ne comprends pas.

Tels des nuages qui s'amoncellent.

6

Le reste de la matinée, je le passe à décrocher les toiles d'araignée, balayer, dresser une liste des démarches à ne pas oublier et des provisions nécessaires. Cet après-midi-là, vêtue d'une douce robe rose que j'ai dénichée au grenier, j'ai l'impression d'être redevenue presque normale tandis que je traverse sans me presser le village proche de Pennoryn.

Les changements ici sont rares en apparence. Pourtant, Charlotte m'a dit, le jour où elle est venue à Whitehurst, qu'il y avait beaucoup de nouveaux venus, des gens originaires des Midlands qui avaient fini par découvrir notre petite commune paumée et y avaient élu domicile. Les jeunes femmes qui poussent des bébés dans des poussettes sont plus nombreuses et on a agrandi le port. Les bateaux de plaisance aussi se sont multipliés, bien que le port soit toujours en activité. Les bateaux de pêche sont les mêmes petits rafiots – des vieux de la vieille qui essaient de tenir le coup.

Deux nouveaux magasins se sont ouverts. L'un est une boutique de laines, spécialiste des marques Christian de Falbe, Lister et Rowan à en croire un panneau dans la vitrine. L'autre est une petite galerie d'art : *Du côté du port.* Elle ressemble énormément à celle de Morley, à Mevagissey, où je travaillais avant mon mariage. Il y a des huiles et des aquarelles en vitrine, dont une grande reproduction d'un bateau à voile.

Une marine capte mon regard. Les vagues sont baignées de cette tendre lumière qui baigne la Cornouailles certains soirs de juillet, quand le soleil a chauffé la falaise toute la journée. Les vagues semblent vouloir s'échapper de la toile pour s'écraser doucement à mes pieds, comme si elles étaient vivantes.

Je ressens un petit choc, un puits d'amour resté intact en dépit de tout, un sentiment joyeux dont mon cœur a été privé trop longtemps. *Michael.*

Penchée en avant, je cligne des yeux, le nez collé à la vitre. Oui, son nom est là, les lettres griffonnées d'une main ferme, dans le coin en bas à droite du tableau : M. Lamb.

Je suis plus transportée d'allégresse que surprise de le voir ici. Les peintures de Michael ont été exposées dans toutes les galeries, de Londres à New York. Mais le voir dans ma petite ville, ce jour-là, c'est comme s'il était venu lui-même me souhaiter la bienvenue.

J'entre, désireuse d'en voir d'autres. Il y en a trois – uniquement des vues de Mevagissey. Elles occupent tout un mur. L'une représente Hitler's Walk, les falaises herbues d'où on pouvait apercevoir, dit-on, Plymouth en flammes sous les raids de la Luftwaffe pendant la guerre. Les deux autres montrent le port : les vieilles caves de pêcheurs, le port lui-même et l'avant-port avec des bateaux dansant à l'ancre, les anciennes maisons de pierre qui s'étagent sur la colline.

En regardant de plus près, je me rends compte, surprise, que la maison de mon enfance sur le quai n'y figure pas. On la voit distinctement sur les cartes postales. Pourtant, sur la toile, Michael l'a remplacée par des arbres.

« Que puis-je pour vous ? » s'enquiert le vendeur. Il est jeune, plutôt mince et porte des lunettes.

« Ces peintures. Vous connaissez l'artiste ? »

Il opine et repousse ses lunettes sur son nez. « Michael Lamb. Un travail sensationnel, vous ne trouvez pas ?

– Oui. Vous l'avez rencontré ? Est-il venu en personne ?

– Une fois seulement, que je sache, pour l'inauguration. Mais il doit être en contact avec le propriétaire, à mon avis. Il s'agit de M. Talbert. Il est en déplacement aujourd'hui. »

Intriguée par ces arbres, je reste les yeux fixés sur la troisième toile.

« Désirez-vous acheter ? demande-t-il. Il y en a une autre, par ici. » Il s'avance vers le mur, derrière moi.

Je me retourne, croyant voir une autre scène de Mevagissey – et je reste pétrifiée. Le sang me monte au visage.

Au milieu du mur est accroché un grand portrait de moi à onze ans. Ce n'est pas possible. Tout est faux. La fille sur la toile est fraîche, innocente. Elle adresse un sourire angélique à un petit oiseau qu'elle tient blotti entre ses mains. Ses cheveux sont auburn ; ils lui descendent en vagues brillantes jusqu'à la taille. Elle porte une robe bleu pâle chatoyante, qui indique à elle seule que la fillette est entourée d'attention et d'amour, qu'elle va à des cours de danse et qu'un jour, elle ira à des rendez-vous d'amour ; après quoi, des hommes merveilleux demanderont sa main.

Ce n'est pas moi. Et pourtant, pas de doute, ce ne peut être que moi et personne d'autre. Ce sont mes traits et mes cheveux quand j'étais petite, de même que la bague de salicorne tressée que l'on voit au médius de la main gauche de la fillette. Michael l'avait fabriquée pour moi quand j'avais treize ans. Il me l'a glissée au doigt ce fameux jour…

Mon cœur se met à cogner. Sans dire merci, je sors en courant de la galerie, poursuivie par les questions du vendeur qui m'apostrophe, inquiet, sur le pas de la porte : « Quelque chose ne va pas, mademoiselle ? Vous vous sentez bien ? »

Je reste un moment dans la clarté éblouissante du soleil. J'aurais voulu être n'importe où ailleurs, ailleurs que dans la rue, sans protection, seule. Mon cœur bat tellement fort qu'il me semble que je vais mourir.

À côté de l'épicerie se trouve un téléphone public. Je m'y précipite en fourrant une main dans mon sac pour trouver de la monnaie. « Si vous vous sentez dépassée, appelez-moi, dit la voix du docteur Shahi dans ma tête. Je serai là. » Ma main soulève le récepteur. Je le sens comme un poids mort entre mes doigts et tente de formuler ma demande : « Je ne vais pas bien. Je ne sais pas où j'en suis – et j'ai peur. »

Et j'entends déjà sa réponse : « Tout va bien, Joanna, calmez-vous. » Il va me rassurer en me rappelant que je peux revenir.

Il se peut même qu'il insiste pour que je revienne.

Délibérément, je m'applique à ralentir ma respiration et je raccroche le récepteur. À travers la vitre, j'aperçois la vieille Mme Garber debout devant son magasin de produits séchés, un balai à la main, qui m'observe avec curiosité. « C'est vous ? » me demande-t-elle, en plissant ses yeux de myope.

« Bonjour, madame Garber », dis-je, enfin calmée. Je fais le tour de la cabine et sors un mouchoir en papier de mon sac pour essuyer la transpiration qui perle sur ma lèvre supérieure. « Oui, c'est moi, Joanna.

– Bonté divine. Je ne vous savais pas de retour. »

Sa voix laisse entendre qu'elle n'est pas sûre que ce soit une bonne chose et je sais que, pendant une heure ou plus, elle va rester pendue au téléphone pour répandre la nouvelle.

« Vous allez mieux maintenant ? demande-t-elle, la voix chevrotante. Vous êtes plus folle ? »

Je ne peux m'empêcher de sourire. Dans le passé, Mme Garber me questionnait au sujet de David. « Il a fini par le vendre, son livre ? » m'interpellait-elle, tout en sachant parfaitement que si tel était le cas, un chèque serait arrivé et que M. Barty, le facteur, l'aurait fait savoir à tout le monde dans la ville.

« Je croyais qu'il se racontait des salades, aurait commenté M. Barty, prétentieux et renfermé comme il est. Mais merde alors ! À croire qu'il y est arrivé ! »

« Je n'étais pas folle, madame Garber, dis-je. Disons que j'étais ailleurs. Et je vais mieux. C'est pour ça qu'on m'a laissée partir. »

Pendant un instant, je suis sur le point d'y croire.

Je fais rétablir la ligne téléphonique, puis je m'occupe des provisions avec l'ardeur de celle à qui ce plaisir a été refusé trop longtemps. Après avoir mis de la farine et du beurre dans un panier, je les fais suivre de viande maigre, de carottes craquantes et de deux grosses pommes de terre. Je prends un oignon ambré et le renifle, en espérant qu'il est doux. Je pense à Mme Rimes, mon infirmière, qui assurait que les petits pâtés pouvaient en supporter beaucoup – une croûte molle, une viande pas aussi tendre qu'on l'aurait voulu – à condition que l'assaisonnement soit doux. « La même chose avec un homme », concluait-elle, ravie de me voir rire.

Alors que j'ajoute l'oignon à mes emplettes, j'entends qu'on m'appelle : « Joanna ! »

Sursautant, je me retourne pour voir Charlotte juste derrière moi, portant un chou qui a l'air déplacé dans sa main délicate couverte de bijoux. Ses cheveux blonds sont ramenés en arrière en un élégant chignon, comme si elle sortait du salon de coiffure.

« Je ne peux pas y croire ! » Elle laisse retomber le chou dans le casier et reste là, bras ballants, l'air paumé, peut-être peinée. « Que fais-tu ici ? Pourquoi tu n'as pas appelé ? Je serais venue te... »

Je ne puis lui dire : *J'ai peur quand je pense à toi et je ne sais pas pourquoi.* Je ressens cela depuis que les examinateurs m'ont interrogée à son sujet. « Elle n'est pas venue vous voir depuis deux mois », ont-ils insisté. Insinuant par là : *Êtes-vous sûre de pouvoir compter sur elle ? Est-elle vraiment une amie ?*

Même en prenant sa défense, j'ai eu peur, et maintenant qu'elle est là, je me montre curieusement nerveuse et évasive. J'invente des excuses en essayant de les rendre crédibles à quelqu'un qui me connaît parfois mieux que moi-même.

« Le docteur a dit que ce serait bon pour moi de me débrouiller toute seule, Char. Et j'ai pensé que tu étais peut-être occupée.

– Occupée ? Joanna, pour l'amour du ciel...

– Tout va bien, vraiment. Ça s'est bien passé. »

Nous échangeons encore quelques paroles sans importance et, pour finir, elle jette ses bras autour de moi et me serre contre elle. « Oh, peu importe. Je suis tellement contente de te voir ! Est-ce qu'on peut aller prendre quelque chose ? Tu as déjà déjeuné ? »

Ses yeux couleur de mer brillent de larmes qui ne peuvent être que des larmes de joie.

« Tu as raison, dis-je. Allons déjeuner. »

Notre table au *Café de la Mouette* surplombe le port. Le soleil se réverbère dans l'eau bleue et l'alliance de Charlotte renvoie des arc-en-ciel quand elle lève son verre de vin.

Je demande : « Comment va Henry ?

– Pareil à lui-même, adorable. Henry n'a jamais été autrement.

– Tu es une veinarde. » Henry est son ami, son défenseur, en toutes circonstances.

« C'est vrai, reconnaît-elle volontiers. Évidemment, rien n'est parfait... » Elle hausse une épaule délicate.

« Tu n'as pas de problèmes, quand même ? »

En détournant rapidement les yeux, elle dit : « Non... non, pas du tout. Seulement, Henry a soixante-dix ans maintenant. Je suis inquiète pour sa santé.

– Vous êtes partis à l'étranger ces derniers temps ?

– Seulement en Grèce, il y a quelques mois. Nous n'y sommes pas restés longtemps. » Elle a l'air gêné, peut-être d'être partie en vacances alors que j'étais malade.

Nous commandons une salade et, en revoyant mon amie, je regrette de ne pas avoir passé ces deux derniers mois à grignoter des baies et de la verdure. Elle a trente ans, comme moi, mais ses joues sont toujours joliment modelées ; elle porte une robe blanche flottante et une mince ceinture dorée autour de ses cinquante centimètres de tour de taille. Par habitude, je rentre le ventre pendant que nous parlons. Il s'aplatit quelque temps, puis me trahit en ressortant quand je suis forcée de reprendre mon souffle. Il en a toujours été ainsi entre Charlotte et moi.

« Je suis si heureuse que tu sois de retour, Joanna. Tu m'as manqué. »

Je la regarde dans les yeux. « C'est vrai ?

– Mais bien sûr ! Et je ne comprends vraiment pas comment tu as pu ne pas me prévenir que tu rentrais. J'aurais pu te préparer ce qu'il fallait.

– Je... je voulais le faire moi-même. »

Elle répond d'une voix sèche. « Tu aurais tout de même pu appeler. »

Mon regard rencontre le sien, de l'autre côté de la table, et je vois le gouffre qui nous sépare. Elle est à cent lieues de comprendre ce que je ressens, comment c'est de revenir d'entre les morts, dans une vie sens dessus dessous. Je ne puis le lui reprocher. Au cours des huit mois où je suis restée sur le bas-côté de la route, Charlotte a fait ses emplettes, déjeuné avec des amis, regardé le journal télévisé, fait l'amour dans le noir. Elle n'a aucun élément de référence pour comprendre par quoi je suis passée ou à quoi cela ressemble d'être un étranger chez soi. En arrivant au village, j'ai cru être partie depuis des années. C'est à peine si je me souviens des rues. En regardant autour de moi, au café, je remarque que la cuisine s'est agrandie. Ma table préférée a disparu.

Et j'ai l'impression qu'on se retourne sur mon passage.

Charlotte m'observe et demande : « Comment ça va, Joanna ? La dernière fois que je t'ai vue, tu étais… bon, tu avais perdu la mémoire de certaines choses. » Elle baisse les yeux sur sa salade, qu'elle fixe avec application. « Surtout ce dernier soir. C'est… tu te rappelles de quelque chose ?

– Oh, ce soir-là ? Non. Et j'ai d'autres trous. C'est curieux, Charlotte. J'ai l'impression de me souvenir de la plupart des deux années écoulées depuis mon mariage. Mais, de temps à autre, je pense à quelque chose et c'est comme si je tombais dans un puits. J'ai le cœur qui plonge, tout devient noir et la peur m'étouffe. »

Charlotte pose sa fourchette et croise les mains sous son menton. Elle ferme les yeux un instant, comme cherchant ses mots. Finalement, elle hausse les épaules comme si elle changeait d'avis et, à la place, elle me demande : « Que dit ton médecin ?

– Il pense que ça reviendra, en temps voulu, et maintenant que je suis rentrée chez moi. Charlotte… redis-moi. De quoi te rappelles-tu sur cette fameuse soirée ? »

Elle soupire, prend une gorgée de vin puis repose son verre. « Joanna, on en a déjà discuté ce jour-là, à l'hôpital, quand tu t'es réveillée.

– Quand je suis revenue, tu veux dire. Je ne dormais pas, c'était donc plutôt un retour. Une catatonie, ça s'appelle. En thérapie, ces deux derniers mois, on m'a dit que je réprimais quelque chose de très douloureux, que je me suis retirée probablement parce que je ne voulais pas me souvenir de cette nuit-là. » Je me penche en avant, les yeux dans les siens. « Charlotte... y a-t-il autre chose, d'après toi, en dehors de ce qui est évident – ce qui est arrivé à David – dont je ne voudrais pas me souvenir ? »

Elle prend un ton agacé. « Comment le saurais-je, Joanna ? Je n'étais pas là, comment pourrais-je...

– Mais vous nous avez trouvés, Henry et toi. Tu as dit que nous devions dîner ensemble tard dans la soirée, à Pennoryn, et quand vous êtes arrivés, vous nous avez découverts dans cet état. Vous n'avez rien vu ? Personne ? Quelque chose qui pourrait servir d'indice ? »

Elle passe ses doigts fins dans ses cheveux et une mèche dorée tombe sur sa joue. « Je te l'ai déjà dit et j'ai dit la même chose à la police cette nuit-là. Il y avait quelqu'un, habillé en noir, qui courait sur la route.

– Oui, je sais, le cambrioleur. Ou quelqu'un qui, d'après eux, aurait cambriolé une maison des environs.

– Et la police pense que c'est sûrement lui. Il a dû s'introduire chez vous, et quand David et toi l'avez pris sur le fait, il a tué David pour ne pas être reconnu.

– C'est ce que dit la police, je le sais également. Mais dans ce cas, pourquoi ne m'a-t-il pas tuée aussi ? »

Elle fait un geste de la main. « Pour l'amour du ciel ! Comment le saurais-je ? Je n'ai pas les réponses que tu cherches, Joanna. Peut-être que David s'est battu avec lui et que le cambrioleur s'est défendu. Ou peut-être qu'il voulait s'échapper, et en essayant de sortir, il t'a assommée. Nous t'avons trouvée près de la porte. »

Je joue avec mon verre d'eau en réfléchissant silencieusement à ses paroles. C'est le bon sens et pourtant...

« Charlotte, l'inspecteur qui est venu me voir à l'hôpital a dit que j'étais en déshabillé. Un déshabillé de satin rouge. »

De nouveau, elle lève son verre et avale une autre gorgée en prenant son temps.

« Je... Oui, bon, je crois. Et alors ?

– Char, si vous deviez venir dîner, Henry et toi, j'aurais dû être habillée, non ? »

Elle cligne des yeux, puis laisse échapper un petit rire indulgent. « Mais tu ne te rappelles pas ? Tu te mettais souvent en déshabillé ou tu t'enveloppais dans une serviette de bain pour te maquiller avant de sortir, ou quand tu avais des invités.

– Tout de même… en satin rouge ? Normalement, pour me maquiller ou me coiffer, je passe un simple peignoir en coton lavable. »

Elle fait un geste agacé avec son verre et une goutte de vin se répand sur la nappe blanche. « Bon sang, Joanna. Tu as fait autrement ce soir-là. Va savoir pourquoi ?

– Mais l'inspecteur a dit, ou peut-être l'a-t-il seulement insinué, que David et moi avions "une soirée en amoureux". Comment cela se peut-il si on vous attendait pour le dîner ? »

Ses lèvres se pincent en une moue déplaisante et elle repose son verre. « Je n'ai vraiment pas envie de continuer à parler de ça. » Elle se tient raide dans son fauteuil et redresse les épaules. « Joanna, tu es ma meilleure amie et c'est à peine si on s'est vues depuis des mois. Est-ce qu'on ne pourrait pas changer de sujet et avoir une conversation plus agréable ? Parle-moi de Pennoryn. Est-ce que tout se passe bien ? As-tu besoin de quelque chose ? »

J'ouvre la bouche pour argumenter et poser une dernière question, puis je la referme en me rappelant que c'est plus ou moins ce qui s'est passé la dernière fois que j'ai vu Charlotte à l'hôpital. Je pesais mes mots, tandis qu'elle se rétractait. C'est difficile de combler les vides, me dis-je, quand on vous repousse sans arrêt.

« Pennoryn va bien. Je vais me débrouiller, dis-je en revenant à ma salade. Le jardin est dans un triste état, mais ça va me faire du bien de m'en occuper.

– Comment fais-tu pour te déplacer ?

– J'ai loué une voiture en attendant de récupérer la Fiat. Je compte venir la chercher bientôt.

– Prends ton temps. Elle est simplement au garage, ça ne nous gêne pas.

– Quand même. Il faut que je rende la location et que je vienne la chercher. Est-ce que ça t'irait, vendredi ?

– Joanna… » Charlotte me regarde, agacée. « Pour l'amour du ciel, tu sais que tu peux venir quand tu veux. Passe-moi juste un coup de fil avant pour qu'on recharge la batterie. »

Elle sourit à ce souvenir. « Tu te souviens comme elle refusait de démarrer, le jour de votre mariage ? »

Ses joues prennent un peu de couleur, comme si elle craignait d'avoir fait un impair en évoquant ce souvenir.

« Oui, dis-je, la gorge serrée. Tu étais ma demoiselle d'honneur… et tu étais vraiment ravissante dans ta robe de lin à fleur. »

Son sourire devient rêveur. « Elle est toujours accrochée au grenier. »

Elle se penche pour me prendre la main. « Joanna, on est l'une et l'autre sous pression. Laissons passer le temps. Mon Dieu, ça fait des années que nous sommes amies. Tout redeviendra comme avant. »

Cette fois, j'ai la gorge carrément nouée. J'ai du mal à articuler. « Je n'en suis pas sûre. Je ne suis plus sûre de rien, ces temps-ci. »

Charlotte fronce les sourcils et ses doigts serrent les miens. « Tu oublieras, tu vas aller de l'avant.

– Peut-être. »

Elle relâche ma main, se recule, le regard soudain furieux. « Tu t'es laissé emporter par la passion avec David. »

Je ris, sur la défensive. « J'étais amoureuse. La passion, c'est l'amour. » Une idée me traverse l'esprit : si quelqu'un connaît la passion, c'est bien Charlotte. Puis un mot me vient, qui me bouleverse jusqu'au tréfonds. Je ne puis croire qu'il me vienne à l'esprit concernant Charlotte. Ce mot est « putain ».

Je prends mon verre d'eau, l'entoure de mes doigts et me retiens difficilement de l'envoyer à la figure de mon amie. L'impulsion me secoue. *Mon Dieu, qu'est-ce qui se passe ?*

« Tu as renoncé à toi pour David, poursuit Charlotte avec colère, sans se rendre compte de mon état. Tu t'es perdue, Joanna. »

Mes jointures blanchissent sur le verre. « Ce n'est pas vrai. Il restait seul toute la journée, tous les jours… Je vivais presque seule.

– Tout de même, tu ne te construisais pas ta vie à toi…

– Tu sais bel et bien que j'ai essayé ! Je voulais un bébé, mais David ne voulait pas. Il disait que nous n'étions pas prêts. »

Mon amie considère d'un air entendu ma main rigide sur le verre d'eau glacée. « Peut-être qu'il avait raison. »

En faisant un effort de volonté, je porte l'eau à mes lèvres, puis je la repose avec circonspection. « Je n'étais pas comme ça, à l'époque, Charlotte. »

Elle effleure de nouveau mes doigts, une caresse qui me glace sans raison et je me rétracte.

« Ce n'est pas ce que je voulais dire, assure Charlotte en plissant légèrement les paupières. Mais je pense que tu dois maintenant aller de l'avant aussi vite que possible. Oublier toute cette histoire avec David. Joanna, on ne peut strictement rien changer au passé.

– Mais je ne veux rien y changer ! Je veux juste *savoir* ! »

Elle détourne les yeux.

Je demande d'un ton sec : « Qu'est-ce qu'il y a ? Qu'est-ce qui ne va pas ? »

Les prunelles couleur d'eau reviennent vers moi. « Attention à ce que tu cherches, Joanna... Savoir peut ne pas être... sans risque.

– Qu'est-ce que ça veut dire ? »

Elle ferme brièvement les yeux en secouant la tête. « Pourquoi ne pas tourner la page ? David est mort, Joanna ! Il est enterré quelque part à Londres, il ne reviendra jamais !

– Je le sais ! Je ne le sais que trop. Et je n'ai toujours pas compris pourquoi tu n'as pas fait le nécessaire pour qu'il soit enterré ici.

– Moi ! Je n'ai pas eu mon mot à dire, il l'avait mis dans son testament. Il voulait reposer à Londres.

– Quand même, tu aurais pu m'en parler.

– Joanna, bon sang, tu t'entends ? Laisse tomber. Crois-moi, ça vaut mieux pour toi.

– Ça vaut mieux ? Pourquoi tu dis ça ? » De nouveau le goût de la peur, âpre comme le cuivre sur la langue.

Mais Charlotte ne répond pas. Tandis que j'avale une tranche de cake au safran pour le dessert, elle sirote un café noir du bout des lèvres, l'air sombre.

Une heure plus tard, nous sommes sur le promontoire herbu qui surplombe la ville, comme nous le faisions autrefois. Les mots durs sont oubliés pour le moment. Détendues, nous nous tenons par la main et observons les maisons en contrebas. Les mouettes virevoltent et crient au-dessus d'une escouade de bateaux de pêche qui se dirigent vers la Manche. Quand les bateaux reviendront, avant l'aube, le port va bourdonner de vie. Les marchands de poisson lanceront les larges caisses en bois sur le pont et, à l'aide de grandes bennes, les pêcheurs les rempliront. Les gens viendront de kilomètres à la ronde pour voir la prise et entendre des histoires à dormir debout.

C'est ainsi que ça se passe depuis plus d'un siècle. Pour les pêcheurs d'ici, le temps s'est arrêté.

« Tu m'as tellement manqué », soupire Charlotte en passant un bras autour de mes épaules dans l'espoir que l'amour soignera la blessure. Ses cheveux sont défaits ; de longues mèches blondes flottent doucement autour de son visage.

« Tu m'as manqué, toi aussi », dis-je. Je glisse mon bras autour de sa taille. C'est comme si nous étions encore adolescentes, comme si l'on venait de se rencontrer et qu'on se jurait une amitié éternelle. Ce jour resurgit dans ma mémoire, plus aigu et plus clair que tous les souvenirs d'une époque récente : Charlotte, le visage écarlate de fureur, criant après une bande menaçante de filles de l'école.

« Rends-le-moi ! Rends-le-moi tout de suite ! » hurlait-elle. Elle, à seize ans, était nouvelle, ses parents étant venus s'installer à Mevagissey quand son père avait pris une retraite anticipée du barreau de Londres. Charlotte était ravissante mais plutôt froide au premier abord – elle se donnait des airs, d'après les autres filles – et les deux choses ensemble en avaient fait une cible.

Ce jour-là, un groupe de petites brutes l'avaient acculée dans un terrain vague derrière l'école pour lui prendre son calepin. C'était un de ces petits blocs rayés qui s'achètent n'importe où, mais la couverture était assez exotique, avec des oiseaux tropicaux aux couleurs rutilantes au cœur de la jungle. Jusque-là, nous nous contentions sans problème de carnets marbrés blanc et noir et Charlotte, j'imagine, donnait l'impression de faire étalage de son élégance et de son fric.

Je m'approchai et me sentis immédiatement en communion avec elle. Moi aussi, j'étais une étrangère dans cette école, mais pour d'autres raisons. Cette fille, que je connaissais à peine, se tenait là, contre le mur de brique, la bouche mauvaise, les yeux lançant des éclairs de fureur. Deux grandes l'empêchaient de bouger en se tenant pratiquement nez à nez avec elle, l'abreuvant de sarcasmes et de quolibets tandis qu'une autre s'éloignait en brandissant l'objet bien haut et en rigolant.

« Rends-le-moi, espèce de salope ! braillait Charlotte. Rends-le-moi tout de suite. »

Je fus choquée par son langage, qui tranchait avec sa beauté froide. Je le fus encore plus quand elle leva le poing et le flanqua en plein dans la mâchoire d'une des filles. Tandis que sa persécutrice tombait à la renverse, Charlotte s'échappa et fonça sur le calepin. Quelqu'un l'attrapa alors par le bras pendant que celle qui tenait le carnet arrachait les pages une à une, les froissait et les lui jetait à la figure.

Le combat n'était pas égal, loin de là, et c'est alors que j'entrai dans la danse. Je me précipitai sur la fille – Phyllis Lye, je me souviens, le genre plutôt costaud et méchant – et la pris par surprise. Je lui enlevai le bloc, puis me jetai sur sa copine, qui maintenait solidement le poignet de Charlotte. Elle relâcha sa prise et Charlotte put se libérer. Nous fîmes face aux autres – Charlotte les poings en bataille, prête à se frotter de nouveau à elles, et moi, son merveilleux calepin dans une main et mon gros cartable de l'autre.

« Fichez-lui la paix ! hurlai-je en faisant tournoyer mon sac par la bretelle. Fichez le camp ! Partez ! »

Je suis sûre que Charlotte et moi, à nous deux, n'aurions pas fait le poids face à cette bande en d'autres circonstances. Mais je passais pour quelqu'un de plutôt silencieux et timide, et certainement pas le genre à causer des histoires ni même à m'en mêler. Sur le coup, les filles demeurèrent bouche bée. Charlotte en profita pour faire une percée. « Foutez le camp ou je vous tue ! » s'écria-t-elle en se penchant pour ramasser une pierre. Je la suivis, balançant toujours mon sac, et Phyllis, qui semblait être la meneuse de la bande, resta un instant à nous regarder fixement, puis elle se tourna vers les autres en haussant les épaules. « Oh, qu'elles aillent se faire foutre, marmonna-t-elle. On se tire. » Là-dessus, comme par miracle, elles tournèrent les talons et s'en allèrent.

Interloquées d'avoir gagné, nous nous sommes retrouvées face à face, Charlotte et moi, et avons éclaté de rire. Nous nous sommes assises par terre, adossées au mur de brique, le temps de récupérer. Je lui rendis l'infortuné calepin en disant : « Je regrette – il n'en reste pas grand-chose. Il y avait quelque chose d'important dedans ?

– Non. Il est vide. »

Je me retournai pour la regarder. « Alors, pourquoi tu le leur as pas laissé ? »

L'expression figée de son visage, le ton de sa voix me glacèrent tout en m'emballant. « Personne ne me prendra ce qui est à moi », lâcha-t-elle, les dents serrées.

Personne ne me prendra ce qui est à moi.

J'avais là une femme – car elle en était une, même à seize ans – qui n'avait pas peur de se battre, de se défendre. J'admirais cela, car j'étais bien obligée de le faire de mon côté. J'admirais aussi la classe de Charlotte et sa manière recherchée de parler. Elle n'utilisait pas le dialecte local et je passais les années suivantes à me débarrasser du mien. Je pris exemple sur Charlotte en tout, je lus les mêmes livres et choisis les mêmes matières. Quoique Charlotte partît l'année suivante pour poursuivre ses études, elle rapportait ses manuels et ses cahiers quand elle rentrait à la fin du trimestre. J'avais une faim insatiable d'apprendre, je voulais être le reflet, même de loin, de ce que ma nouvelle amie si raffinée ne manquerait pas, selon moi, de devenir.

Quant à Charlotte, elle n'oublia jamais comment j'avais volé à son sccours. Elle m'était reconnaissante de m'être mouillée alors que je n'y étais pas obligée. Sa loyauté implacable et mon admiration sans bornes nous ont soudées l'une à l'autre, j'imagine – même lorsque nous n'étions pas d'accord.

« As-tu eu des nouvelles de Michael, ces temps-ci ? » me demande-t-elle à présent, me tirant de mes souvenirs.

Nous nous mettons à marcher. « Quand je suis revenue à moi à l'hôpital, on m'a donné une boîte à chaussures. Elle était pleine de cartes postales et de lettres. Michael n'a jamais cessé de m'écrire, alors que personne ne pouvait dire si je m'en sortirais.

– Il a toujours beaucoup tenu à toi.

– Mon infirmière, Mme Rimes, me lisait ses messages quand ils arrivaient. Elle espérait que je les comprendrais quand même.

– Et c'était le cas ?

– Je n'en sais rien. Je n'en ai aucun souvenir, mais ils disent qu'il est possible que je les ai entendus et qu'ils aient aidé à me faire revenir à moi. Tes visites aussi, bien sûr. »

Je ne lui demande pas où elle était passée, ces deux derniers mois, pourquoi elle a arrêté brusquement de venir. Je ressens, comme auparavant, une pointe d'inquiétude, une réticence à savoir la vérité. Ce sentiment me laisse désemparée et, pour le moment, je préfère ne pas m'attarder là-dessus.

« Comptes-tu voir Michael ? » demande Charlotte. Il y a une tension dans sa voix qui me laisse songeuse. « Sait-il que tu es sortie de l'hôpital ?

– Non, je n'ai prévenu personne de Mevagissey. »

Elle s'arrête de marcher et me jette un regard sévère. « Et ta mère ?

– Non plus.

– Mais ce serait sans doute une bonne chose de tirer au clair…

– Non. » Je fronce les sourcils, furieuse. « Charlotte, c'est hors de question. »

Ceci met fin à notre complicité retrouvée. De nouveau, nous nous tenons de part et d'autre du gouffre et nous évitons tout contact pendant le reste de l'après-midi.

De retour à Pennoryn, je range les provisions, puis j'enfile un jean et des chaussures de marche. Je prends le blouson de David et je vais au jardin envahi d'herbe folle, qui a grand besoin d'être tondu. Mais le soleil du soir est chaud et je suis heureuse de voir que les oiseaux sont sortis en mon honneur. Ils pépient joyeusement dans les arbres. Une petite famille de grouses disparaît à pas menus dans un épais fourré d'ajoncs jaunes. Une tête minuscule se tourne vers moi, relève le bec d'un air hautain, comme si son propriétaire était offusqué de me voir par ici. Les grouses ont pris possession des lieux ; désormais, c'est leur maison. Pendant quelque temps, lorsque je viendrai me promener par ici, je serai une intruse.

Je dépasse un massif de marguerites, que j'ai entouré de tous mes soins et qui pousse librement à présent, et la haute haie de lilas. Ils ont besoin d'être taillés et les rosiers aussi. Autrefois belles et odorantes, les roses sont ratatinées et rongées par les pucerons. Quelques primevères cependant ont réussi à duper la nature et à ressortir, sans l'aide de personne, après la saison dernière. Elles pointent au milieu de l'herbe dense. Je me penche, me souvenant du petit lièvre en pierre que Michael m'a donné comme cadeau de mariage, trois mois après que j'avais épousé David.

Le lièvre n'est plus là. Son museau ne dépasse plus de la verdure comme avant. Je sens un coup au cœur et me demande si un voleur a pu passer par là et l'emporter.

Pourtant, il n'avait aucune valeur, sauf pour moi. Pour m'en assurer, je repousse les herbes, imaginant qu'il a pu se cacher par-derrière. Mais non… même pas sa trace sur le sol. Le lièvre est parti depuis longtemps.

Cette perte m'anéantit. Mon plaisir gâché, je hâte le pas, je sais où mes pas me portent. Arrivée au muret en torchis, je me laisse glisser par-dessus et me retrouve de l'autre côté.

Me voilà enfin où je voulais être.

Comme au village, peu de changements sont intervenus dans la prairie où j'ai rencontré David pour la première fois. Les fleurs des champs et les plantes qui poussent à mes pieds sont sans doute les mêmes qu'à cette époque. Contrairement aux gens, la nature se renouvelle sans cesse.

Le docteur Shahi dirait que les gens le font aussi et reviennent pour vivre une succession de vies. J'aimerais le croire. Mais si c'est vrai, pourquoi ne pouvons-nous reconnaître ceux que nous avons perdus ? Une rose est toujours une rose, un trèfle sera toujours un trèfle. Si David marche sur cette terre en cet instant, pourquoi ne puis-je le voir et le reconnaître ? Je donnerais le souffle qui m'anime pour le retrouver.

Ces pensées, je n'aurais pu les partager avec les examinateurs, ni même avec le docteur Shahi – mais Michael me comprendrait.

Michael. Le portrait vu en ville est encore présent à mon esprit. Que Michael m'ait choisie, moi plutôt qu'une autre, pour me peindre de cette façon...

Je retrouve mon refuge, sous l'énorme chêne où David et moi aimions pique-niquer et où nous avons si souvent fait l'amour, dans les premiers temps. Laissant tomber à terre son blouson, je pose la tête sur ce coussin de peau et fixe le ciel tandis que les derniers rayons de soleil venus de l'horizon me chauffent doucement le visage. Mes pensées retournent vers Michael et la guirlande en salicorne. Seule, sans témoin, je puis me le remémorer enfin – ce jour de mes treize ans – et les journées infernales qui l'ont précédé.

Toute ma vie, on m'a montrée du doigt, car Mevagissey était alors une petite ville, pas aussi développée ni envahie de touristes qu'aujourd'hui. Chacun savait ce qui se passait derrière la porte du voisin — non qu'il lèverait le petit doigt pour s'en mêler, même si c'était une horreur ! On restait chacun chez soi. Voilà pourquoi seul Michael pouvait me sauver.

Élevée avec trois frères, je jouais une bonne partie du temps avec les garçons. Outre la conserverie de pilchards, nous passions des heures autour des chantiers de construction navale. Ça ne m'emballait pas trop, car mon père avait travaillé chez Tommy Mayhew. Un jour, un apprenti non qualifié, qui forait sous un pont, avait carrément enfoncé la mèche dans le genou de mon père. Il en était resté estropié pour le restant de sa vie, incapable de travailler, et c'est comme ça qu'il s'était mis à boire.

Tommy Mayhew's était un vieux chantier naval, avec une ancienne charpente en bois d'œuvre tordue et déformée par l'air salin et le temps. Des centaines de petits trous dans le toit laissaient entrer des cercles de lumière, qui illuminaient l'air chargé de poussière. Les jours de soleil, on pouvait s'imaginer qu'une boule d'argent était accrochée là, comme celles qu'on voit dans les salles de danse. Quand les mouettes passaient au-dessus, les cercles de lumière gambadaient et caracolaient, et tout cet endroit affreux se transformait en une féerie rustique.

Mes frères, qui préféraient rester hors d'atteinte de mon père autant que moi, se cachaient volontiers chez Mayhew. Ils avaient découvert un coin isolé derrière un énorme tas de bois, où personne ne pouvait nous voir. Nous y passions des heures, mes frères à fumer en cachette et moi à rêvasser ou à lire. En grandissant, ils apportaient parfois une bière. À l'époque, nous risquions seulement de nous faire prendre et que notre père l'apprenne. Il nous aurait battus ou, pire, interdit d'y remettre les pieds. J'étais loin d'imaginer à quel point ce danger était minime, en fin de compte.

Ce fut terriblement gênant quand, à dix ans, mon corps commença à se transformer. Jusque-là, j'étais plus à l'aise avec les garçons qu'avec les filles. Michael était mon meilleur copain depuis l'école primaire et je m'étais toujours sentie bien avec lui. Il ne me jugeait pas parce que j'avais un père qui buvait, ne colportait pas de ragots comme les filles. Et quoiqu'il fût d'une famille pauvre, Michael travaillait bien à l'école. Il était plus raffiné que mes adolescents de frères, qui se lavaient rarement, ne se changeaient guère plus et chahutaient dans le dos de notre mère. Celle-ci trouvait refuge derrière ses fourneaux et dans l'hydromel local, l'esprit de plus en plus borné au fil des ans. La plupart de nos voisins finirent par la fuir, et je n'avais d'autre ami que Michael, qui, par-delà l'indignité de ma famille, cherchait l'enfant « normal » qui réclamait le droit d'exister.

C'est alors que mon corps me trahit. Il se mit à changer. Je fus prise de court et il n'était pas question d'en parler avec ma maman. Je me mis à porter des gros pulls, à vouloir à tout prix cacher ce qui se passait en moi. Mais, pendant l'été, j'étais obligée de me défaire de toute cette laine. C'est Michael, en fin de compte, qui m'a mise en garde : « À ta place Joanna, je me méfierais. Tu devrais pas porter cette chemise. Elle est beaucoup trop petite. »

Michael avait dix ans, comme moi, mais il était calme et posé, un enfant réfléchi pour son âge. Et quand il m'eut montré les dangers, je commençai à réaliser ce qui, jusque-là, me passait au-dessus de la tête. Le lendemain, quand je levai les yeux de mon livre chez Tommy Mayhew, mes frères avaient les pupilles braquées sur moi. Ian était le plus effronté, et aussi celui qui buvait le plus de bière, en général. J'imagine que c'est lui qui a monté la tête à Denny et à Joseph.

Je ne me doutais de rien.

« Tu fais des trucs avec ton petit copain ? me demanda Ian ce jour-là de sa voix traînante.

– Hein ? » fis-je, interloquée. Je ne comprenais pas.

« Ben, tu te l'envoies ou pas, ton petit copain Michael ? »

Il rit, content de lui, en adressant un clin d'œil à Joseph. « J'parie que ce gamin n'en a pas – ou alors, y sait pas à quoi qu'ça sert. »

Ses sarcasmes reprirent de plus belle. Moi, j'étais de plus en plus gênée et toute rouge, je n'y comprenais rien. C'était des choses dont on ne parlait que derrière les portes closes au village, ou entre gosses, en rigolant derrière nos mains.

« ... on lui fait voir, les gars ? » dit Ian à Joseph et Denny en finissant une autre bouteille de bière.

Il se glissa à côté de moi et posa une main sur ma nuque. Son haleine empestait le malt et des relents du déjeuner – des saucisses, ce jour-là. Il glissa l'autre main à l'intérieur de mon chemisier de coton, m'agrippa la poitrine et se mit à frotter. Je me rétractai, j'eus chaud, puis froid, tellement gênée et terrifiée que je pouvais à peine parler.

« Fais pas ça, Ian ! » Je reculai en tâtonnant et, tandis que mon frère rigolait, je me rendis compte que c'était pour tomber sur Joseph, qui avait toujours été mon allié en cas de problème. Il allait m'aider, c'était sûr. Mais ses mains rudes s'abattirent sur mes épaules et me poussèrent par terre. Son haleine aussi était chargée de bière. Son visage bougeait au-dessus du mien et je voyais son regard dans le vague, larmoyant. Sa bouche descendit et se colla à la mienne.

L'ambiance changea vite, alors, passant de la rigolade à

quelque chose de sombre, et en dépit de mon innocence, je sus que rien ne les arrêterait, qu'il n'était plus possible de reculer le temps, même de cinq minutes. À partir de ce jour-là, rien ne serait jamais plus comme avant.

Quand ce fut terminé, ils me firent asseoir pour me faire dire que j'allais bien, que je m'en fichais et que je ne dirais rien à personne. J'avais atrocement mal, je criais au-dedans de moi et, plus tard, je me suis demandé pourquoi je n'avais crié pas au-dehors aussi, pour faire venir les ouvriers du chantier. Curieusement, je me sentais fautive, je n'osais plus regarder personne dans les yeux.

Mes frères m'abandonnèrent là pour retourner au travail. Je me blottis dans un coin. Des lueurs de soleil passaient par les trous du plafond et dansaient sur mes bras, mais ils ne me réjouissaient plus le cœur comme avant.

Il en fut ainsi pendant les trois années qui suivirent, entre une et plusieurs fois par semaine. Mes frères me donnaient l'ordre de venir au chantier et j'obéissais – j'avais vite compris que, sinon, ils me mettraient de toute façon la main dessus et que ce serait pire encore. Pour finir, ils le firent même à la maison, sous l'œil du père, qui applaudissait leur virilité, un grand verre de whisky dans une main et son sexe dans l'autre. Je ne sais pas où était ma mère.

Je n'avais personne à qui le dire. Pas même Michael. J'avais trop honte. Puis vint le jour de mes treize ans, et mes frères invitèrent des copains à eux en un lieu isolé sur les falaises pour m'aider à « célébrer » dignement l'événement. Si Michael n'en avait pas entendu parler, s'il n'était pas arrivé à temps, je doute que je serais encore en vie aujourd'hui. S'ils m'avaient laissée respirer, je suis sûre que je me serais jetée du haut de ces falaises.

Michael, pensais-je, *Michael chéri. Tu sais mieux que personne quelle horrible vérité se cache derrière ce radieux visage d'enfant que tu as peint.*

Songeant à cela, je passe la nuit allongée dans l'herbe rude de la prairie, en regrettant l'absence de mon ami. Il faut absolument que je l'appelle. Demain matin, c'est promis.

Cette décision prise, je me sens quelque peu apaisée. Mais

alors que je vogue vers le néant, prélude au sommeil, un brusque changement s'opère. Les mains de David se posent brutalement sur moi et maintenant, ses mots à mon oreille me font peur au lieu de me séduire. La bouche de David fond sur la mienne, me mord avec sauvagerie pendant qu'il frotte une poignée d'orties sur mes seins. Ça me fait mal et je crie. « Non, David, je t'en prie, ne fais pas ça, je t'en supplie, ça fait mal », et je l'entends rire doucement, et il m'assure, d'une voix convaincante : « Tu vas aimer, Joanna, crois-moi, tu vas voir. »

Mais je n'ai jamais aimé ça, je m'en souviens à présent. Au grand jamais. Et les orties, ce n'était que le début. Il y a eu tellement pire.

Furieuse, je repousse le blouson de mon mari défunt et ferme les yeux. J'aurais tant voulu pouvoir repousser aussi David.

Au matin, il y a un brouillard froid et humide. Mes muscles sont raides et douloureux, et les larmes ont imprégné mes joues de sel. Je me lève et enfile le blouson de David, puisque je n'ai rien d'autre pour me réchauffer. En plongeant les mains dans les poches pour la première fois, je sens un bout de papier, que je sors.

Il y a un message, que je déchiffre : *David, je ne peux plus continuer à jouer à ce jeu-là. Il faut que je te voie. Retrouve-moi dans la prairie quand Joanna sera partie en ville.*

La signature ne laisse aucun doute et correspond bien à l'écriture fleurie de la lettre, une écriture que je connais depuis quinze ans. Le message s'adresse à David ; et il est signé : *Charlotte.*

7

Soudain, c'est trop. Trop de souffrance et trop de questions aussi. C'est comme si je vivais un de ces cauchemars où on croit être éveillé mais où on a une vision complètement biaisée ; tout est chamboulé, flou, même les murs ne sont plus là où ils devraient être.

Mais la question cogne à la porte de mon esprit et refuse de s'en aller : *Charlotte et David avaient-ils une liaison ?*

Je n'arrive pas à y croire. Pourtant, le message dans ma main est la preuve irréfutable d'une complicité. Et le fait que je sois incapable d'appeler Charlotte pour l'interroger donne la mesure du gouffre qui nous sépare.

Je ne sais plus que faire. Avec le temps, je trouverai une explication, me dis-je, une explication acceptable. En attendant, au lieu de laisser cette pensée me rendre folle, je me lance dans un ménage en profondeur de la maison, me jetant à corps perdu dans le travail pour éviter de réfléchir. Le travail m'a servi à me protéger dans le passé ; il me servira encore.

Le salon est fait. Au moins, la poussière a disparu. Mais je ne veux plus du papier sombre que David avait choisi pour les murs, ni de ces meubles lourds. Plus tard, j'irai en ville pour me procurer des matériaux, du papier peint, de la peinture, du tissu pour les rideaux. J'achèterai un journal et passerai en revue les petites annonces pour le mobilier. Ça va m'occuper.

Charlotte non plus ne partageait pas les goûts de David en matière de meubles. Elle les trouvait d'un baroque déprimant.

Charlotte, David. David, Charlotte. Malgré mes bonnes résolutions, je n'arrive pas à les sortir de ma tête. Debout, à l'entrée de la cuisine, une scène me revient : David, la main sur le bras mince et blanc de Charlotte. Elle se tourne vers lui... et qu'y a-t-il sur son visage ? De l'excitation ? Je n'en suis pas sûre.

David lui faisait visiter la cuisine. Je l'entendais de la salle à manger où j'étais assise avec Henry ; ça n'en finissait pas, depuis son enfance à l'orphelinat jusqu'à son rêve de toujours d'avoir une vraie maison. Ses idées sur ce qu'était « une vraie maison » lui venaient en grande partie des revues de décoration et de vieux films de son enfance. Notre réfrigérateur, s'il est neuf, a l'air d'une de ces vieilles glacières, et la cuisinière émaillée noir et blanc a les pieds incurvés ainsi qu'une table de cuisson avec four attenant au niveau des yeux version 1930.

Il annonça : « Joanna s'est occupée des rideaux. » Pour ça, au moins, j'avais eu mon mot à dire. J'avais opté pour un frais vichy bleu et blanc pour la fenêtre en saillie, avec une nappe coordonnée sur la table de chêne ronde.

Je suis allée dans la cuisine ce soir-là et j'ai vu, à travers les yeux de Charlotte, les plantes accrochées à chaque fenêtre, le moule en cuivre étincelant, les efforts presque désespérés pour faire revivre une atmosphère qu'aucun de nous n'avait connue.

Je me suis demandé si elle se moquait de nous. En dépit de nos efforts, Pennoryn n'arrivait pas à la cheville du ravissant manoir des Dean.

C'est alors que j'ai vu la main de David sur son bras et sa bouche près de son oreille. Il lui murmurait quelque chose et je la vis lever les yeux vers lui. Une sourde rougeur montait de sa gorge, à la limite de la fine robe blanche, et gagnait son visage. Je n'ai eu que ce bref instant pour me rendre compte de sa réaction avant qu'ils me voient. David s'écarta, se tourna vers moi et sourit : « Nous parlions justement de toi, dit-il. Nous faisions des compliments sur ton bon goût. N'est-ce pas, Charlotte ? »

Elle lissa sa torsade de cheveux blonds. « Oui », fit-elle en souriant, mais sa voix était mal assurée.

Puis Henry vint me rejoindre, et nous sommes tous restés dans la cuisine, à admirer mon bon goût.

Les fenêtres de la cuisine sont sales mais intactes. Il n'y a que de la poussière sur les buffets et une fine couche de graisse sur la cuisinière. Le réfrigérateur sent le renfermé ; Charlotte l'a débranché il y a huit mois pour le rebrancher récemment. J'essuie l'intérieur avec un chiffon humide et du bicarbonate de soude pour chasser l'odeur. Ensuite, je m'attaque à la pièce avec un seau d'eau et du détergent, une brosse et une éponge, sans négliger les coins. Cela me prend un peu plus d'une heure et quand j'ai fini, je regarde autour de moi. Je me sens mieux. David et Charlotte ne sont pas partis mais, pour le moment, ils ont perdu de leur éclat.

Tout ça m'a ouvert l'appétit et je m'appuie contre l'évier pour croquer une pomme en regardant au-dehors. Là-bas, au-dessus de la colline, un faucon s'élance dans le ciel et, plus près, j'entends croasser des corbeaux. Cela me rappelle que je ne me suis pas encore occupée des oiseaux. Ils étaient toujours mon premier souci le matin. Je ne mangeais pas tant qu'ils n'avaient pas eu leur petit déjeuner. Or, depuis mon retour, c'est à peine s'ils me sont revenus à l'esprit. J'ai honte et me promets d'aller acheter une provision de graines. En attendant, je vais remplir leur vasque au jardin et leur donner du pain.

J'ai rapporté du village une bonne miche, dont je coupe plusieurs tranches. En sortant par la porte de derrière, je suis sur le chemin qui traverse les jardins. Des herbes folles me montent jusqu'aux genoux avec partout des tiges de fleurs mortes. C'est dans un bel état ! Mais la mangeoire, que j'ai construite de mes mains, n'a pas bougé. À près de deux mètres cinquante du sol en haut d'un mince poteau métallique, elle est hors d'atteinte du chat des voisins, qui vit à un kilomètre et demi plus bas sur la route. Je réduis le pain en miettes et, à l'aide d'un système de poulies, je remplis la mangeoire. En moins de cinq secondes, une clameur me parvient du haut des arbres. D'abord tout près, puis cela gagne les saules et les chênes autour de la mare. J'aime à croire qu'ils se font passer le mot : « Elle est rentrée ! Il y a à manger ! »

Cela fait huit mois et beaucoup de ces oiseaux étaient déjà là l'an dernier. Certains sont des messagers – les éclaireurs – et ce sont eux qui annoncent l'admirable nouvelle quand je rentre de la ville avec des graines de tournesol. Pourtant, ils attendent pour s'approcher. Ils doivent s'assurer que ce n'est pas un piège et la prudence prend le pas sur la faim.

Je les laisse et finis d'inspecter le jardin. Il est dans un triste état, c'est plus que je n'en peux supporter. Je décide de me rendre au village dans la journée pour acheter autant de pots de fleurs de couleur vive que le coffre peut en contenir. J'en borderai le chemin pour me remonter le moral pendant que je désherberai. Ensuite, je les mettrai en pleine terre.

Mais je vais en avoir pour une éternité à remettre de l'ordre. Je suis effarée que Charlotte ne s'en soit pas occupée. Elle aurait pu embaucher un jardinier pour qu'il entretienne les lieux ; elle aurait dû savoir que je la rembourserais.

Tant de choses m'échappent, concernant Charlotte. Et, brusquement, mes bonnes résolutions m'abandonnent. Je ne peux pas m'empêcher de penser à elle – et à David.

Après avoir fait mes courses, je m'inviterai chez elle pour le thé. Je dirai que je suis venue voir la Fiat, et j'en profiterai pour discuter. Peut-être apprendrai-je quelque chose. Un indice me permettant de comprendre ce message.

Entre-temps, je me rends compte que je n'éprouve guère de colère, pas même de jalousie à la pensée que Charlotte et David se voyaient. Étrange. Ce qui me contrarie surtout, me semble-t-il, c'est que Charlotte m'ait trahie.

Je suis à la caisse de chez Abbott, l'horticulteur, pour payer mes achats. « Aurez-vous besoin d'aide, madame Carr ? »

M. Abbott est un très vieux monsieur, quatre-vingt-dix ans bien sonnés sans doute, qui aide seulement son fils à la caisse. Je ne puis l'imaginer soulevant une feuille, il paraît si fragile.

Je m'étonne : « De l'aide ?

– Chez vous. Le vieux Robert pourrait vous aider à planter tout ça. Il n'est pas cher, vous savez.

– Le vieux Robert… Ah, oui, je m'en souviens. Il travaille pour vous ?

– Bon, enfin, ce n'est pas vraiment un employé. Disons qu'il est toujours dans les parages, vous voyez. Il aime à s'occuper des plantes.

– Le vieux Robert... » Pour autant que je me souvienne, il n'a pas plus de cinquante ans. M. Abbott pourrait être deux fois son père. Mais Robert est lent et un peu voûté. C'est ce qui lui a valu son surnom en ville.

Autre chose me revient sur le vieux Robert. D'après les gens, il est encore plus timbré que moi.

Parfait, me dis-je. « Ça ne l'embête pas de désherber ?

– Du tout.

– Alors dites-lui de venir. »

Nous convenons que M. Abbott lui en parlera et que, si c'est possible, le vieux Robert viendra à la maison demain matin. Je me sens un peu plus légère en partant, comme si une partie du fardeau que représente la remise en état de la propriété venait de m'être retirée des épaules.

La maison de Charlotte est à un quart d'heure à peine de Pennoryn, mais la terre n'est pas la même. La route longe la Fal, où, déguisé en pèlerin, Tristan est censé avoir attendu près du gué du Mal Pas, que sa reine devait franchir pour se rendre à Carlyon. Plutôt que des fermes, ce sont ici de vertes collines ondoyantes, des ruisseaux et des bois denses.

Haut et élégant, Fallston, le manoir des Dean, se dresse sur une colline boisée. Il a une grande aile de chaque côté, d'une part la bibliothèque, de l'autre, une salle avec des fenêtres sur trois façades, qui dominent un jardin de lilas, d'azalées et de roses somptueuses. Le manoir est dans la famille de Henry depuis des siècles, remontant à son arrière-arrière-arrière-grand-père, qui possédait pratiquement toute la terre de la région. Quand Charlotte a épousé Henry, elle a pris à son compte ses ancêtres et son histoire, dont une bonne partie est narrée dans les annales familiales qui figurent dans leur bibliothèque.

Je me suis souvent demandé si Charlotte, en dépit de son âge, avait épousé Henry pour son argent, mais je n'ai jamais osé lui poser la question. Elle aurait pu croire qu'elle baisserait dans mon estime si c'était le cas. Et puis, il y a certaines choses que nous préférons ne pas savoir à propos de nos amis. Nous dressons des limites, comme des barrières, autant pour permettre à l'amitié de s'épanouir que pour nous protéger contre des vérités désagréables.

Toutefois, si Charlotte a d'abord épousé Henry pour son argent, elle semblait l'aimer sincèrement, au moins ces dernières années. Pas très grand, la démarche chancelante, le crâne luisant, il vous observe de ses doux yeux gris noyés au milieu d'une myriade de rides minuscules. Sa bouche est presque constamment retroussée par un sourire, comme s'il pensait plutôt à une nouvelle et magnifique rose hybride qu'à la conversation en cours, ce qui est généralement le cas. J'ai toujours eu beaucoup d'affection pour lui, comme on ne peut s'empêcher d'aimer quelqu'un de bon, d'inoffensif, qui désire seulement aider ceux qu'il aime. Avec les années, j'ai vu Charlotte s'adoucir au contact de Henry. Bref, ils sont faits l'un pour l'autre.

Au lieu de suivre l'allée circulaire pour descendre devant la porte d'entrée, je m'arrête sur la route, près des garages. Deux des trois boxes sont ouverts, ce qui laisse apparaître un espace vide à l'emplacement de la Morris, que Henry entretient avec amour. Il doit être sorti et je me demande si Charlotte est partie avec lui. Je me sens vaguement soulagée. À vrai dire, maintenant que je suis là, je préférerais tirer un trait sur toute cette histoire et rentrer chez moi.

À l'autre place se trouve la Fiat rouge de David. Je reste assise un moment vitre baissée, à me remémorer les balades dans la campagne, lorsque nous nous sommes connus – remontant jusqu'à Fowey, descendant jusqu'à Land's End, poussant de temps à autre jusqu'à Londres, en emportant le déjeuner pour piqueniquer en plein champ. Les sensations sont encore fortes : le chaud soleil, son odeur sur les pêches trop mûres, le vin qui vous monte à la tête. Ensuite, David conduisait d'une main, l'autre dans la mienne d'abord, puis la glissait sur mon genou. Peu à peu, il remontait les doigts sur ma cuisse jusqu'à l'ourlet de ma jupe, où il s'arrêtait pour m'exciter et m'exciter encore, et il me rendait folle de désir au point que j'en perdais le souffle, jambes écartées. J'adorais la caresse soyeuse de ses doigts sur mes bas et l'embrasement qui s'emparait de moi quand sa main trouvait…

Je suis étonnée de le sentir encore en moi, avec cette moiteur entre mes jambes que je n'ai pas éprouvée depuis des mois. À vrai dire, je croyais mon corps aussi mort que mon esprit.

En revanche, j'ai la gorge sèche comme la pierre. Elle tremble, et ce n'est pas de passion. C'est de peur. Longtemps, je laisse ma tête reposer sur mes mains, crispées sur le volant. Puis je descends à terre et reste immobile dans l'allée, les genoux flageolants. Je me retiens à la portière ouverte en attendant que cet horrible sentiment d'effroi diminue.

Le soleil qui tourne éclaire l'intérieur du box et se reflète sur le capot de la Fiat écarlate. Il a l'air de cligner de l'œil, de bouger, de s'étaler comme du sang noirci, épais. Je me vois assise à côté de David et l'entends me dire : « Ne sois pas poule mouillée, Joanna », tout en négociant à toute allure les virages en pente. « J'ai la situation en main. » Mais un soir, une autre voiture, une Ford verte, nous a serrés de près parce que David avait freiné trop brusquement sur une route de montagne. « … Lui donner une leçon », a-t-il marmonné entre ses dents avant d'écraser les freins de toutes ses forces. Les pneus de l'autre véhicule ont hurlé et le chauffeur a essayé en vain de braquer. Il a embouti la Fiat comme un camion fou, froissant les tôles et faisant voler le verre en éclat. Le bruit fut tel, au moment du choc, que je m'attendais à voir la Ford s'encastrer dans la carrosserie. Mais elle était petite, légère et, par miracle, le pare-chocs tint le coup. Nous fûmes, David et moi, projetés en avant et plaqués contre les ceintures de sécurité avant de nous immobiliser au bord de la route. Nous eûmes mal un peu partout pendant des mois ; l'autre automobiliste avait eu le coup du lapin.

Je suis restée ébranlée après cet accident, chaque voiture qui approchait me donnait l'impression de me foncer dessus. Je suppliais David de conduire plus lentement quand j'étais avec lui. « Youpi ! » criait-il comme un gosse en se jetant sur les creux et les bosses, la Fiat rouge sang décollant du sol dans un bruit de ferraille tandis que, terrifiée, je m'accrochais à ma ceinture de sécurité.

J'ai les bras serrés autour de moi. Quand la voix de Charlotte retentit dans mon dos, je sursaute, je ne l'avais pas entendue venir.

« Pauvre Joanna ! Pourquoi ne lui as-tu pas dit que tu ne voulais plus monter en voiture avec lui ? »

Comme cela se produit souvent, elle a lu dans mes pensées. Je murmure : « Je ne sais pas… Je ne sais plus. » Mon regard plonge dans ses yeux énigmatiques et je me demande pourquoi je n'ai jamais su les déchiffrer.

« Tu l'as fait, toi, n'est-ce pas ? dis-je. Tu as refusé de monter avec lui. »

Du moins, c'est ce que j'ai cru. Partiez-vous secrètement en balade tous les deux dans la campagne ? Aviez-vous des tête-à-tête dont j'ignorais tout ?

« Il devenait fou dès qu'il avait un volant entre les mains, répond-elle. David… » Elle secoue la tête et se tait en posant une main sur mon épaule. « Ne parlons plus de lui, d'accord ? Tu tombes pile pour le déjeuner. On peut le prendre sur la terrasse.

– Où est Henry ? Je vois que sa voiture n'est pas là. »

Elle me prend par le bras avec un sourire pour m'entraîner sur le chemin dallé qui conduit à la maison. « Il est allé en ville avec un voisin pour rencontrer le propriétaire d'une jument qu'il veut acheter. Bright Lady. Il ne va pas tarder.

– Henry a des chevaux de course, maintenant ? » J'ai du mal à imaginer le fragile Henry Dean hurlant à la tribune et agitant en l'air ses billets gagnants. Je souris à mon tour.

« Ça le distrait, explique Charlotte. Il avait besoin de s'occuper, un nouveau dérivatif. La retraite n'a guère été facile pour lui. »

Contrairement à ses ancêtres, Henry a travaillé jour après jour pendant quarante ans dans l'affaire familiale, avant de se retirer il y a dix ans – à soixante ans – à la demande de Charlotte. « Je ne vous ai pas épousé pour rester assise seule dans cette grande maison, lui fit-elle valoir. Nous avons des endroits à visiter, Henry, des choses à faire. »

S'il est vrai qu'elle s'est adoucie au contact de son amour, la présence de Charlotte a donné à Henry Dean une deuxième jeunesse. Après avoir mené la vie terne d'un banquier collet monté, il s'est enfin décidé à échanger les obscurs couloirs de la banque contre des plages exotiques et lointaines. Désormais, Charlotte et lui partaient en voyage plusieurs mois par an. Ils revenaient bronzés, avec de nouvelles marques laissées par le soleil et chargés de coûteux objets d'art. Henry n'a jamais eu à se plaindre, que je sache, de cette nouvelle vie ; il a suivi Charlotte comme un jeune chien heureux. Charlotte semblait contente, elle aussi.

Alors, pourquoi se serait-elle intéressée à mon mari ?

Bien sûr, David pouvait se montrer convaincant. Il me suffit de repenser à nos premiers jours ensemble pour le savoir. Pourtant, tandis que nous marchons bras dessus bras dessous vers la maison, j'ai du mal à croire que la note de Charlotte signife ce que j'ai cru comprendre. Il doit y avoir une autre explication.

Henry est de retour et nous sommes installés autour d'une grande table de verre avec un habillage en osier blanc. Les fauteuils aussi sont en osier, moelleusement recouverts de chintz bleu vif, mais mon confort ne s'en trouve pas amélioré. Quelque chose cloche. Je m'en suis rendu compte dès l'instant où Henry a franchi le seuil de la terrasse. Son dos s'est raidi et son visage, généralement avenant, s'est figé. J'ai pu lire une réticence dans ses yeux. Toutefois, j'ai à peine eu le temps de m'en apercevoir.

À présent, Charlotte se tourne vers Henry. « Joanna est venue chercher la voiture de David », dit-elle. Ils échangent un regard entendu. Puis ça aussi disparaît.

« Ah oui ? répond Henry. J'aurais cru… » Il laisse sa phrase en suspens, mais je sais ce qu'il sous-entend.

« Vous avez raison, Henry. C'est ce que je viens de me dire. Mieux vaut que la Fiat reste ici en attendant que je trouve un acheteur. Si vous êtes d'accord, bien sûr. Je vais chercher une bonne occasion. Quelque chose qui soit plus dans mon style. »

Charlotte saisit la perche que je lui tends. « Magnifique ! Je t'y conduirai, Joanna. Demain, tu veux ? On pourrait en profiter pour déjeuner à St. Austell, ensuite on prospecte et puis, quand tu auras trouvé ton bonheur, tu rentres chez toi. »

Un instant, le sourire de Henry s'efface, mais il approuve. « Je vais faire passer une annonce dans le journal pour la Fiat, si vous voulez, Joanna. Je serais ravi de m'en occuper. »

Je pose ma fourchette sur mon assiette à salade. « Je vous remercie, Henry, et toi aussi, Charlotte. Mais demain, je compte aller à Mevagissey pour faire quelques courses. La voiture peut attendre. »

Charlotte fronce les sourcils. Comme autrefois, elle a une bonne longueur d'avance. « Michael n'est pas toujours à la galerie, ces temps-ci, précise-t-elle d'un air réprobateur. Il est souvent en déplacement pour monter des expositions, tu sais. J'ai entendu dire qu'il préférait s'en occuper lui-même. »

Henry la considère d'un air soucieux. « Michael… s'agirait-il de Michael Lamb ? »

Elle ne lui répond pas. « Joanna, je t'en supplie, dis-moi que tu ne vas pas remettre ça.

– Remettre quoi ? » Ma voix se durcit. « C'est une drôle de façon de présenter les choses. Michael est mon ami. Pourquoi ne le verrais-je pas ? »

Charlotte prend un air dégoûté et se touche la gorge.

« Qu'y a-t-il ? Charlotte, que se passe-t-il donc ? »

Elle fait son possible pour se maîtriser. « Rien… rien du tout, ma chérie. Mais ça fait à peine quelques jours que tu es sortie de l'hôpital, et voir Michael… Disons que cela ne me paraît pas le plus indiqué.

– Et pourquoi ? Y a-t-il quelque chose… » *Quelque chose que je devrais savoir sur Michael ?* Il y a… je le sens maintenant du fond de mon ventre. Sa présence envahit l'espace, comme un énorme nuage noir.

Charlotte et Henry se précipitent dans la lumière au-dessus du nuage pour le disperser avec des propos rassurants. « Mais non, mais non », intervient Henry trop vite, sans perdre son air soucieux. Et Charlotte de renchérir : « Je voulais juste dire que tu as tout ton temps. » Elle me presse la main et je sens ses os fins et fragiles s'enfoncer dans ma chair. Une panique diffuse émane de ces os, qui me gagne. Ma mâchoire se fige. Je me rétracte.

« Le docteur m'encourage à mener une vie normale, Charlotte. Dis-moi pourquoi je ferais mieux d'éviter Michael ? »

Elle se renverse dans son fauteuil et pousse un soupir discret. « Tu en fais tout un plat, Joanna. Ça prend des proportions démesurées. » Son paisible regard vert se pose sur le mien. « Est-ce que… la paranoïa… fait partie de ton problème ?

– Charlotte ! » s'exclame Henry, atterré.

Je sens les joues me brûler. « Aussi bizarre que ça puisse paraître, j'ai toujours détesté ce mot-là. Le genre de mot que les gens n'utilisent que pour porter des accusations. »

Elle rougit. Les muscles de son cou se raidissent. « Je voulais simplement dire que tu devrais aller de l'avant et tourner le dos au passé. Joanna, tu poursuis des ombres là où il n'y en a pas.

– D'un autre côté, il paraît que même un paranoïaque peut avoir ses fidèles. »

Elle se tait. Je tremble, mais pas question qu'elle le voie. Je garde les mains sur mes genoux, sous la table, tant qu'elles ne sont pas montrables. Puis, avec un calme dont je ne me serais pas crue capable, je me tapote le coin des lèvres avec ma serviette et je me lève.

« Merci pour le déjeuner, Charlotte. Et vous aussi, Henry. Maintenant, il faut que j'y aille.

– Joanna… »

Charlotte se lève à demi, mais je poursuis mon chemin. J'entends un tic-tac dans ma tête, comme celui d'une bombe restée silencieuse pendant des années sous la terre et qui vient de se mettre en marche. C'est tout juste si les paroles de Henry, qui se veulent apaisantes, me parviennent : « … je regrette…, dit-il, je regrette vraiment… ce n'est pas… revenez nous voir… »

En fait, Henry se démène tellement que c'est tout juste si je remarque – avant d'arriver au chemin dallé, où je me retourne pour le rassurer – que Charlotte n'est plus là. Henry est seul sur le seuil, l'air piteux.

Je file dans l'allée et, à la hauteur des boxes, je regarde la Fiat. Le capot rouge sang me lance un clin d'œil. Je grimpe dans la Ford, mes mains agrippent le volant et je me dis : *Est-ce de la paranoïa, le fait que tu n'es pas venue me voir à l'hôpital,*

Charlotte, depuis deux bons mois ? Est-ce de la paranoïa, le fait que vous aviez un secret, David et toi, dont je ne savais rien ?

Je me demande pourquoi je n'ai pas dit les choses carrément, pourquoi j'ai toujours eu tant de mal à prendre Charlotte de front. Pourquoi ai-je toujours l'impression qu'elle va réussir à prouver que je suis une sotte et que c'est elle la plus posée, la plus saine d'esprit des deux ?

Ce soir-là, il pleut. Je suis assise dans un grand fauteuil rembourré près de la fenêtre du salon et je scrute le ciel couleur ardoise, la jungle enchevêtrée qui m'entoure. Je me souviens de l'exaltation qui s'est emparée de moi à mon retour. C'était merveilleux, ce que j'ai ressenti à l'instant où j'ai mis pied à terre.

Mais à présent, le désordre qui règne au-dehors règne aussi au-dedans. Depuis que j'ai quitté l'hôpital, il me revient plus de mauvais souvenirs que de bons à propos de David, semble-t-il. Je frémis d'embarras en me rappelant le portrait idyllique que je faisais de lui et de notre mariage il y a seulement quelques jours.

« David était le rêve de toutes les femmes, le seul homme capable de les combler pleinement », ai-je dit un jour au docteur Shahi au cours d'une séance. Il m'a répondu : « C'est de *vous* dont vous avez besoin, Joanna. Toute la joie que vous désirez, toute la force qui vous sera nécessaire est *ici en vous*. »

J'aimerais le croire. Mais si c'est vrai, pourquoi suis-je assise ici, complètement anéantie, à pleurer sur un bonheur qui n'a jamais existé ?

La vérité – et cela me revient maintenant – c'est qu'il ne me fallut guère de temps pour comprendre que David n'était pas aussi heureux que moi à Pennoryn. Le gazouillis d'un tout petit oiseau trouvant son chemin à travers les ajoncs lui procurait peu de joie (bien qu'il parût partager la mienne le jour de notre rencontre). Il ne restait plus avec moi, comme avant notre mariage, à admirer le coucher de soleil qui, de temps à autre, zébrait d'or, de rose et d'aigue-marine le ciel maussade. J'en étais venue à passer seule dans la prairie ces soirées, tandis que David travaillait dans son bureau. Je restais parfois pendant des heures sous notre arbre à observer chaque instant fugitif de ce rare déploiement, sans même me rendre compte que mes membres se raidissaient et mon nez se glaçait. Une pareille vision me comblait de joie.

En revanche, je ne pouvais en espérer autant de David. Les gens sont différents, disait-il, et j'en convenais. David avait besoin de plus de vie, d'activité que le petit village de Pennoryn n'en procurait. Il partait pour ses affaires à Londres et je savais qu'il en profitait souvent pour voir un spectacle ou dîner avec des copains… Alors que j'aurais aimé l'accompagner dans ces occasions – et le fis parfois au cours des premières semaines – il prétendit par la suite que nous n'aurions pas le temps de sortir ensemble. Il faisait juste l'aller et retour ; il allait régler un problème et rentrer. Au bout de deux ou trois mois, je ne demandai même plus de quelle sorte d'affaires il s'agissait. Comme mes questions l'énervaient, je préférais éviter de gâcher ces instants par des disputes.

Puis, lentement, très lentement, quelque chose d'obscur s'insinua. Je ne me souviens pas très bien de ce que c'était, mais il y a maintenant des zones d'ombre en marge de mes souvenirs, un abominable sentiment de honte.

Je frissonne et remets en place la petite couverture en tricot qui couvre mes jambes. La tempête se déchaîne sur les ormes. Ils grattent le toit et cognent aux fenêtres. Le vent hurle sous l'avant-toit. Sous la véranda, j'ai posé les pots de fleurs, qui doivent être mises en terre. Elles semblaient éclatantes de vie chez Abbott. Ici, elles ont l'air terne, dans les dernières lueurs du soir, au milieu des herbes folles qui ont tout envahi.

Je me sens faiblir, moi aussi, comme une chandelle dont la mèche a fini de se consumer. Mes membres sont glacés et, un instant, je me demande si je ne vais pas abandonner, partir pour ce lieu de lumière dont les gens parlent. Je ne laisserais derrière moi aucune famille pour me regretter, personne pour me pleurer. Et, là-bas, c'en serait fini de la souffrance et de ces nuits blanches à se demander qui a fait quoi.

Brusquement, le vent souffle en bourrasque, secoue les fenêtres et renverse les pots de fleurs. Ils roulent à terre, emportés de-ci, de-là par la bise. C'est vraiment triste à voir. Ils ont l'air impuissants et, comme moi, tellement misérables. Je suis prise brusquement d'un sursaut de révolte. Toutes les fibres de mon être se gonflent de fureur. *Je ne peux pas laisser faire ça*. Repoussant la couverture, je me lève et cours à la porte, que j'ouvre en grand. Dans la véranda, je me précipite derrière les pots détrempés, les rassemble dans mes bras et les emporte à l'intérieur. Quand ils sont tous à l'abri, je me précipite à nouveau au-dehors et brandis le poing vers les cieux déchaînés. « Je ne me laisserai pas faire, David ! Tu m'entends ? *Je ne me laisserai pas faire !* »

La pluie m'inonde le visage ; le vent me tire les cheveux. C'est tout juste si je sais ce que je dis, ou comment David est venu se fourrer là-dedans. Mais maintenant, ma colère est à son comble et c'est formidable. C'est tellement mieux que la peur.

En rentrant, je laisse des traces d'eau sur le sol. Je laisse même la porte ouverte. Peu importe. Que tout se déverse à l'intérieur, que vienne une mousson. Qu'elle emporte les débris lamentables de ma vie de couple.

Dans la chambre, je passe en revue les vêtements dans le placard pour en retirer ceux qui appartenaient à David. Chemises, pantalons, jeans, costumes – tout va s'empiler près de la porte. Comme une folle, j'arrache les vieux draps marron et blanc que Charlotte a mis dans le lit. Le drap-housse résiste par un coin et je l'arrache avec fureur en ravalant mes larmes. Il cède et j'ajoute les draps au monticule.

Comme je me sens mieux, je fonce au grenier pour en trouver d'autres, du linge que j'ai acheté avant mon mariage et qui n'a jamais servi parce qu'il ne plaisait pas à David. Ceux-là sont neufs, encore emballés et rangés dans une malle. Il y a des jetés de lit, une couette, un cache-matelas volanté coordonné – le tout parsemé d'une débauche de roses sauvages aux teintes douces. Ils sont restés rangés ici, inutiles, aussi négligés que les roses de mon jardin.

Je lance le paquet au pied de l'escalier devant moi pour m'éviter plusieurs voyages. Je dégringole les marches, ramasse les draps, le jeté de lit et le cache-matelas et, de l'autre main, traîne la couette dans la chambre. Je déborde d'une énergie dont je ne me serais pas crue capable.

Une heure plus tard, j'embrasse la chambre du regard, satisfaite de sa nouvelle allure. Du rose partout. J'ai rapporté des roses du jardin et, même si elles sont rachitiques et mangées par les insectes, leur parfum embaume la pièce. J'ai descendu une autre précieuse trouvaille du grenier : des rideaux blancs opaques, que je n'ai jamais réussi à faire accepter par David. Il aimait que les fenêtres soient nues et ouvertes sur le monde, aimait faire l'amour ainsi la nuit, avec les lumières allumées et l'obscurité au-dehors. « On ne sait jamais. Si quelqu'un regarde, disait-il, ce serait encore plus excitant – ça augmente le plaisir, non ? »

À vrai dire, les vitres nues me faisaient peur, j'avais toujours l'impression qu'il y avait quelqu'un derrière qui observait. En fait, certaines nuits, j'en étais sûre. Mais David m'assurait que mes craintes étaient infantiles et je finissais par me laisser convaincre.

Comme la pluie n'est plus qu'un chuchotement, j'ai entrouvert les fenêtres. Les rideaux blancs ondulent sous la douce brise nocturne. Il n'y a plus grand-chose dans la pièce qui me rappelle encore mon mari. Pas d'odeur d'après-rasage ni de cigarettes, pas de peigne ni de boutons de manchettes. Tout cela est rassemblé dans un carton devant la porte d'entrée. Je l'apporterai demain matin à l'église pour qu'on le distribue aux pauvres.

Maintenant, cette chambre est à moi, *Joanna*. Même les affreux Éros, en haut des colonnes du lit, sont emmitouflés de petits sacs blancs qui servent à tapisser l'intérieur des tiroirs. Demain, me dis-je, je me débarrasserai de ces horreurs, dussé-je les casser à la hache.

Soudain, je me sens terrassée de fatigue. Je m'écroule au bord du lit. Ce n'est pas une mauvaise fatigue, mais plutôt le résultat du travail bien fait. Je me laisse lentement aller, savourant le confort de mon lit refait de frais. Mon corps se détend. Au bout d'un moment, je ferme les yeux et me laisse emporter. Je pars en pensée pour une paisible vallée, où il n'y a que des arbres, une pelouse luxuriante et un ruisseau qui coule tranquillement. « Un lieu sécurisant », comme l'a appelé le docteur Shahi pendant la thérapie. « Laissez-vous entraîner… un voyage de découverte en vous. » J'imagine qu'une alouette chante dans l'un des arbres, les rouges-gorges picorent des graines entre les brins d'herbe et une biche avec ses deux faons passent en silence. Ils ont l'air de croire que s'ils ne font pas de bruit, je ne les verrai pas. L'idée me fait rire tout bas et je reste couchée dans l'herbe, sous le soleil qui réchauffe mes os. Je fonds, mon corps ne fait plus qu'un avec la terre fertile.

Puis je ressens autre chose, quelque chose de nouveau. Comme la biche et ses petits, ça s'approche sur la pointe des pieds comme si cela m'empêchait de le voir se faufiler vers moi. Sans le vouloir, je porte la main à ma poitrine. Je touche mon sein droit à travers le fin jersey. J'éprouve une sensation étrange, presque une découverte, comme si j'avais oublié qu'il était là. Je touche le bout et, curieusement, il réagit, durcit sous la caresse distraite de mon doigt. Ma main se met à bouger paresseusement, plus sous l'effet de la curiosité que du désir, elle descend, descend encore, tandis que mon souffle s'accélère presque aussitôt. *Oui, oui*, me dis-je, *je suis encore en vie*. L'éveil que j'ai ressenti plus tôt sur l'allée de Charlotte est réel.

Et mieux encore – je n'ai pas besoin de David pour ça.

À peine la pensée a-t-elle pris forme et le nom de David m'a-t-il effleuré l'esprit que je me mets à suffoquer douloureusement. Les poignets me brûlent et les cuisses me font si mal que je les serre de toutes mes forces sous l'effet de la douleur. Je m'entends hurler : « *Non ! Va-t'en !* » La chambre répercute mes cris et, sans réfléchir ni le vouloir, je saute au bas du lit, je m'enfuis en courant jusqu'au milieu du salon, les yeux fixés sur la cheminée, à l'endroit où David est mort.

Mon regard passe au carton de vêtements que j'ai déposé près de la porte. Une haine sans mélange m'envahit et, incapable de me retenir, je traîne le carton jusqu'au foyer où je jette tout en vrac. En passant la main sur le manteau de la cheminée, je trouve les allumettes et j'y mets le feu – la boîte entière – que je lance sur la pile. Les allumettes brûlent puis s'éteignent. La cheminée est humide et froide. Le tissu, trop lourd, ne brûle pas.

Je fonce à la cuisine, fouille dans un tiroir. J'y conserve un stock de longues allumettes en bois. Je m'agenouille près du foyer et j'allume un paquet après l'autre ; j'ajoute du papier journal qui s'enflamme, jusqu'à obtenir un brasier qui rugit au point de paraître engloutir la maison.

Pour finir, les vêtements sont partis. Les pantalons de David, ses chemises, ses socquettes, ses slips, son blouson de cuir. Il ne reste rien. Ça y est.

À genoux, je passe la main sur la tache imaginaire, près du foyer. « C'est fini, chuchoté-je comme si je parlais à un enfant qui a terminé son lait. C'est tout fini. »

Demain, ou après-demain, je m'attaquerai au bureau de David. Pour le moment, je reste là, serrant mes bras. Des bruits remplissent la maison, mon esprit. Ils circulent dans les couloirs et surnagent au milieu d'une multitude de sonneries, Mme Rimes disant : « Là, là… tout est nettoyé, le sale boulot est terminé. Est-ce que ça va mieux maintenant ? » Je vois le docteur Shahi au-dessus de moi, qui vérifie mes pupilles avec une lampe. « Pauvre Joanna, dit-il. Du feu, il y a du feu partout. Comment va-t-elle s'en tirer ? »

Je me réveille le matin, raide et glacée, convaincue que cela s'est vraiment produit – comme il nous arrive parfois après un rêve.

8

Je ne vais pas très bien. Mon comportement de la nuit dernière le prouve. Je ne vais pas bien du tout.

Je songe à appeler le docteur Shahi. On est vendredi, après tout. Non, je vais attendre. Plus tard, j'aurai peut-être plus de forces.

Je me traîne jusqu'à la cuisine pour me préparer un café, que je fais assez fort pour réveiller un mort, en espérant qu'il me ramènera à la vie. Comme je l'emporte dans la chambre, je mesure de nouveau les changements que j'ai effectués et me demande ce qui m'a pris. Je devais être droguée, droguée par une sécrétion chimique qui émane du cerveau quand celui-ci a eu sa dose.

Je souris. En fait, face à cette prolifération de roses aux teintes douces, l'histoire devient plutôt drôle. On est tellement loin des goûts de David.

Et ensuite, avoir brûlé ses affaires…

Je me revois penchée sur le feu, remuant ces habits, avec mes longs cheveux qui s'agitent autour de ma figure. Je regarde dans la glace et tire sur une mèche, dont j'observe la pointe. Oui, j'ai roussi quelques brins. Je me demande si je n'ai pas cité Shakespeare à un moment donné : « Disparais, tache maudite ! »

C'est plus fort que moi, la scène me paraît risible à présent. N'est-ce pas le signe d'une amélioration ?

Je m'habille pour partir à Mevagissey en quête de Michael, quand on frappe. Je regarde par la fenêtre et j'aperçois le vieux Robert. J'ai bien failli l'oublier.

Nous avançons dans le fouillis indescriptible qu'est devenu mon délicieux jardin. La pluie a formé de grosses flaques et nous portons l'un et l'autre des caoutchoucs. « Comme vous pouvez le voir, dis-je au vieux Robert, il faut désherber. Pas mal de fleurs sortiraient, je pense, si elles pouvaient respirer. Et j'aimerais en planter d'autres. »

Il hoche la tête et s'approche à pas lents d'un pitoyable bouquet de pivoines. Grand et maigre, il a des cheveux châtains en bataille qui lui tombent sur les épaules. Il porte une vieille chemise blanche ouverte au col et un pantalon qui poche aux genoux avec des bretelles rouge vif. Malgré sa haute taille, il me fait penser à Charlie Chaplin – la même démarche enfantine, le visage rond et les yeux innocents.

Il se penche sur une mauvaise herbe et paraît se perdre dans sa contemplation. Au bout d'un moment, il se redresse et secoue la tête d'un air morne. « C'est les esprits, décrète-t-il dans un vague dialecte du coin. Ça leur plaît pas, mais pas du tout. »

Je plonge mon regard dans ses yeux délavés. « Les esprits ? »

Il me gratifie d'un coup d'œil qui sous-entend qu'il ne peut croire que je ne comprenne pas : « Ceusses qui vivent dans les plantes.

– Ah bon, oui. Hummm. Qu'est-ce qu'il faudrait faire, alors ? »

Il lève les bras, tel un prophète. « Y a le Malin, par ici, vous savez. »

Je suppose que le vieux Robert a entendu parler de la mort de David. En vieux fermier de Cornouailles, il doit être superstitieux jusqu'au trognon.

Mais pas question de me laisser intimider. Je rétorque : « Bon, je sais bien qu'il y a le Malin par ici. Alors qu'est-ce que je dois faire ? »

Il secoue la tête et de nouveau, me regarde d'un air abattu.

Je mets les mains sur mes hanches. « Allons donc, il doit bien y avoir quelque chose. Ces… ces esprits, comme vous dites. Ça leur plairait sûrement qu'on désherbe un peu. »

Il s'éloigne et s'arrête en me tournant le dos, les mains dans les poches, comme s'il réfléchissait. Une minute passe… deux. Au moment où je me dis qu'il doit être en transe, il se tourne vers moi.

« Faut faire bien attention. »

Je m'efforce de garder l'air grave. « Bien sûr.

– On peut pas arracher les mauvaises herbes comme si elles avaient pas d'âme.

– Oh non, vous avez tout à fait raison.

– Faut leur demander la permission.

– Mmmm. » C'est indiscutablement un jardinier selon mon cœur. Deux cinglés faits pour s'entendre.

« Leur demander la permission ? dis-je. Et comment va-t-on s'y prendre ?

– Ben, on leur dit ce qu'on veut faire. On leur dit que c'est pour le bien commun.

– Je vois. Et elles vont être d'accord ? »

Il considère mon jardin, qui est aussi inextricable que ma vie. « Ça vous plairait de vivre comme ça ? demande-t-il.

– Je… non non, sûrement pas. » Il y a donc de la sagesse derrière ces yeux.

Il se penche vers le massif de primevères et pose un moment la paume contre le sol. « Y a eu quelque chose ici. Quelque chose avec du sang. »

Un frisson me parcourt. Le lièvre sculpté, cadeau de mariage de Michael.

« Il y avait bien quelque chose, dis-je, mais pour le sang, je ne sais pas. »

Il se redresse et essuie sa main contre son pantalon informe. Une abeille se pose sur son nez. Il lève la main et l'enlève, elle s'arrête sur sa paume avant de s'envoler.

« On commencera ici, annonce-t-il. D'abord, y m'faudra une pinte de rhum brun. »

Je fronce les sourcils. « Du rhum ? Bon, écoutez, je… je préférerais que vous ne buviez pas pendant le travail. Après, bien entendu… »

Il soupire. « C'est pour la *potion*. Faut verser la potion sur le sol en douze points, à vingt-trois pas de distance.

– Oh...

– Y nous faudra du rhum, trois fientes d'alouette et un œil de chauve-souris. »

De nouveau, je mets les mains sur les hanches. Ça va trop loin. « Attendez une minute. Où vais-je trouver ça ? »

Il secoue la tête et laisse échapper un autre soupir, ayant perdu ses dernières illusions sur mon compte. « J'm'occupe de ça, vous tracassez pas. J'm'en occupe. »

Tandis que je roule vers Mevagissey, je me demande si le vieux Robert est vraiment zinzin ou s'il en sait plus long que moi sur ces choses. Après notre première rencontre, je suis prête à croire l'un ou l'autre. En attendant, je me sens mieux, en un sens. J'ai quelqu'un pour m'aider à remettre Pennoryn – et ma vie – sur les rails.

Il me plaît bien, le vieux Robert, à vrai dire. Pour la mise en route, il a accepté de parler aux herbes. Ensuite, si tout va bien, il retournera au village dans son vieux camion rouillé afin de se procurer les ingrédients indispensables pour la potion. Confiante, je lui ai même remis l'argent pour acheter le rhum.

L'œil de chauve-souris, c'est un autre problème. J'essaie de ne pas imaginer mon nouveau jardinier en train de rôder autour d'une grotte à l'heure du couchant, prêt à bondir. Ni aux ragots qui vont faire le tour du village si jamais ça se sait.

À Mevagissey, je dépasse le parking à l'entrée de la ville et suis une des quelques voies non piétonnières. C'est l'une de celles prévues pour les camions de livraison et elle passe juste devant la galerie *Le Cygne bleu*.

Je n'ai pas téléphoné pour prévenir. Un sixième sens me dit que Michael sera là. Néanmoins, c'est sans hâte, sans impatience, que je me rends à la galerie, en partie parce que je tiens à savourer l'idée de revoir Michael. En outre, je suis anxieuse. Cela fait si longtemps. Pour gagner du temps, je vais me garer au bout de la rue, puis je reviens à pied en regardant les vitrines que je connais depuis l'enfance, et d'autres qui sont neuves. Je ne m'approche pas de la maison de ma famille, qui surplombe le quai comme autrefois. Quoique mon père se soit éteint depuis longtemps, ma mère et mes frères habitent toujours là.

À l'hôpital, je me suis souvenue de les avoir revus peu après notre mariage. Nous avions déjà des problèmes, David et moi, et je me reprochais toutes mes terreurs. J'espérais sans doute que quelque chose avait changé, qu'entre-temps l'un d'eux aurait éprouvé un semblant de remords. Ainsi aurais-je pu laisser en paix le passé et l'oublier.

Ce ne fut pas le cas. Ce jour-là, quand je partis, ma mère se balançait dans son vieux fauteuil rembourré, les yeux dans le vide. Les épais rideaux étaient tirés sur la lumière grise de l'hiver et la pièce empestait le poisson pourri, une odeur écœurante de décomposition, que mon père et mes frères traînaient à leurs bottes depuis des années. Comme ils coupaient par la conserverie, des morceaux d'entrailles de poisson collés à leurs semelles s'accrochaient au tapis et s'insinuaient dans les fentes du plancher. Impossible ensuite de les extraire à la brosse ou à la serpillière ; ils y restaient incrustés une fois pour toutes.

Le jour où je vins leur rendre visite après avoir épousé David, ma mère grattait distraitement sa grosse balafre, un cadeau de mon père au cours d'une de ses cuites. Si elle ressentait le moindre intérêt pour mon mariage ou même une once de remords pour ce que j'avais subi, enfant, elle n'en laissa rien paraître.

De leur côté, mes frères me jetaient des regards salaces. « Est-ce qu'y sait que t'es de seconde main ? » m'apostropha Ian en se marrant.

Je les regardai, l'un après l'autre, puis lâchai sèchement : « Je lui ai parlé de vous, si c'est ce que tu veux dire. Fais gaffe qu'il ne vienne pas te demander des comptes. »

En vérité, le moment où j'ai parlé à David des horreurs de mon enfance fait partie de mes pires souvenirs. Mais il était resté calme, avait compati, m'avait même demandé de lui dire tout ce dont je me souvenais. Je ne voulais pas m'appesantir dessus, mais il avait insisté. Alors je lui ai tout raconté, cherchant des détails jusqu'à la nausée.

Mes frères se turent en apprenant que mon mari était au courant. Confrontés à quelqu'un de leur propre taille, ils devenaient de vraies larves. Je l'avais appris le jour de mes treize ans, quand Michael les prit sur le fait, là-haut, sur les falaises. Je le revois, comme surgi du néant. Malgré son jeune âge, il se dressait, grand et robuste contre les vents tourbillonnants. Ses cheveux noirs tombaient sur ses épaules, à l'époque, ses yeux bleus assombris par l'horreur. Chacun de ses muscles frémissait de rage : « Je vais vous arracher le cœur, ordures ! » Sur quoi il tira un couteau à vider le poisson de sa ceinture et se jeta à la gorge de Ian. Celui-ci pâlit, trébucha contre Denny. Joseph n'était pas là, ce fameux jour, mais leurs deux copains venus pour la rigolade partirent en courant. Mes cuisses meurtries me faisaient mal, je me relevais avec peine. Je tirai sur mon corsage pour dissimuler mon maillot de corps déchiré et mes seins nus, et je criai à Michael : « Fais pas ça, ils en valent pas la peine ! » Je ne voulais pas qu'il ait leur sang sur la conscience. Je savais déjà que le souvenir de ce jour horrible me poursuivrait toute ma vie.

Mais Michael tenait le couteau à dents de scie sur la gorge de Ian et il articulait entre ses dents : « Ça serait drôlement facile, hein, maintenant ? Te vider comme un poisson, t'arracher ton putain de cœur et le jeter au pied des falaises.

– Non, Michael ! criai-je encore. Je t'en supplie ! »

Brusquement, il repoussa Ian, qui faillit faire tomber Denny au passage. Michael recula et cracha par terre, au pied de Ian. « Elle a raison. Tu vaux même pas que j'émousse ma lame. »

Ian avait l'air hébété. Mais il récupéra vite et se mit à sourire, le bravache content de lui reprenant aussitôt le dessus. « Elle en avait envie, tu sais. C'est elle qui l'a demandé. »

En un éclair, Michael fut de nouveau sur lui. Cette fois, le sang coula sous le menton d'Ian. « Je jure par ce qu'il y a de plus sacré que si l'un de vous remet la main sur elle, je le tue. Tu m'entends ? Je vous tue et je n'y réfléchirai pas à deux fois. »

Ses paroles me figèrent sur place ; il était évident qu'il en pensait chaque mot. Je n'avais jamais vu Michael dans cet état. Avec moi, il s'était toujours montré gentil, plein de bonté, me parlant avec douceur. Même confronté à des brutes dans la cour de l'école, il se servait rarement de ses poings, se contentant de mots. Il savait se montrer convaincant.

En cet instant, toutefois, il paraissait inaccessible. Je posai une main sur son bras, qui était dur comme la pierre. Je tirai dessus : « Viens, Michael, je t'en supplie, partons. »

Il se tourna vers moi sans me voir, puis son regard s'anima. Il passa en revue les falaises, le ciel gris déprimant, le visage effrayé de mes frères. La pluie commença à tomber, baignant son visage, ce qui parut faire fondre sa fureur. Il abaissa le couteau et son visage s'adoucit, ses yeux reprirent leur teinte naturelle. « Jo... murmura-t-il, comme s'il avait oublié ma présence.

– Viens, on s'en va », dis-je doucement. Il me laissa prendre sa main, qui tremblait, et l'entraîner.

Nous laissâmes mes frères ronger leur frein sur le chemin, épongeant la sueur de leur front et lançant des injures pour sauver la face. Je n'oublierai jamais les sentiments qui m'envahirent alors que Michael et moi quittions ce lieu de désolation, sa main tenant fermement la mienne.

D'abord, bien sûr, le soulagement. Maintenant, j'avais quelqu'un pour me défendre. Michael m'avait sauvée et j'osais même espérer qu'il pourrait me protéger à l'avenir. En même temps, j'étais terriblement gênée que mon ami m'ait vue dans cette situation – qu'il sache quel genre de personne j'étais secrètement devenue.

Pourtant, si l'amitié de Michael à mon égard avait changé, il n'en montra rien tandis que nous avancions péniblement, main dans la main, sur les falaises dévastées, en nous dépêchant pour nous éloigner le plus possible de mes frères. Sans rien dire, nous savions qu'ils pouvaient reprendre courage et nous courir après. Finalement, nous avons trouvé une fissure, une large cassure dans la falaise, avec un sentier qui descendait vers une petite crique. Nous avons dévalé la pente en courant et nous sommes affalés par terre sous un bosquet. Les mains de Michael tremblaient toujours, son visage était blanc et je savais ce que la violence lui avait coûté.

« On peut se reposer un moment, dit-il en soufflant péniblement. Tu peux t'arranger avant de rentrer chez toi. »

Je relevai les genoux et fourrai mon visage entre mes bras. « Je peux pas rentrer. Je peux pas. »

Il me tapota l'épaule d'un geste maladroit. « Ils te feront pas de mal, là-bas, Jo. Pas devant ton papa et ta maman. »

Les larmes m'étranglaient, m'empêchant de parler.

Sa main serra plus fort mon épaule. Il me força à le regarder. « C'est pas possible… ta maman et ton papa les laisseraient pas faire ça. » Mais il y avait de l'incrédulité dans sa voix.

Je détournai les yeux, regardant mes chaussures maculées de boue et ma jupe déchirée, et le sang qui coulait maintenant sur mes jambes, car, semblait-il, par leur brutalité, mes frères avaient déclenché mes règles. Je tirai à la hâte sur le bas de ma jupe pour que Michael ne puisse pas voir, mais la question suivante ne fit que remplir mon cœur de honte. « Jo, ne me dis pas qu'ils savent ce que tes frères te font !

– Ça… tout va bien, dis-je. Je commence presque à m'y habituer. »

Il se produisit alors une chose stupéfiante. Je n'avais jamais vu un homme ni un garçon pleurer. Je ne savais pas qu'ils en étaient capables. Et là, les yeux de Michael se remplirent de larmes. Il prit ma tête contre sa poitrine et se mit à fredonner un air irlandais entrecoupé de lamentations, comme ce qu'on entend lors des veillées funèbres. J'enfouis mon nez dans sa chemise rugueuse. « Depuis combien de temps ? demanda-t-il. Depuis combien de temps ils te font ça ? »

Je secouai la tête. Je ne pouvais pas le lui dire. *Trois ans. Trois années pourries depuis ce jour, au chantier naval de Tommy Mayhew.*

Certains jours, j'aurais voulu pouvoir les tuer et d'autres, la honte me prenait au point que j'aurais seulement voulu mourir. Seule, l'amitié de Michael me maintenait en vie, parce que je savais que je le verrai à la sortie de l'école, qu'on se ferait un sandwich et qu'on irait se balader à la ferme de sa mère, ou qu'on irait s'asseoir sur la digue pour regarder les bateaux partir vers la Manche. Quoi qu'on fasse, avec lui, je me sentais en sûreté.

Déjà à l'époque, Michael était différent des autres. Plutôt qu'aller à la chasse ou jouer au rugby, il préférait dessiner les oiseaux, les arbres, les falaises en hiver. Un jour, il fit une esquisse de moi, un dessin tout simple – il apprenait encore la technique. Mais cela donna quelque chose d'inquiétant – un air hagard, le visage d'un être fatigué de vivre. Michael ne voulait pas me faire de peine ; il était en quête d'une vérité. Mais cela me troublait qu'il pût lire si clairement dans mon âme. Je lui demandai de ne plus me dessiner ainsi.

Une question me vient brusquement à l'esprit : cela explique-t-il le portrait, si différent, qui se trouve à la galerie *Du côté du port ?* Un faux moi, quelqu'un qui n'avait jamais existé ? L'enfant – ou la femme – pure, délicate qu'il aurait peut-être souhaité que je fusse ?

Je me rends compte que j'ai fait le tour du pâté de maisons et je me trouve à présent juste en face du *Cygne bleu.* Il est niché entre une poignée de boutiques au toit de chaume d'un côté, et le petit cottage blanc de Michael de l'autre. Il habite ici depuis qu'il a acheté la galerie il y a cinq ans et, bien qu'il ait à présent les moyens de déménager, sa petite maison lui suffit. Elle est impeccable mais plutôt dépouillée, avec seulement une ou deux de ses peintures sur les murs immaculés. « Comme ça, je peux me concentrer sur mon travail, m'a-t-il dit quand il y a emménagé. Il n'y a rien pour me distraire. »

Comme après réflexion, il ajouta : « En plus, d'ici, je vois toute la ville. » Son regard passa de la ruelle au quai, puis à gauche au milieu de la crique, la hauteur où est juchée la maison de mon enfance. Il s'y attarda un bref instant.

Nous avions vingt-cinq ans à l'époque. Je vivais toujours à la maison mais les choses avaient changé. J'effleurai la main de Michael. « Tout va bien, maintenant, dis-je tranquillement. Tu le sais. Grâce à toi. Je m'en suis tirée.

– Tout de même… » Ses yeux se rétrécirent. « Parfois, j'ai l'impression qu'on est assis sur une poudrière, Jo.

– Mais ça fait des années.

– Exactement. Des années. Pourtant, ils n'ont pas changé. Pas d'un pouce.

– Moi, j'ai changé. Je suis plus forte maintenant. Ils ne peuvent plus me faire de mal. »

Michael fronça les sourcils.

« Tu ne crois pas qu'ils pourraient encore venir m'embêter ?

– C'est juste… Jo, je vais voyager beaucoup maintenant. Promets-moi d'être prudente en mon absence. »

Je savais que Michael s'inquiétait parce qu'il m'aimait bien. Et c'était vrai que mes frères me traitaient encore comme un jouet qu'on leur avait enlevé et qu'ils avaient hâte de récupérer. Mais la bagarre sur les falaises avait mis fin à la violence physique. Ce jour-là et ceux qui suivirent, je passai le moins de temps possible chez nous. Je faisais de longues balades dans la campagne, explorai les plages bien qu'il fît un temps abominable, cet été-là. Puis, le troisième soir, je trouvai Ian, Denny et mon père à la cuisine en train de picoler de la bière en s'engueulant. Quand j'entrai dans la pièce, leurs yeux se posèrent sur moi, puis se détournèrent et, brusquement, tout le monde se tut. Mon père émit un grognement et marmonna que quelqu'un n'avait « même pas assez de bon sens pour que ça sorte pas de la famille ». Le lendemain, une assistante sociale pour enfants s'est présentée – manifestement sur rendez-vous – et tout le monde savait qu'elle venait pour moi.

C'était un samedi matin, peu après le petit déjeuner, et toute la famille était là. Elle a interrogé chacun à tour de rôle. Quand ce fut mon tour, elle les expédia dans la cuisine, referma la porte derrière eux et me fit asseoir sur une chaise de la salle à manger en face d'elle. Elle avait reçu un appel anonyme, me dit-elle gentiment. Était-ce moi ? Je fis non de la tête, encore abasourdie par sa présence. Y avait-il quelque chose que je voulais lui dire ? s'enquit-elle. Des problèmes de famille ? Et là, j'ai compris.

« N… no… on », bégayai-je, horrifiée par le tour de la conversation, sans précédent à l'époque, où ces choses-là ne devaient pas sortir de la maison. Je secouai la tête. « Aucun problème dans la famille ? insista-t-elle. La boisson ? Personne ne te fait peur ? »

En revanche, chacune de ses questions faisait naître une peur croissante. Bientôt, j'avais la colonne vertébrale tellement collée au dossier de la chaise que je me demandais s'il n'allait pas céder. Et plus elle s'obstinait – plus elle approchait de la vérité – plus je niais en bloc. J'étais plus affolée à l'idée de voir les autorités s'en mêler que par mes frères. Eux, je les connaissais, alors que les autres représentaient l'inconnu, avec ce qu'il a de terrifiant.

Bredouille mais loin de s'avouer vaincue, l'assistante sociale finit par partir. Je m'attendais ensuite à des représailles de la part des miens, surtout de Ian. En fait, un silence pesant envahit la salle à manger. En fin de compte, j'attrapai mon manteau et courus à l'autre bout de la ville pour retrouver Michael, qui habitait à l'époque à la ferme de Tressany Road, avec sa mère qui était veuve.

L'attirant sur les marches de la véranda, je le mis au courant dans un flot de paroles. « C'est toi qui l'as appelée ? » demandai-je, connaissant la réponse à l'avance. Quand il le reconnut, je fus encore plus furieuse. « Comment t'as pu faire une chose pareille, Michael ? Comment t'as pu dire à des étrangers une telle horreur sur moi ?

– Excuse-moi, Jo, mais j'ai pensé bien faire. C'était le seul moyen pour te protéger, tu t'en rends pas compte ?

– Non, pas du tout ! Pourquoi t'as fait ça ? C'était affreux ! Elle m'a posé des questions abominables, du genre si quelqu'un m'a… m'a touchée, m'a fait des trucs… »

Le chagrin se lut sur le visage de Michael. « J'y ai beaucoup réfléchi, tu sais. C'était le seul moyen de t'aider.

– Mais tu m'as déjà aidée ! L'autre jour, tu l'as fait… »

Michael prit ma main froide dans la sienne. « Mes menaces ne feront pas d'effet longtemps. Tu verras, Jo. Faute de mieux, ça éclaircira la situation. C'est mieux pour toi, tu verras. »

Je fus en colère contre lui le reste de l'après-midi. Je ne le croyais pas, quand il disait que ça irait mieux, et pourtant il avait raison. Après cela, mes frères ne m'ont plus jamais touchée.

J'ai mis du temps à m'en reconnaître un semblant de mérite. Mais j'avais fini par acquérir une certaine force. Pour commencer, je fis de mon mieux pour rester loin du regard de mes frères et, du même coup, loin de leur esprit. Au début, ma mère se plaignait que je n'étais plus là pour faire le ménage et, quand mes balades se prolongèrent et mes excursions dans la campagne se multiplièrent, la maison fut vite envahie de piles de vaisselle et de linge sales, qui s'ajoutaient bien sûr aux bouteilles de bière vides. Comme c'était plus que je ne pouvais en supporter, je modifiai mes habitudes : le matin, après avoir préparé le petit déjeuner, je balayais, lavais les deux étages, changeais les draps et faisais les lits de tout le monde. Puis, avant de partir pour l'école – et, à dix-sept ans, pour le travail – je préparais le repas du soir qu'il leur suffisait ensuite de passer au four. De cette façon, je pouvais rentrer tard le soir. À mon retour, si l'un d'eux s'avisait de poser sur moi un œil un tant soit peu quémandeur, je le toisais avec tant de mépris qu'il n'osait plus insister.

Je parvins même à prendre de l'autorité, au point de pouvoir me faire obéir par mes frères. « Ramasse-moi ces chaussures, disais-je, et vas les ranger à leur place. *Tout de suite.* » Et, à ma grande surprise, ils s'y pliaient. Je me rendis compte alors que ma famille me redoutait. Ce n'était pas parfait, mais c'était un progrès.

Avec le temps, les souvenirs d'enfance s'estompèrent. Mes frères quittèrent l'école pour se faire embaucher au chantier naval. Ian et Denny se trouvèrent une copine. Pas des filles de chez nous, mais deux sœurs qui avaient des mèches violettes et orange dans les cheveux et qui débarquaient de Londres pendant l'été. Après le lycée, je devins vendeuse dans un dépôt. Quand j'ai eu vingt ans, l'occasion d'un travail s'est présentée à la galerie de Morley et j'ai sauté dessus. Mon père est mort un an plus tard.

Curieusement, malgré sa disparition, il y eut peu de changement. Ma mère continua de picoler l'hydromel et devint de plus en plus obèse jusqu'au jour où elle ne put plus marcher. Mes frères devaient la soulever pour la plonger dans le bain. Un soir, l'eau était trop chaude et elle hurla quand l'eau bouillante recouvrit sa peau. Je courus dans la salle de bains en entendant ses cris, juste à temps pour voir Ian et Denny qui hésitaient à la retirer. Je leur criai : « *Retirez-la, retirez-la !* » Par la suite, ils prétendirent, bien sûr, qu'ils ne l'avaient pas fait exprès.

Maintenant que le temps a passé, je me demande souvent si ma mère buvait pour oublier qu'elle avait donné le jour à ces monstres. Car, en fait, elle se débrouillait toujours pour ne pas être présente. Et après avoir été ébouillantée, son état empira. La dernière fois que je l'ai vue, elle entortillait ses cheveux gris jaunâtre de ses doigts boudinés et parlait toute seule.

Debout de l'autre côté de la rue, en face de la galerie, je vois que les fenêtres du cottage de Michael sont ouvertes, de même que la partie supérieure de la porte à deux battants de la galerie. Mon cœur se met à battre très fort. Je ne l'ai pas revu depuis si longtemps. Depuis ce fameux jour, trois mois après mon mariage. Il n'a plus remis les pieds à Pennoryn.

A-t-il changé ? Les cartes qu'il m'a envoyées à l'hôpital avaient un ton désinvolte, jovial. *Me revoilà à Paris, la Ville Lumière. On dit qu'en s'asseyant à cette terrasse de café, on voit passer toutes les célébrités. J'espère que tu vas mieux. Demain je vais visiter Notre-Dame. Porte-toi bien. Je t'embrasse, Michael.*

Mme Rimes m'a dit que, quand on les recevait, même lorsque j'étais encore inconsciente, elle lisait *Je t'embrasse* en y mettant le plus de sentiments possible. Je lui expliquai qu'il n'y avait que de l'amitié entre Michael et moi, sans jamais réussir à la convaincre. « Je sais reconnaître un homme amoureux.

– Vous l'avez vu ? Michael est venu ?

– Pas mal, pour quelqu'un qui n'est pas amoureux, je dirais. »

Je me retourne pour inspecter mon image dans une vitrine, avec le vent qui m'ébouriffe les cheveux. Je prends dans mon sac ma trousse à maquillage, ouvre un petit miroir compact pour me regarder. Je me poudre rapidement le bout du nez et les pommettes, qui brillent et sont un peu trop rouges.

9

Le Cygne bleu a pas mal changé. Les superbes toiles de Michael ornent toujours les murs de la galerie et j'en reconnais certaines. Mais il y a de nouvelles huiles, nombreuses, et même plusieurs aquarelles.

Toutefois, là n'est pas le principal changement. Les lieux sont mieux aménagés. À l'arrière, sous un éclairage sur rail, se trouve une orchidée noire sur un petit secrétaire blanc avec une bordure dorée. Le secrétaire est neuf, de même que la moquette, d'un joli gris tourterelle.

À peine suis-je entrée qu'une jeune femme adorable sort du bureau, isolé à présent par une porte. Il y a cinq ans, Michael se contentait d'un rideau. Il y avait sans doute un voyant lumineux pour signaler la présence des clients. Michael a fait des progrès.

Elle a des cheveux noirs soyeux, qui lui tombent sur les épaules, et des yeux bleu cobalt. Elle porte une robe blanche dans un tissu fluide, sans doute du jersey de soie. Le décolleté profond, des manches longues. L'effet, à la fois sage et sensuel, est époustouflant.

Le sourire assuré, elle n'a pas le comportement d'une simple vendeuse, mais celui du maître de céans. Le message est subtil – peut-être dans son maintien. Une pensée me vient : Michael s'est-il marié ou vit-il avec quelqu'un depuis que je ne l'ai pas revu ? Est-ce là ce que Charlotte n'osait me dire ? Je vérifie d'un coup d'œil les mains fines de la jeune femme, mais n'y vois pas d'alliance.

« Que puis-je pour vous ? demande-t-elle.

– Oui, je… est-ce que Michael est là ?

– Non, je regrette. Puis-je vous aider ? » Elle désigne la galerie d'un geste large, comme si je venais pour acheter.

« Pas pour le moment, merci. Est-il en déplacement ? »

Elle hésite. Ses yeux bleus m'évaluent.

« Je suis une amie, dis-je, un peu nerveuse. Je passais par là. J'espérais le voir.

– Oh ! » Elle me scrute maintenant avec curiosité, puis me tend la main. « Je me présente. Annette Bower. »

Je lui serre la main. « Joanna… Joanna Carr. »

Un léger froncement de sourcils qui disparaît vite, de même que sa cordialité. Elle me lâche brusquement la main comme si elle venait de découvrir qu'elle tenait une souris. « Un instant. »

J'observe sa démarche pendant qu'elle va décrocher le téléphone décoratif qui orne le bureau. Ses hanches oscillent sous le jersey. Elle parle en me tournant le dos. Au bout d'un moment, elle revient vers moi, mais je vois à son sourire réservé qu'elle n'est pas contente.

« Michael travaille chez lui. Vous connaissez le chemin ? »

Elle ne me quitte pas des yeux tandis que je retraverse la galerie, soulève le loquet et sors sur le trottoir. Soulagée, je me retrouve dehors, au grand soleil.

Contournant la galerie à droite, j'emprunte le chemin de briques qui serpente dans le petit jardin potager de Michael. Il a toujours cultivé des légumes dans son jardin, comme il aime faire la cuisine. De l'endroit où je me tiens, je vois trois sortes de laitue, quelques tomates énormes et une carré d'herbes aromatiques. Il y a aussi quelques mauvaises herbes entre les brins de persil. D'un geste automatique, je me penche pour en arracher une. Une odeur de romarin me chatouille les narines et cela me transporte si loin en arrière que, quand j'entends prononcer mon nom, je crois que c'est dans mon souvenir. Puis je l'entends encore : « Jo… » avec un rire dans la voix.

Je lève les yeux, ravie.

« Tu n'as jamais pu laisser mes herbes folles en paix », constate-t-il.

Debout sur le seuil de la cuisine, sourire aux lèvres, il essuie dans un chiffon ses mains pleines de peinture. Il n'a pas changé : les cheveux noirs trop longs, coiffés en arrière et bouclant dans le cou. Le nez un peu retroussé dans un visage mince qui semble rayonner d'énergie. En jean et en chemise bleu délavé, il est toujours aussi mince, réconfortant et solide.

« Je crains que tout soit monté en graine en ton absence. » Il fait un geste en direction du jardin.

« C'est bien vrai. » J'éprouve une gêne inattendue.

Une ombre passe sur son visage. « Tu m'as manqué. Tu vas bien ?

– Je… oui, ça va. »

Là-dessus, il descend les marches et, jetant le chiffon, me tend les bras. Comme si des chaînes invisibles venaient de céder, je cours vers lui et le serre si fort qu'il est obligé de reculer en riant. « Jo, tu me casses les côtes ! »

Je ris aussi. Ça fait une éternité que je n'ai pas ri comme ça. Les mots se bousculent. « Je suis tellement contente de te voir. J'ai gardé toutes tes cartes. Mme Rimes, mon infirmière, les a lues pour moi même quand je n'entendais pas et que le docteur disait que ça ne servait probablement à rien, mais elle est sûre que ça m'a aidée à revenir de là où j'étais et puis, quand je suis revenue, je les ai lues les unes après les autres… »

Michael secoue la tête. « Tu n'as pas besoin de tout me dire à la fois ! On a le temps. »

Il me fait grimper les marches qui conduisent à la cuisine. La porte-moustiquaire se referme sur nous. Lâchant ma main, il me fait asseoir. Les meubles n'ont pas changé : un blanc éblouissant, d'une simplicité réconfortante. Çà et là quelques touches de bleu roi. À la fenêtre sont accrochés des mini-stores blancs, relevés pour laisser entrer le soleil que filtre la glycine.

« Laisse-moi t'offrir quelque chose, dit Michael. Du café ? L'aimes-tu toujours autant ? Et une salade ? J'ai de la baguette… »

Je ris. « Tu n'as pas besoin de me nourrir, tu sais. Mais d'accord pour un café. Maintenant, je bois du thé le soir, ou quand il fait froid et humide, et il y a des fois où j'aime boire un verre de vin… »

Il me regarde et je souris. Je continue de divaguer, je le sais, je veux tout lui dire, les multiples petites choses sans importance que nous avions l'habitude de partager.

« Pas de problème, vas-y, ajoute-t-il. Je veux tout savoir. » Il va rincer la cafetière et je vois à ses gestes guindés qu'il est aussi emprunté que moi. Il sort un paquet de café du réfrigérateur, le renverse et se met à ramasser les grains en m'adressant un sourire piteux. « Je ne sais pas pourquoi, ça me rend tout chose de te voir assise ici. »

Je souris. « Je sais, ça fait un bail.

– Et tu as vieilli.

– Merci, ça fait plaisir. » Il ne manquait plus que ça ; je fête mes trente et un ans dans une quinzaine.

« Ce n'est pas ce que je voulais dire. Plus solide, peut-être ?

– Hummm. Tu crois ? » Heureusement qu'il ne m'a pas vue hier soir.

« Oui », dit-il en versant des grains dans un moulin. « Alors raconte, comment te sens-tu, qu'est-ce que tu deviens ? Où habites-tu ? Et depuis combien de temps es-tu de retour ? Pourquoi ne m'as-tu pas appelé ? »

J'élève la voix à cause du piaulement métallique de l'appareil. Une forte odeur de café moulu flotte dans l'air. « Ça fait seulement trois jours que je suis de retour. Je ne sais pas encore comment je vais et c'est probablement pour cette raison que je ne t'ai pas appelé. Mais je suis à la maison, à Pennoryn. »

Il prend une cuillère pour remplir le filtre à café. « À Pennoryn ? » Son geste reste en suspens et sa voix a l'air curieusement étranglée. « C'est une bonne idée ?

– Pourquoi cette question ? C'est chez moi.

– Tout de même… » Il termine de préparer le café, cale la cafetière et se tourne vers moi. « Jo, si tu veux louer un endroit en ville, je peux te trouver un agent immobilier et t'aider à t'installer. Tu ne préférerais pas t'en aller de là-bas ?

– Non, Michael, j'en ai besoin… pour me rappeler. »

Il fronce les sourcils, puis se tait.

« Je n'arrive toujours pas à me rappeler ce qui s'est passé la nuit du meurtre, dis-je. D'après le médecin, je ne pourrai pas vraiment guérir tant que je ne saurai pas ce qui s'est passé. »

Michael s'assoit en face de moi. « Je ne sais pas si je suis tellement d'accord. Franchement, Jo, il me semble qu'il vaudrait mieux que tu ne te rappelles pas. Pourquoi repasser par là ?

– Eh bien… c'est vrai que j'en ai assez d'y penser. Parfois, je voudrais pouvoir tout effacer. Mais il se passe des choses, des choses que je ne comprends pas. D'abord, Charlotte et Henry, qui se conduisent de façon bizarre à chaque fois que je fais allusion à ce soir-là…

– Charlotte ! m'interrompt-il, écœuré. Tu as recommencé à la voir ? »

Je suis aussi ahurie que lorsqu'elle a parlé de lui sur le même ton. « Charlotte ? Pourquoi ? C'est mon amie. »

Le café gargouille, il a fini de passer. Michael se lève et remplit deux grandes chopes bleues. Il m'en tend une et s'installe en face de moi.

« Michael, est-ce qu'on me cache quelque chose ? À propos de cette fameuse nuit ? »

Il cligne des yeux, comme toujours quand il préfère changer de sujet. Je me souviens, comme quand il était enfant et que sa mère l'appelait de la véranda, avant qu'on parte en vadrouille. « Michael, est-ce que tu as fait ta toilette ? Tu l'as faite avant de sortir ? » Il avait ce même battement de paupières pour dire : « Oui, Maman, c'est fait. » Et il me décochait un grand sourire.

Sauf que, maintenant, il ne sourit pas.

« Michael ? »

Il secoue la tête. « Je ne sais rien, Jo. Mais à ta place, j'éviterais Charlotte.

– C'est marrant, dis-je d'un air entendu. C'est exactement ce qu'elle m'a dit sur toi. »

Nous sommes assis à une table en fer forgé dans une partie close du jardin potager de Michael, bien à l'écart de la rue. Une épaisse haie isole des passants et étouffe le bruit de la circulation. Au-dessus de nos têtes, des palmiers bercent doucement leurs palmes agitées par le zéphyr. Ils ont été importés à Mevagissey bien avant notre naissance. En revanche, la fontaine en bronze est neuve.

L'irritation suscitée par sa mise en garde contre Charlotte ne résiste pas longtemps à la sérénité des lieux. « C'est une véritable oasis, que tu as aménagée ici. »

Il a un sourire désabusé. « Une petite oasis qui me coûte une fortune et je n'ai pas fini de payer pour cette folie. Mais Annette trouvait – bon, moi aussi, en fait – qu'il me fallait un endroit tranquille dans la journée. Il arrive que la galerie devienne… oh, trop agitée.

– Et Annette ?

– Une bénédiction du ciel. Elle vient ici tous les jours maintenant et s'occupe de tout quand je suis en déplacement. C'est elle qui a eu l'idée de faire quelques travaux, surtout à la galerie. Elle s'est dit que ça donnerait un coup de pouce au commerce.

– Ça a beaucoup changé depuis la dernière fois où je suis venue. Plutôt chicos, à côté du jeune débutant que j'ai connu. »

De nouveau, le sourire désabusé. « J'admets qu'il faut s'y faire. Mais maintenant, je dois dire que ça ne me déplaît pas. Il faut reconnaître qu'Annette est géniale pour ce qui est de la paperasse et depuis qu'elle s'occupe de la comptabilité, je peux me consacrer à ma peinture. On forme une bonne équipe. Au point que nous envisageons bientôt d'ouvrir une succursale à Londres.

– Hmmm. » La belle Annette, *une vraie perle.*

« Et toi ? interroge Michael par-dessus sa tasse. Qu'est-ce que tu fais depuis ton retour ?

– Oh, rien d'extraordinaire. Les courses, le ménage, brûler les vêtements de mon mari. »

Il s'étrangle et tousse pendant que j'éclate de rire.

« Tu as brûlé les vêtements de David ? dit-il, incrédule.

– Jusqu'au dernier ourlet.

– Je… » Il a l'air dérouté. « Je ne sais pas quoi dire. »

Je repose ma tasse. « J'ai été en colère, brusquement. »

Il se penche en avant. « Jo, de quoi te souviens-tu exactement ?

– Concernant mon mariage ? Ça me revient assez vite. Par bribes, çà et là.

– Et de cette dernière nuit ?

– Très peu. Et sûrement pas de qui l'a fait. »

Un papillon vient butiner un bouquet de fuchsias et nous l'observons passer d'une corolle rose et bleu à une autre. Puis il s'en va, battements d'ailes dorés sur fond de ciel azur. « Pourquoi la vie ne peut-elle être comme ça ? dis-je. On vient, on goûte et on s'en va. »

Michael scrute mon visage. « Tu as envie de t'en aller ?

– Par moments. Par moments, je voudrais déployer mes ailes et partir loin de tout. Cette ville, mon passé.

– Tu te souviens du passé, alors ?

– De mon enfance ? » Je ris avec amertume. « Oh oui, sans problème. »

Il fronce les sourcils. « Excuse-moi, j'espérais presque que tu l'avais oublié, de même que… pour de bon.

– Moi aussi.

– Jo… tu te souviens de la fois où je suis venu à Pennoryn, après ton mariage ?

– Quand tu m'as apporté le lièvre sculpté ? Bien sûr.

– Je ne me suis pas senti à l'aise pour en parler sur le coup, mais j'ai toujours voulu te poser la question. Quand tu as épousé David – j'étais à Paris à l'époque – s'était-il passé quelque chose ? Est-ce pour ça que tu l'as épousé, pour qu'il te protège ?

– Contre mes frères, tu veux dire ? Non, il ne s'est rien passé de tel.

– Mais tu t'es mariée si vite. »

Je hausse un sourcil et ma voix, j'en suis sûre, prend ce ton sans âge que les femmes ont quand les hommes se montrent obtus et inconscients. « C'était peut-être le cas pour toi, parce que tu étais à Paris et que tu menais la grande vie. Mais moi, j'étais ici… » *Allez, pas la peine… laisse tomber.*

Il tripote sa tasse. « Je pensais… Je me rends compte aujourd'hui que c'était irréaliste, bien sûr, mais je croyais que tu attendrais. »

Je le regarde, interloquée. « Attendre quoi ? Je ne comprends pas. » Puis je croise son regard et je reste frappée de stupeur. « T'attendre toi, tu veux dire ? »

Je me souviens d'avoir eu un coup au cœur le jour où il est parti pour Paris, quelques mois avant que je rencontre David. Michael avait reçu une bourse d'études pour assister aux cours d'un des plus grands professeurs d'art de la Renaissance et il quittait la galerie pour un an. Je le conduisis à la gare et attendis qu'il monte dans le train, en cherchant sa tête derrière toutes les vitres. Quand je le vis dans le wagon me faire signe par la fenêtre, quand je vis le train partir, je crus qu'on m'arrachait le cœur.

Il partit en mars. En juin, je rencontrai David et, à l'époque, je me trouvais idiote de soupirer après quelqu'un qui n'avait jamais rien témoigné d'autre à mon égard que de l'amitié, pas une fois depuis que je le connaissais. Idiote, et affreusement seule.

En juillet, David et moi construisions notre maison. Tout l'été, l'automne et l'hiver, nous avons travaillé à Pennoryn, construit les fondations, bâti les murs et le toit, pour nous consacrer à l'aménagement intérieur avec les mauvais jours. Et pendant tout ce temps, pas un mot de Michael.

J'ai la voix qui tremble. « Je ne comprends pas. Pourquoi ne m'as-tu rien dit ? Tu n'as jamais dit un mot. »

Il plisse le front. « Mais si. Je t'ai écrit chaque semaine, durant tout l'été, même après avoir reçu ta lettre m'annonçant que tu allais te marier. Tu ne peux pas imaginer le choc que ç'a été pour moi. Je te demandais d'attendre, de prendre le temps de réfléchir, mais dans tes lettres, tu ne parlais pas de ça. Je me suis dit : Bon, je me suis conduit comme un idiot. Elle n'éprouve rien pour moi.

– Michael, je n'ai jamais reçu tes lettres ! La première fois où j'ai entendu parler de toi, à partir de ce mois de juillet, c'est quand tu es venu à Pennoryn en mars avec le lièvre sculpté. J'étais très peinée, et je t'en voulais. Pour moi, tu m'avais oubliée. »

Il serre les mains si fort que les jointures sont blanches. « Bon sang, j'aurais dû me douter de quelque chose quand j'ai vu que tu n'y faisais aucune allusion. Mais comme les tiennes arrivaient – et tu avais l'air tellement heureuse.

– Je…

– Quoi ? » Il plonge son regard dans le mien. « Tu l'étais, n'est-ce pas ? Heureuse ?

– Je… oui, bien sûr. »

Je passe une main dans mes cheveux. À vrai dire, je suis assez bouleversée, au bord des larmes. Sans jamais oser l'avouer à personne ni même le reconnaître, j'aimais Michael de tout mon être depuis l'enfance. Quand il était parti et que j'étais tombée amoureuse de David, une petite partie de moi attendait en secret son retour cet été-là, attendait qu'il me dise : « Non, ne le fais pas, ne te marie pas avec lui. C'est à moi que tu appartiens. » Un mot de sa part aurait suffi à tout changer, un mot qui m'aurait dit que je lui avais manqué, que je comptais pour lui plus qu'il ne l'avait cru.

Ma colère de la nuit dernière revient, enfle tel un océan sombre, et m'envahit. Et c'est à Michael que je m'en prends : « Je ne sais pas ce que sont devenues ces lettres. Mais surtout, je ne comprends pas pourquoi tu ne m'as rien dit bien avant ton départ pour Paris. Michael, on se connaît depuis des années ! Bonté divine, pourquoi tu n'as rien dit ? »

Il secoue sa tignasse brune. « J'ai eu tort, je m'en rends compte aujourd'hui. Mais j'avais l'impression que ce n'était pas possible. Je ne gagnais pas ma vie correctement, surtout au début, quand j'avais du mal à joindre les deux bouts. Je n'avais plus mon père, je devais aider ma mère. Et puis quand j'ai reçu cette bourse pour Paris, je n'avais pas beaucoup d'économies…

– Mais ça m'aurait été égal ! Si j'avais su… »

Si j'avais su…. tant de choses auraient été différentes.

Michael me prend la main. « Tu trembles. À quoi tu penses ?

– Je ne sais pas. Je… Il y a ce gouffre noir et je suis tellement en colère. J'ai l'impression… que je pourrais tuer quelqu'un. »

Michael devient blanc comme un linge. « Pour l'amour du ciel, Jo, ne répète jamais ça tout haut, devant personne… jamais. Promets-le-moi, tu m'entends ? Je t'interdis même d'y repenser. »

D'un commun accord, nous mettons le passé de côté, ainsi que toute discussion sur nos sentiments actuels. Nous ne savons trop quoi dire après une pareille révélation. Nous avons besoin de réfléchir : je le vois dans les yeux de Michael, et je suis sûre qu'il lit la même chose dans les miens. Et maintenant ? Où va-t-on ?

Avec une détermination à peine voilée, nous faisons de notre mieux pour banaliser le plus possible ce qui reste de cet après-midi peu banal. Michael m'accompagne à St. Austell pour me trouver une occasion en me suivant dans sa Range Rover. J'opte pour une automobile à deux places, vert foncé, et nous rendons la voiture de location. Il insiste pour que je revienne avec lui au cottage. Il a envie de m'inviter à dîner. « Des *fettucine* Alfredo avec un zeste de citron et une salade du jardin », dit-il pour m'aguicher.

Je me laisse faire ; c'est comme autrefois.

Pourtant, il y a entre nous une tension qui n'existait pas avant. On dirait que nous ne savons plus comment nous comporter. Chaque mot, chaque geste est chargé de promesses cachées, merveilleuses mais effrayantes aussi.

Après dîner, le brouillard descend et nous nous installons devant la cheminée moderne pour vider la bouteille de vin. Nous échangeons des propos maladroits : « Quelle jolie saison, n'est-ce pas ?

– Merveilleuse… Le soleil se couche tellement tard et plein de fleurs partout.

– Excellente, ta laitue.

– Oui, le temps lui a bien réussi. »

Quand nous avons épuisé les platitudes, même les oiseaux en ont terminé avec leurs chants. Le curieux portrait accroché à la galerie *Du côté du port* me revient en mémoire.

Je pose mon verre sur une table basse près du feu. « Michael, le premier jour de mon retour, je me suis arrêtée à la nouvelle galerie du village, près de Pennoryn. *Du côté du port*. Il y a un portrait sur le mur, près de la porte.

– Le tien ? demande-t-il, content.

– C'est bien moi, alors ? Je dois avouer que j'ai eu un choc. La bague au doigt de la fille ressemble à celle que tu m'as faite en salicorne, ce jour-là, sur les falaises. Mais la fille, ce n'est pas moi, Michael.

– Ah non ?

– Ne fais pas l'imbécile, elle est beaucoup trop innocente. Ça ne me ressemble pas du tout.

– Tu étais exactement comme ça. »

Je me lève et me mets à marcher de long en large, agacée. « Michael, je sais ce que je suis et qui je suis. Qui je suis vraiment. »

Sa voix monte d'un ton. « Et ça veut dire quoi, ça ? Qu'est-ce que tu es, Jo ? »

Je ne peux pas le dire. Répugnante, me dis-je parfois. Souillée.

« Tu ne me vois pas telle que je suis, tu ne m'as jamais vue. »

Il rit tout bas. « La beauté est dans l'œil de celui qui regarde ? Ça doit te rappeler quelque chose.

– Hein, qu'est-ce que tu veux dire ?

– Jo, qui croiras-tu ? Eux ou moi ?

– Je…

– Tes frères ? insiste-t-il doucement. Ou moi ? »

Mon visage s'enflamme. Il vient vers moi et pose les mains sur mes épaules. « Écoute-moi, Jo. Ce portrait… je t'ai toujours vue ainsi. Mais je te vois ainsi parce que tu es ainsi. Je ferais n'importe quoi – vraiment – pour t'en convaincre. » Il m'attire entre ses bras et me serre fort contre sa poitrine. « Ma chérie, ne perdons plus de temps. Marions-nous ! Marions-nous maintenant. »

Je m'éloigne, presque sans voix. « Nous marier… ?

– Mais oui ! On aurait dû le faire depuis des années ! Si nous l'avions fait… Bon Dieu, Jo, si nous l'avions fait, rien de tout ça ne se serait passé.

– Michael, que veux-tu dire ? Rien de tout ça ?

– Je… » De nouveau, ses yeux clignent un bref instant, puis il m'attire contre lui. « Nous avons perdu trop de temps, Jo. Et je m'en sens responsable. Tu n'aurais pas dû aller à l'hôpital… » Il se recule, le regard suppliant. « Jo, laisse-moi m'occuper de tout. Laisse-moi faire ce qu'il faut pour que plus personne ne te fasse de mal.

– Mais… »

Je suis tellement prise au dépourvu que je ne sais que dire. Je lui effleure la joue d'un geste rassurant. « Michael, les choses ont changé. Personne ne me fera plus de mal. »

Il a l'air sombre, le front plissé d'inquiétude.

« Tu n'es pas d'accord ? demandé-je.

– Tu te souviens de la poudrière, Jo ? Celle dont je t'ai parlé il y a des années ? J'ai parfois l'impression qu'elle va exploser. »

10

Cela fait trois jours déjà, et j'ai filé comme un lapin dans son terrier. Depuis la demande en mariage de Michael, je passe mon temps à gratter au jardin, à décoller le vieux papier au salon et à peindre les châssis des fenêtres qui ont été réparés. Je n'ai pas mis le nez hors de Pennoryn, du moins physiquement. Je ressasse sans arrêt la même pensée : Comment pourrais-je épouser Michael, ou même quelqu'un d'autre, d'ailleurs, quand il reste autant de questions sans réponses et de blessures à guérir ?

Tantôt j'ai un moral du tonnerre, tantôt je suis à plat, tellement tout me paraît confus.

Et puis, il ne faut pas oublier cette catastrophe imminente que prédit Michael. Allons, il a du sang irlandais du côté de sa mère. Du côté de son père, il descend de ce peuple sombre à la noire toison dont on dit qu'ils seraient venus de Crête. Pour ce qui est de la superstition, Michael pourrait damer le pion au vieux Robert.

J'ai oublié d'appeler le docteur Shahi ce jour-là et il m'a coincée le lendemain matin. Je ne tenais pas en place, les nerfs en pelote, comme si j'étais sous amphétamines. Je devais donner l'impression d'être folle. « Je fais les peintures, minaudais-je au téléphone d'un ton joyeux. Je fais un grand ménage, c'est super.

– Joanna… » Il n'a pas l'air content. « Vous m'aviez promis de m'appeler tous les vendredis.

– Eh bien, je ne savais pas que c'était une promesse de sang, dis-je avec humeur. Bon Dieu, je suis dans la boue jusqu'aux genoux.

– La boue… ? Mais je croyais que vous refaisiez les peintures.

– Aussi. »

Il finit par raccrocher, mais pas avant de m'avoir glissé un mot de mise en garde. « Joanna, ne bousculez rien. Prenez le temps de méditer, de réfléchir. »

Le temps de réfléchir. Ça, je n'ai pas à me plaindre, j'en ai.

« Robert ? » Je laisse tomber le déplantoir et me redresse en essuyant sur mon jean mes mains pleines de terreau. Robert a creusé des tranchées peu profondes de chaque côté du chemin et je dispose les plants. J'ai de la boue sur le nez ; je la vois du coin de l'œil. La sueur me coule sur le front sous le vieux chapeau de paille que j'ai déniché au garage. Je l'essuie avec ma manche. « Robert, où êtes-vous ? »

J'aimerais qu'avant de partir, il s'attaque aux colonnes du lit. Je le découvre au garage où il a mis la main sur un banc de bois peint en blanc qui se trouvait autrefois entre les rosiers. Il le montre d'un geste et j'approuve. « Parfait. » Nous l'attrapons, chacun par un bout, et le portons en plein air. « Nettoyons-le pour l'installer devant les camélias, d'accord ? Il y a un coin bien ensoleillé à cet endroit. Ce sera l'idéal pour déjeuner dehors. »

Il montre un coin sombre du garage, où est remisé un banc vert.

« Très bien, celui-là va aller près de la mare. »

Je prends le tuyau d'arrosage pendant qu'il traverse le jardin en traînant derrière lui sa trouvaille. En trois jours à peine, le vieux Robert et moi avons déjà pris nos habitudes. Nous n'avons guère besoin de parler pour agir, ce qui est aussi bien, puisque Robert n'est pas très causant. Je l'ai saoulé de paroles hier tellement j'avais les nerfs à vif, et j'ai mis vingt minutes à me rendre compte que je parlais toute seule.

Michael a appelé plusieurs fois. Il ne me bouscule pas, mais je sais qu'il est inquiet. « Je suis là, Jo. Appelle-moi si tu as besoin de parler. Je t'aime. »

C'est comme un conte de fées. C'est peut-être pourquoi je ne puis répondre. J'attends qu'on me dise : « Et le prince s'en alla sur son blanc destrier. Point final. »

Et si cela ne devait pas finir ? Et si nous nous mariions, Michael et moi, et venions vivre à Pennoryn ? Mes rêves restés sans lendemains avec David pourraient enfin se concrétiser avec lui. Je trouverais enfin le bonheur.

Quelle distance parcourue depuis les premiers jours de mon retour. Quelle distance, et à une vitesse vertigineuse ! Et tout cela, en grande partie, grâce à Michael. À présent, son amour m'emplit de joie.

Je suis encore à arroser au jet le banc, plongée dans mes pensées, quand j'entends la voix du vieux Robert.

« Vous feriez p't-être bien de pas rester là, madame Carr. » Je m'aperçois brusquement que je patauge au milieu d'une grosse flaque. Mes tennis sont trempées. Mais il y a des arcs-en-ciel dans le jet d'eau.

Je ris en regardant Robert : « Beau temps, n'est-ce pas ? »

Il sourit mais ne répond pas. Je suis sur le point de diriger sur lui mon tuyau, histoire de le faire glapir. Mais ça ne lui ressemblerait pas. Et il risquerait de ne pas s'en remettre.

J'ai convaincu le vieux Robert de déjeuner avec moi sur le banc. Le soleil est haut et il y a des abeilles qui tourbillonnent autour de notre repas. De temps à autre, il tend la main et les laisse se poser dessus, comme l'autre fois. Elles ont l'air de lécher sa sueur, comme des petits chiens duveteux.

Quand nous avons fini les sandwichs, je m'enquiers : « Vous êtes marié, Robert ? Vous avez une famille ? »

Il enveloppe précautionneusement ses miettes dans la serviette. « J'l'ai été. Je l'suis pus.

– Oh, excusez-moi. Que s'est-il passé ? »

Il serre les lèvres. « L'est partie. Ça fait des années de ça.

– Excusez-moi. Je ne voulais pas être indiscrète. » J'aurais mieux fait de me taire. Les yeux de Robert sont passés de l'irritation au vide, en une seconde.

Il pose sa chope de thé sur le banc et, un instant, nous restons assis en silence. Puis le regard perdu dans le lointain, l'air ému, il dit dans le patois de la West Country : « Ces oiseaux… y doit y en avoir des centaines d'affamés dans les arbres.

– C'est vrai. » Ils sont posés sur les hautes branches et nous observent. Jusqu'ici, seuls quelques moineaux se sont aventurés. Le reste évalue encore l'opportunité d'une manœuvre d'approche.

Robert indique une vieille mangeoire que j'ai accrochée au coin du garage. Sa mâchoire tremble. « Vous croyez pas qu'y devraient pus se méfier, à force ? »

Il grogne. « Y viennent ici tous les ans, y'en a, pas vrai ?

– Oui, c'est juste. Ils font leurs petits et passent l'été ici.

– Et vous leur donnez à manger chaque fois ?

– Sans doute. » Pourquoi parle-t-il de ça ?

« Et maintenant, y restent là-haut à piailler comme s'y tenaient une assemblée générale pour savoir s'y a pas d'danger. »

L'idée d'une assemblée générale de ce type me fait sourire, mais je crois comprendre. « Vous êtes en train de parler des oiseaux, Robert, dis-je doucement, ou de votre femme ? »

Il sourit, secoue la tête et reste là, à se gratter le dos. En ramassant son râteau, il lâche : « Les oiseaux, les gens, c'est tout pareil. Faut apprendre à faire un peu confiance. »

Il faut apprendre à faire un peu confiance.

Le docteur Shahi répète volontiers que, quand on est en attente d'un message, il vient. Il peut venir d'un livre qui tombe mystérieusement de l'étagère ou du mot désinvolte d'un passant. Il peut même se trouver au détour d'une banale conversation avec un jardinier.

Je n'ai jamais appris ce qu'il était advenu du mariage de Robert ni pourquoi sa femme l'avait quitté. Aussitôt après ce commentaire, il partit d'un pas tranquille pour traiter les rosiers. Mais ses paroles me firent réfléchir – méditer, aurait dit le docteur Shahi – sur ma propre faculté à accorder ma confiance. Je fais la vaisselle à la cuisine en m'interrogeant là-dessus quand le téléphone sonne. Les mains pleines de mousse, j'attrape le combiné près de l'évier.

« Michael ? » Ça m'a échappé.

Un court silence. « Joanna ? C'est Charlotte.

– Oh. » Les mots me manquent. Je ne suis plus vraiment en colère, mais malgré moi, je reste sur mes gardes.

« Je sais que tu m'en veux, attaque-t-elle bille en tête, fidèle à ses habitudes. Et je tiens à m'excuser. J'aurais voulu que ça se passe différemment. Mais je me suis dit que je devais t'appeler. Il s'est passé quelque chose. » Elle a la voix haute et ténue.

« Charlotte ? Que se passe-t-il ?

– Je viens d'avoir la visite d'un policier, celui qui était de service la nuit de la mort de David. Il m'a posé toutes sortes de questions. Joanna, je croyais qu'on en avait fini avec tout ça et je ne comprends pas pourquoi il est revenu. Je ne veux surtout pas qu'il embête Henry. Il a eu sa dose… enfin, peu importe. Bref, je voulais te prévenir.

– Un policier ? S'agit-il de l'inspecteur Goff ?

– C'est ça. Grand, genre costaud, qui marche comme s'il avait mal aux genoux.

– Il est venu me voir à l'hôpital. Que t'a-t-il dit ?

– La même rengaine, en gros. Quand exactement t'avons-nous trouvée ? Avons-nous touché à quelque chose, bougé quelque chose ? Et il m'a encore interrogée à propos de cette couverture, si c'était moi qui t'avais recouverte avec. Je lui ai dit que non, qu'on t'avait trouvée comme ça. Il lui semblait curieux qu'on t'ait gentiment recouverte, comme si c'était un « gentleman cambrioleur ». Ce sont ses mots : un gentleman cambrioleur. Je lui ai fait remarquer que tu avais reçu un coup à la tête, ce qui ne me paraissait pas vraiment des manières de gentleman. »

Je ne peux pas m'empêcher de sourire.

« Il est venu te voir aussi, Joanna ?

– Non. » Mon sourire s'efface. « Tu crois qu'il va venir ? Il en avait l'intention ?

– Il n'en a rien dit, mais ça ne m'étonnerait pas. J'ai préféré te prévenir pour que tu sois sur tes gardes. La police a peut-être l'intention de rouvrir l'affaire. »

Je reste là, avec de la mousse qui me dégouline le long des bras : *Pour que tu sois sur tes gardes. Mais pourquoi ? Qu'ai-je à cacher ?*

« Charlotte, l'autre jour, Michael m'a dit, lui aussi, que je devrais faire attention à mes paroles. Je ne comprends pas. Qu'est-ce que vous craignez de m'entendre dire qui pourrait me nuire ? »

Elle a un bref éclat de rire, l'air gêné. « Te nuire ? Mais rien, bien sûr. Ce n'est pas ce que j'ai voulu dire. C'est seulement que ces gens-là cherchent toujours à vous coincer. Ils font tout pour vous faire dire des choses qui semblent suspectes, même quand elles ne le sont pas. » Elle hésite et, avant que j'aie pu parler, elle enchaîne. « Joanna, que t'a dit Michael exactement ?

– Pas grand-chose. Mais comme j'ai dit que j'aurais pu tuer quelqu'un...

– Mon Dieu ! Tu as vraiment dit ça ? À Michael ?

– Oui, alors il m'a attrapée et m'a dit de ne jamais répéter ces mots-là ni même seulement d'y repenser. Charlotte, il faut que je te pose la question. Je commence à me dire... » Je peux à peine prononcer les mots tant j'ai peur que mes soupçons ne soient confirmés. « Je... est-ce que vous croyez, Michael et toi... que, bon, tu sais, que j'ai fait quelque chose cette nuit-là ? »

Elle prend une profonde inspiration. « Ce que tu veux savoir, c'est si je pense que tu as tué David ? Je... » Elle se tait brusquement et je n'entends plus que le souffle de l'air qui circule sur les fils.

J'ai l'estomac qui se noue. « Char... ?

– Ma chère petite Joanna, dit-elle, la voix grave. Évidemment que je ne crois pas une chose pareille. Bonté divine, même la police n'y pense pas ! Tu as été frappée à la tête, tu n'avais pas de sang sur toi, pas d'arme à portée de la main... Comment aurais-tu pu le faire ? Quant à Michael, il peut être fier de t'avoir mis en tête une idée pareille ! »

Mes doigts se serrent sur l'écouteur. « Ce n'est pas ce que j'ai dit, Charlotte. Mais il y a tellement de choses que je ne comprends pas ces temps-ci quand je vous parle. Tellement de sous-entendus... je bous de colère, alors qu'on me dit de ne surtout pas le montrer.

– C'est juste pour éviter que les gens interprètent n'importe comment, dit Charlotte en se reprenant. Bon sang, Joanna, ça me paraît normal d'être hors de soi quand on perd quelqu'un qu'on aime. C'est comme s'il vous abandonnait, après tout. N'importe quel imbécile te dira que c'est une réaction fréquente sur le coup.

– Je sais. C'est aussi ce que dit le docteur Shahi.

– Et pour en revenir à Michael Lamb… je suis désolée de le dire, mais je t'ai conseillé de ne pas le voir.

– Charl…

– Écoute-moi, Joanna. Michael a changé. Il broie du noir. Replié sur lui-même. Ça fait des mois qu'il refuse de me répondre au téléphone, alors que j'appelais seulement pour parler de toi. Et puis, hier, Henry a appris quelque chose d'assez troublant. Il était à la Midland Bank en train de bavarder avec une de ses vieilles connaissances, Roger Stone – Stone est le président de la Midland. Et le nom de Michael est venu par hasard dans la conversation. C'est également sa banque, tu sais.

– Son nom est venu "par hasard" ? dis-je d'un ton dubitatif. Ou c'est Henry qui a abordé le sujet ?

– Mon chou, qu'est-ce que ça peut faire ? Le fait est que Michael a demandé un prêt la semaine dernière. » Charlotte s'interrompt de façon spectaculaire, comme si la nouvelle était un mauvais présage en soi.

« Un prêt ? » Je souris malgré moi. « Et c'est suspect, à ton avis ? Pour l'amour du ciel, Charlotte, ça peut nous arriver à tous d'être à court de liquidités.

– De cent mille livres sterling, Joanna ? Ça fait un paquet, non ? »

Elle a raison et je suis un peu ébranlée. « Je… bon, bien sûr, ce n'est pas rien. Mais enfin, Michael ne se contente pas de barbouiller. Il possède un magasin. En fait, il m'a confié qu'il avait l'intention d'ouvrir une deuxième galerie à Londres. C'est probablement pour ça qu'il a demandé un prêt. »

Elle renifle, écœurée. « Ce n'est pas ce qu'il a dit. Il en aurait besoin pour payer les travaux de rénovation du Cygne. Et tu sais qui a commandé les travaux en question ? Son amour d'assistante, la délicieuse Annette Bower. D'après Henry, elle l'a quasiment mis sur la paille. Et on raconte qu'il y a plus entre eux.

– Eh bien, tout le monde se trompe, dis-je d'un ton sec. Michael et elle sont associés et amis, un point c'est tout.

– Tiens donc ! Sais-tu que c'est elle qui a fourni son alibi à Michael pour la nuit du meurtre ? D'après sa déclaration, ils ont passé *la nuit* ensemble.

– Allons, Charlotte, je suis sûre qu'ils travaillaient, c'est tout.

– Ben tiens ! C'est ce qu'elle dit. Ils faisaient l'inventaire, ou ce genre de truc.

– Et tu ne la crois pas ? Charlotte, Michael a toujours fait ça la nuit pour pouvoir peindre quand il fait jour. Et après tout, c'est son assistante.

– Maintenant, oui. Mais rappelle-toi. As-tu jamais entendu parler d'elle ou l'as-tu jamais vue à la galerie auparavant ?

– Non, mais j'avais à peine revu Michael depuis mon mariage. Je n'avais pas remis les pieds à la galerie.

– Crois-moi, mon chou. Annette Bower et Michael étaient proches – pour ne pas dire plus – à l'époque du meurtre de David. Mais pas en tant qu'associés. Depuis, toute la ville sait qu'elle est folle de lui. Il suffit de mettre les pieds à la galerie pour le savoir. Et, étant donné leur liaison, elle est prête à dire n'importe quoi pour le protéger. »

Ma voix devient plus aiguë. « Putain de merde, Charlotte, est-ce que tu cherches à dire que Michael a tué David ? Et qu'Annette Bower lui sert d'alibi ? Tu vas trop loin ! Je sais que tu n'as jamais porté Michael dans ton cœur, mais là...

– Réfléchis donc. Michael a toujours cherché à te protéger depuis l'enfance. Admettons qu'il soit venu ce soir-là et vous ai trouvés en train de vous disputer, David et toi ? Et s'il a vu David qui... » Sa voix reste en suspens, hésitante.

« Qui quoi ? Qu'aurait-il pu voir, bon sang ? Que sais-tu exactement ?

– Non, non, je ne sais rien, bien sûr. Mais qui à part lui t'aurait recouverte d'une couverture ? C'était sûrement le geste de quelqu'un qui tenait à toi. » Je l'entends prendre une profonde inspiration. « Très bien, disons que Michael n'a pas tué David. Disons qu'il est simplement venu après coup, qu'il a vu ce qui s'était passé et n'a pas voulu être impliqué. Il t'a donc simplement recouverte d'une couverture et est reparti. Dans ce cas, Joanna, pourquoi ne pas l'avoir dit ? Il aurait été raisonnable de sa part de l'avouer au moment où tu as tant de questions à poser. Pour moi, son silence est éloquent.

– Sans doute… à condition que ça se soit passé ainsi, dis-je, circonspecte. Sauf que je ne crois pas une seconde que Michael en soit capable. Oh, Charlotte, arrêtons, je t'en prie, arrêtons-nous tout de suite. S'il y a quelqu'un au monde que j'ai toutes les raisons de croire sans l'ombre d'un doute, c'est bien Michael. Si ça s'était passé ainsi, il me l'aurait dit.

– Mon chou, les gens changent. Tu étais partie, tu ne peux pas savoir…

– Je ne veux plus rien entendre là-dessus. Et je voudrais que tu saches une chose. Michael et moi… nous allons nous marier. »

Je m'effleure la joue, les lèvres, en m'étonnant des mots que je viens de formuler. *Michael et moi…*

Ça m'a échappé brusquement, comme si c'était une décision brutale, alors que ce n'est pas le cas. J'avais la réponse au bord du cœur depuis des jours. Il me dit : *écoute*, et le message qu'il délivre est : *c'est bien*. Je marche sur le même chemin que Michael depuis l'enfance et ne m'en suis écartée qu'au cours des quelques mois où j'ai été mariée avec David. Maintenant, nous sommes de nouveau ensemble. Nous nous aimons au-delà de l'amitié et il serait tragique de perdre plus de temps.

Les trois jours que je viens de passer à réfléchir au milieu des herbes, de la boue et de la peinture ont porté leurs fruits. Sans parler du vieux Robert et de ses sages paroles sur la confiance.

Évidemment, Charlotte est atterrée. « Joanna, tu ne sais plus ce que tu dis ! Quand la décision a-t-elle été prise ?

– Michael me l'a demandé il y a quelques jours. Je n'avais pas encore accepté, mais ça y est, je viens de me décider.

– Oh, Dieu merci, ce n'est pas trop tard, alors ! Écoute-moi. Tu ne peux pas faire une chose pareille. Tu dois lui dire que c'est trop tôt, que tu as besoin de réfléchir.

– Absolument pas.

– Joanna, tu ne t'es pas demandé si Michael n'avait pas des idées derrière la tête en te proposant de l'épouser ? Je ne t'ai pas encore tout dit, car ce prêt… eh bien, ma chère, il lui a été refusé.

D'après Roger Stone, il semblait en avoir un besoin désespéré. Et toi, tu as une petite somme rondelette à la banque. »

Je ris. « Pas tant que ça. Seulement ce que j'ai hérité de David. La plupart de ce que j'ai gagné au cours de toutes ces années chez Morley a été englouti dans la construction de Pennoryn.

– Et si tu t'en souviens, je t'avais mise en garde. Tu n'as pas voulu m'écouter.

– Je n'étais pas d'accord avec toi. Nous avons mis mes économies dans la maison et, ensuite, nous avons vécu sur les siennes. Et ça marchait. Je n'avais pas besoin de mettre un petit pactole de côté, comme tu disais, en cas de problème. »

Il y a un court silence sur la ligne, puis Charlotte dit doucement : « Si seulement tu savais comme ça peut facilement…

– Quoi ? Aller mal ? Eh bien, c'est apparemment le cas, maintenant, dis-je, un peu ironique. Mais que veux-tu dire, exactement ? Aurais-tu des problèmes avec Henry ?

– Avec… Oh, non, pas du tout. Du moins, pas en ce moment. »

Je sens un mouvement de recul ; je viens de mettre le doigt sur une vérité que je ne tiens peut-être pas à entendre.

Pourtant, Charlotte reprend. « Joanna, une seule chose compte maintenant, c'est que tu sois en sécurité. Et je te demande instamment de te montrer prudente avec Michael. Tu risques de tomber dans le même piège avec lui, tu sais. Tu as hérité de David et je suis sûre que Michael le sait. Et il connaît ta générosité. Un mariage en ce moment ne pourrait que le tirer d'un mauvais pas.

– Charlotte, dis-je avec exaspération, pourquoi tiens-tu tellement à le rendre suspect ? D'abord tu me l'as présenté comme un tueur, maintenant comme un arnaqueur. Bon sang, tu t'entends ? On parle de Michael ! Et pas une fois, Michael ne m'a fait du mal. Tu le sais ! Pourquoi tu fais semblant de vouloir l'oublier, ça m'échappe. Pourquoi ne pas te contenter de nous donner ta bénédiction, purement et simplement ?

– Je ne peux pas. Ce n'est pas possible. »

J'étouffe de rage. Je m'accroche au téléphone de toutes mes forces. « Écoute-moi bien, Charlotte. Je viens de passer six mois dans un lit d'hôpital, complètement inconsciente. Depuis, il y a sans arrêt quelqu'un qui croit mieux savoir que moi ce que je dois faire. J'en ai ras le bol ! Il est temps que je reprenne ma vie en main et que je tourne la page.

– Mais ce n'est pas ce que tu vas faire, tu ne comprends pas ? C'est Michael qui t'a mis cette idée en tête. Je suis sûre que tu n'y pensais pas il y a une semaine. Et si tu l'épouses en ce moment, il aura la mainmise sur toi, tout comme David. »

Mieux vaut s'en tenir là. Si j'en dis plus, il va m'échapper des vérités que je regretterai plus tard. Je lui parlerai à brûle-pourpoint du message que j'ai trouvé dans le blouson de David et lui demanderai si elle avait une aventure avec mon mari. Peut-être irai-je jusqu'à lui demander : « Est-ce que vous aviez la mainmise sur moi, tous les deux sans que je m'en rende compte ? As-tu été mon amie ou mon ennemie ? »

Mais ces mois d'hospitalisation m'ont laminée. Il y a des choses que je peux affronter et d'autres pas. Parfois, je n'en peux plus. « Charlotte, il faut que je te laisse, dis-je, épuisée.

– Oh, Joanna, je t'en supplie, ne fais pas ça. Ne me laisse pas comme ça, je peux t'aider, si tu m'écoutes… »

Je la laisse parler dans le vide.

11

Ce soir-là, une fois que j'ai tout rangé et que j'ai le temps de réfléchir, ma conversation avec Charlotte m'apparaît sous un autre angle. Bien qu'elle n'ait jamais porté Michael dans son cœur, j'ai toujours pensé que c'était une jalousie courante entre amis. Il a pu m'arriver, dans le passé, d'avoir des projets avec Michael dont Charlotte était exclue, ce qui déclenchait chez elle de l'irritation. « Je croyais qu'on faisait quelque chose ensemble dimanche. Pourquoi tu ne m'as pas appelée d'abord ? »

Tout en me préparant à aller me coucher, je me rappelle combien Charlotte était désireuse de m'accompagner à St. Austell pour que je trouve une voiture, et sa déception en apprenant que je préférais me rendre à Mevagissey pour voir Michael. En dépit de sa fortune et de son élégance, Charlotte n'a jamais eu d'autres amies que moi. Nous étions toujours ensemble et apparemment, cela nous suffisait.

Sauf que j'avais aussi Michael.

Est-ce cela qui la dérange encore ? David n'étant plus là, s'est-elle imaginé qu'elle m'aurait toute à elle ? Et en apprenant que je vais épouser Michael, est-elle contrariée de voir ses espérances partir en fumée ?

Dans ce cas, je peux comprendre ce qu'elle ressent, au moins dans une certaine mesure. Je me suis sentie abandonnée, moi aussi, au moment du mariage de Charlotte. D'abord, leur lune de miel, où ils se sont absentés pendant des mois et où je n'avais personne à qui parler de mes histoires de fille. Il y a eu ensuite les mois où ils étaient en voyage et où je me suis sentie seule, des mois où Michael était parti et où je n'avais plus que David pour compagnie.

Mais la crainte de perdre un temps précieux avec une amie suffit-elle à expliquer qu'on accuse quelqu'un de meurtre ? Si j'étais une autre, si je n'avais pas connu Michael depuis des années, sachant combien il est honnête et fiable, je serais anéantie par les insinuations de Charlotte. J'espère qu'elle n'a fait part de ces soupçons à personne d'autre. Et aussitôt, je me demande : a-t-elle dit à Michael ce qu'elle pense de lui ? Est-ce pourquoi il refuse de lui parler ? Pourquoi il lui en veut ? Possible. Michael éviterait de m'en parler pour ne pas me brouiller avec mon amie.

Quoi qu'il en soit, Charlotte devient de plus en plus difficile et si cela doit causer un froid entre nous, elle n'aura qu'à s'en prendre à elle-même. Tant pis si elle me manque malgré tout, il faudra que je m'y fasse en attendant que nous puissions nous réconcilier.

Dans les jours qui suivent, la conversation troublante avec Charlotte s'estompe pour ne plus former qu'un faible murmure dans mon esprit. Elle finira par surmonter sa rancœur, me dis-je. Elle va se rendre compte que nous sommes toujours aussi proches et que Michael ne va pas chercher à s'immiscer entre nous. Ses craintes vont s'apaiser et je vais pouvoir réunir mes deux amis, pour le plus grand bien de tous.

Entre-temps, je suis emportée par une tornade, la folie des préparatifs du mariage. Nous avons fixé la date : samedi en quinze. J'ai dit à Michael de me laisser faire, que je me chargeais de tout. Il a volontiers accepté, car la préparation de son exposition l'oblige à d'incessants allers-retours à Londres.

« Faisons les choses simplement, m'a-t-il dit il y a deux jours. Nous pouvons célébrer la cérémonie au bureau d'état civil avec quelques amis.

– Jamais de la vie. J'ai déjà fait ça. Je veux me marier à l'église.

– À l'église ? » Il grogne. « Je m'attends au pire.

– Ne sois pas bête ! Nous ne connaissons pas tellement de monde. »

Cela avait l'air tellement amusant, quand nous en avons parlé, il y a trois jours. Et on va bien s'amuser, je le sais. Mais d'abord, il y a les corvées : finir le jardin, préparer la maison. En si peu de temps. Nous ferons la réception ici après le mariage, et je veux que tout soit prêt, refait à neuf – non contaminé.

Le vieux Robert est un don du ciel. En dépit de sa lenteur, mon jardin se transforme comme par miracle. Il a plus d'énergie que je ne l'aurais imaginé – peut-être parce qu'il en gâche si peu en parlottes.

J'attends Michael d'un moment à l'autre. Il doit venir me chercher pour me faire une surprise, quelque chose que j'ignore. Dans la chambre, je repousse un ensemble après l'autre sans arriver à trouver le bon. Il me tarde qu'on soit l'après-midi, pour revoir Michael. Je n'arrive pas à croire à la chance que j'ai d'être libre et de pouvoir vivre ça.

L'instant d'après, je suis atterrée d'avoir pu penser cela. Je n'ai jamais voulu que David connaisse une fin aussi abominable. Quand je pense « libre », c'est l'hôpital que j'ai en tête, non ?

Je n'en sais rien, à vrai dire. Les pensées me tombent du ciel à mesure que je vaque dans la maison à laver et frotter. Des idées à propos de David – et de qui a pu faire ça. Qui voulait le tuer ? Ou s'agit-il d'un crime de vagabond, un crime fortuit, comme la police semble le croire ?

Sauf que si la police le croit, pourquoi rouvre-t-on le dossier ? Et pourquoi maintenant, au moment où je sors de l'hôpital ? *Me croit-on coupable ?*

Je peux bien ne plus trop savoir où j'en suis, privée en partie de ma mémoire et obligée de remettre de l'ordre dans ma vie. Mais je ne suis pas idiote. Manifestement, Michael et Charlotte s'imaginent que j'ai quelque chose à cacher. Le pire, c'est que j'ai l'impression qu'ils ont raison et cette idée même me terrifie. Je ne sais comment m'en défendre. J'ai tellement à attendre de la vie, maintenant. Pourquoi tout vouloir gâcher avec le passé ?

Et si le passé influait sur l'avenir ? Cette possibilité me hante. Je la repousse aussi. Il me semble que je n'ai pas eu ma part de bonheur durant toutes ces années. Je suis bien décidée à vivre le maximum avec Michael, maintenant, et à m'y accrocher de toutes mes forces.

En fouillant dans la penderie, je pense au déshabillé rouge que je portais la nuit du crime. D'après Mme Rimes, il était un peu déchiré et une des aides-soignantes, croyant bien faire, l'a jeté. J'ai du mal ne serait-ce qu'à m'en souvenir. Comme David a toujours aimé le rouge, c'était peut-être un cadeau de sa part. Je ne me souviens pas de l'avoir acheté.

À ce propos, je devrais faire des courses, et sans tarder. Mes vêtements datent d'avant mon hospitalisation. En fait, la plupart datent d'avant mon mariage. Ma garde-robe a grand besoin d'être renouvelée. Après avoir longtemps tourné ça dans ma tête, j'opte pour un pantalon vert foncé et un chemisier de soie blanche. Il me faut aussi un pull, au cas où le brouillard ne se lève pas. En explorant mes tiroirs, je trouve un mouchoir de dentelle que Charlotte m'a donné pour mes vingt et un ans. Le mouchoir embaume la lavande et, en dessous, je trouve un autre morceau de lin, attaché avec un sachet de lavande au milieu et un J, pour Joanna, brodé en fil doré. Ça aussi me vient de Charlotte et je me souviens que, pour mon anniversaire et pour Noël, elle m'offrait toujours des cadeaux aux connotations sensuelles. Un livre aux pages odorantes, un vieux vase de porcelaine rempli de fleurs en bouton. Un jour, elle m'a rapporté d'un de ses voyages une boîte de bonbons exotiques. Les morceaux de sucre, légers comme des pétales de fleurs, avaient le parfum délicat de la bergamote, de la rose et du lilas.

« Merci, Charlotte. Quel goût exquis ! » lui dis-je, assez partagée. Je lui avais toujours envié son aptitude à choisir des cadeaux aussi délicieux et je me sentais accablée par mon impuissance à lui rendre la pareille. Plus encore, mon manque de raffinement me désespérait.

Mais je savais que Charlotte voulait bien faire. Elle voulait me donner des jolies choses parce qu'elle savait combien je les appréciais. Elle voulait partager avec moi l'autre côté, toutes les possibilités que la vie avait à offrir. Et je lui emboîtais le pas avec empressement, impatiente d'apprendre les bonnes manières, la classe, la façon de s'exprimer...

« J'aurais tant aimé pouvoir te mettre dans mes bagages pour t'emmener avec moi, disait-elle souvent. Ah, Joanna, si seulement... »

Si seulement tu n'avais pas épousé David. J'avais beau vouloir convaincre Charlotte de mon bonheur, elle était sûre que David me privait de toutes les bonnes choses de la vie. « J'aime être seule à Pennoryn, lui disais-je quand les déplacements de David pour Londres devinrent de plus en plus fréquents. J'adore ma petite vie tranquille à la campagne.

– Mais ça va durer combien de temps ? » rétorquait-elle. Et avec la ferveur des jeunes épousées, je l'empêchais de poursuivre ce qui m'apparaissait comme un blasphème. Pour finir, on changeait de sujet.

Tout à coup, je suis anéantie à l'idée du gouffre qui me sépare désormais de ma meilleure amie.

Par la fenêtre ouverte, je vois la brume matinale qui s'attarde un peu au-dessus de la colline et je sens l'odeur de la terre humide autour des primevères, les effluves mêlés des feuilles et de l'herbe mouillées. Mon regard fait le tour de la chambre, que j'ai rendue si claire et si jolie, cette chambre dont j'ai délibérément effacé toute trace de David. Même les hideuses colonnes ont disparu. Le vieux Robert les a sciées et réduites en morceaux pour en faire du paillis.

La vie m'attend ; l'opposition de Charlotte ne signifie rien, et peu m'importe s'il y avait quelque chose entre elle et David. D'après le docteur Shahi, l'homme se renouvelle sans arrêt, ses cellules, ses tissus, son sang. « Celui à qui nous en voulions la semaine dernière n'est plus le même aujourd'hui. Cette personne n'existe plus : il n'y a personne à qui en vouloir. »

Je ne sais pas si j'y crois ou si j'aurai jamais cette hauteur d'esprit envers ceux qui m'ont fait du mal. Mais il doit y avoir une parcelle de vérité là-dedans et je peux au moins commencer par Charlotte. La vie qui m'attend avec Michael est pleine de promesses et la seule chose qui me manque pour que tout soit parfait, c'est de me réconcilier avec mon amie.

Je m'approche de la table de chevet et soulève le combiné pour l'appeler. Au bout de quelques instants, elle répond, essoufflée.

« C'est Joanna, dis-je, un peu nerveuse et me demandant si elle va accepter de me parler.

– Joanna ! Je suis si contente de t'entendre ! » Elle reprend son souffle. « Excuse-moi, je suis venue en courant de la terrasse. Henry reçoit les membres de la Garden Society. Ça grouille de petits vieux qui se baladent au milieu des roses primées. Où es-tu ? Tu veux faire un saut ? »

Mes doigts se dénouent. « Je regrette, j'en serais ravie, mais je ne peux pas aujourd'hui. Michael vient me prendre pour me faire une surprise. »

Et zut, pourquoi ai-je laissé échapper ça ? Est-ce que je veux la mettre à l'épreuve ?

Peut-être. Et elle paraît s'en tirer avec les honneurs, puisque après une courte pause, elle dit d'un ton léger : « C'est charmant… Le temps s'arrange. Vous devriez avoir une belle journée.

– Oui. Charlotte, je me demandais… Je sais que tu n'es pas nécessairement d'accord, mais… oh, bon sang, est-ce que tu crois que tu pourrais repousser votre voyage pour être ma demoiselle d'honneur ?

– Ta quoi… ? »

Un autre silence, pendant lequel j'entends des voix en fond et le tintement d'un verre. « Alors ? dis-je. Qu'en penses-tu ? Je te pardonnerai ce qui s'est passé… si tu acceptes.

– Ce qui s'est passé ? » Elle a baissé la voix. Sa peur parvient, intacte, jusqu'à moi. « De quoi parles-tu ? »

Je parle de notre désaccord au sujet de Michael. C'est ce que je crois, du moins. Mais Charlotte pense manifestement à autre chose.

J'aurais pu me couper la langue. Et si ça lui échappait brusquement, si elle se mettait à me raconter comment elle rencontrait David dans la prairie, cette prairie où lui et moi sommes tombés amoureux ? Et si elle se mettait à me raconter ce que je ne veux pas savoir ?

« Je voulais seulement parler de notre dispute de la semaine dernière », dis-je à la hâte.

Un petit soupir de soulagement me remplit les oreilles. « Oh, oh ! Ça, bien sûr !

– Alors ? Tu acceptes d'être ma demoiselle d'honneur ? Et tu crois que Henry accepterait de me conduire à l'autel ?

– Eh bien… on verra. On a le temps, non ? Tu ne vas pas précipiter les choses ?

– En fait, nous… nous nous marions samedi en quinze.

– Dans… quinze jours ! » La voix lui manque et s'ensuit un long silence.

« Charlotte…

– Si seulement tu voulais bien prendre le temps.

– Ne recommençons pas, si tu veux bien, répliqué-je sèchement. C'est à moi de décider. Bon sang, je crois que j'ai le droit d'avoir un peu de bonheur. Je mérite de tourner la page après ce qui s'est passé et d'aller de l'avant. J'ai besoin d'oublier !

– Ça risque de ne pas être facile, Joanna. David…

– Il n'est plus là, David. Il est *mort*. Personne ne peut le faire revenir. Et tu sais quoi, Charlotte ? J'en suis drôlement contente ! »

J'arrache le combiné de mon oreille et le fixe, horrifiée. Comment ai-je pu dire des mots pareils ? Ma main tremble. Je laisse tomber le téléphone par terre et plonge à la renverse entre les oreillers, les mains sur le visage pour étouffer mes sanglots. Et je répète sans pouvoir m'arrêter : « Je suis contente ! » bien qu'à l'autre bout de la ligne, Charlotte ait raccroché depuis longtemps.

12

Longtemps après, je me lève et me reprends un peu en m'essuyant les yeux. Bien décidée à oublier cette conversation, je finis de m'habiller. Je me répète sans arrêt : *Peu importe ! Maintenant j'ai Michael ; peu importe tout ça, aussi bien Charlotte que David.*

Puis un souvenir me revient, clair et net. Tel un film qui se déroulerait devant mes yeux. Charlotte se tient dans cette pièce et me supplie de quitter David. Je la vois devant moi, les poings serrés, son fin visage enflammé par la colère. Je ne me souviens pas de ses paroles. Elles sont encore floues, aussi insaisissables qu'un enfant malicieux. Charlotte est venue ici et nous…

Non. Un frisson me parcourt l'échine et à présent, je préférerais effacer jusqu'au souvenir de cette journée. Je rafraîchis rapidement mon maquillage sans me regarder dans la glace, puis j'arrange le lit et vérifie d'un coup d'œil que tout est à sa place. Je sors de la chambre en veillant à bien refermer la porte derrière moi. J'ai la sensation – presque physique, au point de jonction entre les omoplates – que sinon, David pourrait sortir de son bureau de l'autre côté du couloir et entrer dans ma chambre pour me tourmenter. Je sais que c'est du délire. Je n'oserais jamais l'avouer au docteur Shahi. Mais fermer la porte est un de ces petits stratagèmes qui me permettent d'empêcher les fantômes d'entrer.

Au salon, je pose mon sac et regarde autour de moi, satisfaite des changements. Avec l'aide du vieux Robert, j'ai fini de décoller les papiers peints et commencé à peindre les murs en blanc. Grattoirs, seaux en émail, rouleaux et brosses sont dispersés dans la pièce. Pour le reste, j'ai voulu que l'atmosphère soit chaleureuse et confortable. Hier, au village, j'ai trouvé une nouvelle banquette en chintz blanc cassé décoré de minuscules fleurs de lys bordeaux, ainsi que deux fauteuils coordonnés vieux rose. J'ai également découvert une théière en argent dans une boutique d'occasion, que j'ai astiquée au point de la rendre éblouissante. Elle reflète le feu de cheminée, qui crépite depuis l'aube. Une petite lampe en cuivre sur une table contre le mur est entourée de fleurs fraîches.

Bref, j'ai tout fait pour transformer l'atmosphère de cette pièce, de même que la chambre. Il y a un épais tapis rose et bleu qui couvre la tache de sang imaginaire sur le plancher de chêne.

Dans la cuisine, je verse dans une cruche Thermos le citron pressé que j'ai préparé plus tôt, rince deux pommes et enveloppe deux pâtisseries faites maison pour emporter avec nous, là où Michael va me conduire. Il m'a demandé de prévoir un pique-nique ; je suppose donc que nous resterons dehors.

Après avoir mis le déjeuner dans un sac, je le pose avec la Thermos près de la porte d'entrée. Au même moment, j'entends la Range Rover de Michael dans l'allée. J'attends dans la véranda en agitant la main et m'écrie : « Bonjour, je suis prête ! » De l'autre côté, il y a la bordure de fleurs que j'ai plantée avec le vieux Robert, un tapis velouté de corbeilles-d'argent devant, des asters et des marguerites derrière. Le jardin prend l'allure d'un royaume enchanté et j'ai l'impression bizarre de jouer dans un vieux film des années quarante, où la jeune mariée accueille son mari de retour de la guerre.

Autrement dit, la scène a quelque chose d'irréel. Au fond de moi, je le sais.

Michael grimpe les marches deux à deux et je lui présente ma joue. Il y plante un baiser et me serre contre lui. Empruntés, j'imagine, après toutes ces années, nous n'avons jamais été plus loin. Sans même en parler, nous attendons d'un commun accord d'avoir échangé nos vœux.

Entre-temps, nous faisons de petites incursions, de timides tentatives d'exploration.

« C'est le déjeuner ? » demande Michael en voyant le sac et la Thermos près de la porte.

« Tu voulais quelque chose de simple, non ? » J'ai brusquement un doute. « Des gâteaux, des fruits…

– Ça m'a l'air délicieux. » Il me plante un baiser sur le nez.

Nous entrons et Michael scrute mon visage, l'air préoccupé. « Tu sembles tendue. Ça ne va pas ? »

J'ai un geste de la main. « Je viens d'appeler Charlotte. Ça a tout redéclenché. »

Il fronce les sourcils. « Encore Charlotte. Jo… cette femme… pourquoi ne la laisses-tu pas tomber, purement et simplement ?

– Elle a de bonnes intentions. Elle veut mon bien.

– J'en doute, marmonne-t-il, mais en me voyant prête à rétorquer, il sourit et passe un bras autour de mes épaules. Que dirais-tu si nous évitions de parler de Charlotte Dean pour aujourd'hui ? J'espérais que la théière serait encore chaude. C'est qu'il fait frisquet. »

J'ai déjà rangé la cuisine, mais ça me fait plaisir de m'occuper de lui. « Tu as envie d'un thé ? dis-je en gardant sa main dans la mienne. Voyons ce que nous pouvons faire. »

Nous prenons le thé au salon et j'essaie de communiquer à Michael le plaisir que j'ai à réorganiser Pennoryn. Manifestement, il n'est pas d'accord. Il préférerait que je ferme la maison et que je la vende. Il voudrait que nous habitions au cottage après le mariage. Je lui explique.

« Mais tu ne comprends pas ? J'exorcise de vieux démons. C'est devenu ma maison, ce n'est plus celle de David et moi. » Je repose ma tasse et croise les mains sur mes genoux. « Maintenant que j'ai pris de la distance, je sais que Pennoryn n'a jamais été la maison de David. Il a eu du plaisir à la construire, à la façonner. Cela fait, c'était terminé pour lui. Il a passé tellement peu de temps ici, après tout.

– Il est mort ici, Jo. » Il regarde, mal à l'aise, le salon. Il faut reconnaître qu'il y fait froid, malgré la cheminée. Le brouillard est descendu au pied de la colline et, à travers les hautes croisées de devant, le jardin a l'air d'un tableau dans son cadre. Des volutes de vapeur blanche se traînent au-dessus des haies pour effleurer les arbres. Des gouttes dégringolent du feuillage et les roses alourdies se penchent sous ce poids. Le sol est jonché de pétales.

Michael prend une gorgée du thé brûlant dont la vapeur lui monte au visage, déposant un film humide sur son front. Ses cheveux sombres lui tombent sur le front, comme ébouriffés par le vent. Il porte un jean et une chemise blanche, manches retroussées jusqu'aux coudes, et pas de cravate. Des petites taches de peinture à l'huile maculent ses doigts et, au premier abord, il m'a fait penser à un petit garçon avec un gros secret qu'il brûle de confier. Maintenant, ce n'est plus pareil. Il cherche comment me dire quelque chose sans me faire de peine. Je le sais, après toutes ces années.

« Qu'y a-t-il ? » dis-je.

Il repose sa tasse et se gratte la gorge. « Tu as fait du très bon boulot, dans la maison, Jo. Ces peintures neuves, les meubles... ce n'est pas pour ça. » Son regard fixe le tapis, juste devant le feu. Ses bras ont la chair de poule. « Mais je ne comprends pas pourquoi tu ne veux pas vendre.

– Si je vends Pennoryn maintenant – si je le vendais – ce serait comme si David avait gagné. »

Il fronce les sourcils. « Gagné quoi ? Il est *mort*, Jo. Tu n'as plus rien à gagner ni à perdre avec lui désormais. »

Je n'arrive pas à trouver les mots pour lui faire comprendre. « Je ne sais pas comment te le dire, mais j'ai besoin d'être ici pour recoller les morceaux.

– Tu parles du passé ?

– Exactement. J'ai besoin de savoir pourquoi j'ai fait certaines choses. Pourquoi j'ai accepté certaines choses.

– Mais quand nous serons mariés, nous vivrons chez moi, et une vie nouvelle va commencer pour toi. Tu oublieras tout ça. Tu dois tourner la page.

– Non, les choses me reviennent petit à petit. Je m'efforce de les repousser, mais je sais qu'elles finiront par refaire surface.

Tôt ou tard, je me souviendrai de cette nuit-là. Et il faudra que je sois ici quand ça se produira. »

Il détourne les yeux. Je scrute son visage, mais il reste indéchiffrable. Je ne vois que la mâchoire serrée, les joues contractées. Je dis, tout à trac : « Michael, l'autre jour, je parlais avec Charlotte. Elle… elle pense que c'est quelqu'un qui tient à moi. Le meurtrier, je veux dire. Quelqu'un qui tient vraiment à moi… à cause de la manière dont il m'a mis cette couverture. »

Il plonge son regard dans le mien. Dans le temps, j'avais l'impression que je pouvais lire ses pensées dans ses yeux. En cet instant, c'est un écran vide. Brusquement, j'ai froid. J'ai toujours eu peur de la confrontation avec un homme. Or ceci n'est pas une confrontation, tout au plus une interrogation. Pourtant, je suis secouée.

« Il y a un… un inspecteur qui a recommencé à poser des questions », dis-je.

Il a l'air surpris. « Un inspecteur de police ?

– Oui », dis-je d'un ton léger avec un petit rire. Apparemment, il trouve cette histoire de couverture assez déconcertante.

« Tiens donc ? » Les lèvres de Michael font la moue. « Je crois me souvenir que les journaux en ont parlé à l'époque. Un "gentleman cambrioleur", l'avait-on surnommé.

– Oui, c'est ce que l'inspecteur a dit. »

Il va s'appuyer contre la cheminée et fixe le feu. « Il se produit parfois des choses curieuses. Un violeur qui dit "s'il vous plaît" et "merci", un cambrioleur qui frappe, demande la permission d'entrer puis repart en laissant tout en ordre.

– Sauf que, depuis mon retour, je n'ai trouvé aucune trace d'un cambriolage. Il ne manque rien. »

Son regard se tourne vers moi. « Rien du tout ?

– Enfin, bon, dis-je en me rappelant. Il y a le lièvre sculpté que tu m'avais donné peu après mon mariage. Il n'est plus à sa place et nous n'avons pas réussi à mettre la main dessus. Est-ce que… heu, as-tu une idée là-dessus ?

– Tu veux dire, qui aurait pu le prendre ?

– Oui.

– Non… Pas la moindre.

– Ou sur ce qui a pu se passer ? En ce qui me concerne, je me suis dit que quelqu'un que je connais est peut-être venu sur les lieux, mais n'a pas voulu être mêlé à tout ça. Il me paraîtrait logique, si c'était une... ou un... ami, qu'en me voyant à demi dévêtue, cette personne m'ait recouverte, ne serait-ce que par correction. Tu ne crois pas ? »

De nouveau, ce regard que je suis incapable de déchiffrer. Il secoue la tête. « Je n'en sais rien, Jo. Vraiment rien.

– Michael... » Là, c'est plus difficile, mais il faut que j'y arrive. « Charlotte insinue que ce pourrait être toi qui m'as mis la couverture.

– Moi ? » Il cligne des yeux et je me sens glacée, détachée, comme enveloppée d'un nuage cotonneux, la même sensation que lorsque je demandais à David d'où il venait ou ce qu'il avait fait à Londres. Comme si cela ne me regardait pas.

Et Michael est furieux, exactement comme David. Aussitôt, je fais marche arrière. Je dois calmer le jeu. Même si je me sens mal à l'aise, je n'ai pas le droit de le mettre dans cet état. *Il faut parfois savoir suivre son instinct*, dirait le docteur Shahi, et je sais que c'est le moment, car je le vois, je l'entends prononcer ces mots. Mais je ne puis m'empêcher de lâcher avec un rire désarmant : « J'ai dit à Charlotte que c'était de la folie ! Où va-t-elle chercher des idées pareilles ? Je lui ai assuré que si ça s'était passé ainsi, tu me l'aurais dit tout de suite. »

Je me lève et ramasse le plateau. Avec un sourire à Michael, je vais à la cuisine en criant : « Oublions tout ça. Je suis impatiente de voir ta surprise. » Tout en bavardant, je m'aperçois qu'il m'a suivie. Il s'appuie au chambranle, le regard sombre et les bras croisés.

« Jo ? »

Ma main s'arrête sur le robinet. « Oui ?

– Tu as raison. Je te l'aurais dit tout de suite... si ça s'était passé de cette façon.

– Je le sais, Michael. C'est ce que je t'ai dit, non ? »

Il s'approche et pose une main sur mon bras. « Mais tu me crois ? »

Il a la voix beaucoup trop crispée. « Évidemment ! Je n'en ai jamais douté. »

Il continue de froncer les sourcils et la fureur fait briller ses yeux, une fureur qui lui crispe le visage. « Est-ce que tu le crois vraiment ? insiste-t-il. Dis-le-moi. » Sa main se resserre.

« Michael, tu me fais peur. » Je m'écarte et me frotte le bras. Son front se détend instantanément.

« Bon sang, excuse-moi ! » Il a la voix pleine de remords. « Fais voir. » Il me prend doucement le bras, mais il n'y a pas de marque. C'est surtout sa colère qui m'a blessée. « Tu vas bien ? »

Je hoche la tête.

Il effleure ma peau. « Je m'excuse vraiment. Mais Jo, sans vouloir l'accuser, ce truc avec Charlotte, ces soupçons dont elle te remplit la tête… Tu ne vois pas tout le mal qu'elle fait ?

– Si, dis-je sincèrement. Je m'en rends compte et je lui ai demandé de s'arrêter. Mais je ne veux pas perdre son amitié, Michael. Je tirerai ça au clair avec elle, et après notre mariage, elle fera partie de notre vie. Tu t'en rends sûrement compte. »

Il soupire. « Crois-moi, je le sais. Je voudrais seulement que tu comprennes…

– Quoi ?

– Oh, je demande trop, j'imagine. Je t'ai récupérée et nous allons nous marier… Presque tout est parfait, maintenant, non ?

– Presque… ? » Je lui décoche un sourire.

« Bon, j'ai quelques problèmes de boulot. Mais ça va bientôt s'arranger.

– Des problèmes ?

– Rien qui ne puisse se régler avec cent mille livres, dit-il en souriant. Ce n'est pas à toi de te faire du souci.

– Mais c'est une grosse somme, Michael ! Pourquoi ?

– C'est pour la galerie de Londres, dit-il en prenant le torchon. J'ai fait une offre pour la boutique, mais il y a pas mal de travaux à faire. Le chauffage, la plomberie, tu vois le genre. Enfin, ce n'est pas le moment d'en discuter. Tu laves, j'essuie. »

J'ouvre l'eau chaude et je prends le produit à vaisselle. « Mais elle est déjà ouverte, non ? C'est là que tu prépares ton exposition ?

– Oui, elle appartenait à quelqu'un d'autre. Mais l'endroit est ancien et n'a pas été entretenu. Bon écoute-moi, maintenant, enchaîne-t-il en faisant semblant de grogner. Je croyais que tu étais intéressée par notre programme d'aujourd'hui.

– C'est vrai. Mais je veux partager les mauvaises choses comme les bonnes. Si tu as des problèmes financiers... »

Il se penche et m'applique un baiser sur la joue. « On aura tout le temps d'en parler après le mariage, mon amour. Et ce n'est pas ton problème. Je ne veux pas que tu te fasses de souci pour ça, pas une minute. »

Je rince une tasse délicate et la lui tends. « Très bien », dis-je en me rappelant que Charlotte voulait me faire croire que Michael en avait après mon argent. Je regrette de ne pouvoir lui dire combien elle s'est trompée.

« Pour le moment... tu te souviens du bijoutier de Two Moon Street ? demande Michael. Celui avec les bijoux faits main et toutes ces pierres magnifiques ?

– Oui ! Chez Weatherby ! On y allait après l'école, quelquefois on y entrait et il nous laissait essayer. Des rubis, des saphirs, des émeraudes magnifiques... » Je ris. « C'est ce qu'on croyait, du moins.

– Ce n'est que plus tard qu'on a appris qu'ils étaient faux et relativement bon marché...

– Et c'est pourquoi il nous laissait jouer avec.

– Il y en avait des tas.

– Un jour, on lui a même fait croire qu'on allait se marier et il m'a donné un vieux bout de dentelle de son salon, sur l'arrière, pour me faire un voile. M. Weatherby en personne a tenu le rôle du pasteur et pour la musique, il y avait sa vieille bouilloire électrique qui sifflait dans le fond. Elle était en forme de chat. »

Michael me caresse les cheveux. « Je me demandais si tu t'en souviendrais. »

Comment aurais-je pu oublier ? C'est un des souvenirs les plus heureux de mon enfance. Michael ne se contentait pas de me sortir de la maison. Il me faisait tout oublier.

Il me tourne vers lui. Je tiens dans ma main gauche une tasse couverte de mousse, qu'il repose dans l'évier. « Jo, nous ne sommes pas obligés d'aller là. Je peux t'offrir n'importe quelle bague si tu veux. Nous pouvons aller à Londres t'acheter le plus gros diamant qui existe.

– Non, non ! Je veux aller chez Weatherby, c'est une idée merveilleuse. »

Il sourit. « Je suis heureux que tu acceptes. Après, j'ai pensé qu'on pourrait pique-niquer à *L'Auberge perdue*.

– *L'Auberge perdue*… » Je passe mes bras pleins de mousse autour de son cou et le serre contre moi. Ses lèvres effleurent mon front et je suis aux anges. « Allons-y, dis-je aussitôt. Partons tout de suite. »

Il prend mes doigts, embrasse la paume. En riant, j'essaie de les lui retirer parce que ça chatouille. Mais il ne me lâche pas. Des baisers pleuvent sur ma main et mon bras jusqu'à ce que nous soyons dans la voiture.

Le brouillard se lève tandis que nous roulons vers le sud dans la Range Rover. Une douce brise agite mes cheveux. À l'entrée de Mevagissey, Michael se gare devant chez Weatherby, qui est dans la même rue que *Le Cygne bleu*, mais plus loin.

Chez Weatherby, j'ai du mal à croire que je n'y suis pas revenue depuis quinze ans. L'endroit a si peu changé que j'ai l'impression de remonter le temps. Comme autrefois, la cloche en cuivre, au-dessus de la porte, tinte pour avertir M. Weatherby qu'il y a du monde dans la boutique. À gauche quand on entre, il y a les étagères avec de grosses bougies faites à la main et, de l'autre côté, de grandes cartes du ciel représentant le Soleil, la Lune et les étoiles. En dessous sont disposés les longs comptoirs vitrés avec les mêmes bocaux remplis de pierres semi-précieuses de toutes les couleurs comme autant de berlingots. On croirait voir exactement les mêmes que dans mon enfance.

À droite se trouve un autre comptoir d'exposition avec des bagues, des bracelets, des pendentifs, des broches. Certains sont en argent ou en or ouvragé, d'autres sont constellés de quartz rose, d'améthyste, de malachite, de tourmaline ou de péridot. Pourtant, il y a du nouveau : un présentoir mobile de cristaux, disposés sur un fond de velours bleu : chats, éléphants, papillons minuscules et même clowns en verre taillé. L'éclairage les fait miroiter comme s'ils étaient vivants.

Pendant que nous attendons M. Weatherby, qui est dans l'arrière-boutique, mon regard tombe sur un cristal qui me rappelle la cité d'Émeraude, dans *Le Magicien d'Oz*. De minces flèches en verre de trois ou quatre centimètres de haut sont regroupées sur une base qui passe du bleu au vert, puis du mauve à l'or tandis que le plateau d'exposition tourne sous la lampe. Comme j'avais été excitée quand j'avais appris que le film passait dans une ville voisine ! Toutes les filles en parlaient, à l'école, et deux de mes meilleures copines devaient y aller ensemble. La vie n'était pas très gaie à la maison, même si elle n'avait pas encore mal tourné. J'avais la foi enfantine que tout était possible, que je pourrais même voir *Le Magicien d'Oz*.

Pas question de demander à maman de m'accompagner. À papa non plus, du reste. Et même si je connaissais déjà Michael à l'époque, nous étions trop petits pour y aller seuls. En revanche, mon frère Ian, à quatorze ans, avait rendez-vous avec une fille du village pour aller au cinéma. Je le suppliai de m'emmener. Pour le convaincre, j'essayai de le soudoyer : « Je te cirerai tes bottes tous les soirs pendant une semaine si tu me laisses venir. » Mais Ian avait grommelé : « Si tu crois que je vais laisser une petite idiote comme toi me casser les pieds ? Fiche le camp. Ouste. »

Joseph était venu à la rescousse. « J'vais t'y accompagner, moi. Ça m'embête pas. » Ian l'avait regardé comme s'il avait perdu l'esprit. « Alors tu ferais mieux de pas te coller près de moi. Pour qu'elle aille après cafter aux vieux ce que je fais avec les filles.

– Viens, Josie », avait dit Joseph en me prenant par la main, m'appelant du diminutif qu'il me réservait. « Josie et Joseph », avait-il dit ce jour-là, « la fine équipe ». Nous sommes allés voir *Le Magicien d'Oz* et, aussi longtemps que je vivrai, je n'oublierai jamais mon émerveillement.

C'est pourquoi j'ai tellement de mal à oublier que Joseph était avec Ian et Denny quand ils m'ont violée. Je croyais qu'il serait toujours de mon côté. C'est lui qui me lisait des histoires le soir, qui m'a accompagnée pour ma première rentrée des classes. C'est pourquoi sa trahison a été pire que celle des autres.

Je sens la présence de Michael derrière moi. « Tu as vu une bague qui te plairait ? demande-t-il. Les bagues sont dans la vitrine sous les cristaux.

– Je n'ai pas vraiment cherché, dois-je reconnaître. J'étais dans les nuages. » L'objet en cristal est encore dans ma main. À contrecœur, je le repose sur l'étagère.

Michael passe un bras autour de mes épaules et m'applique un baiser sur la tempe. « Quelqu'un veut te dire bonjour. »

Un bras autour de sa taille, je me retourne et j'aperçois M. Weatherby. Son visage est adouci par le soleil qui filtre à travers le vitrail au-dessus de la porte d'entrée. Néanmoins, il a beaucoup vieilli. Sa barbe est blanche comme neige, il a pris du ventre. Il porte une chemise blanche à manches courtes pour l'été. En hiver, il mettait souvent une flanelle rouge qui le faisait ressembler au père Noël.

« La petite mariée », dit-il en me tendant ses mains, qui sont rudes et un peu épaisses pour un bijoutier. Il nous considère avec un sourire épanoui. « Vous vous souvenez ? Vous deux, quand vous vous êtes mariés ici même, dans mon magasin ?

– Absolument, dis-je en souriant à mon tour. C'est pourquoi nous sommes revenus.

– Nous allons le faire pour de vrai, maintenant », précise Michael.

M. Weatherby a l'air aux anges. Après avoir beaucoup fouillé dans ses boîtes, j'ai fait mon choix : « Je me trompe peut-être, dit-il, mais je crois bien que c'est le même genre de pierre… et peut-être le même type de monture que la bague que vous portiez pour jouer, ce fameux jour. »

Je lève la main pour admirer l'améthyste enchâssée dans une monture en argent tellement ouvragée qu'on la croirait ancienne. De part et d'autre de la pierre se contorsionnent de fines feuilles de vigne avec, à côté, de minuscules boutons de roses. Ce n'est pas cher, pour une bague, et, enfant, je l'avais choisie parce que je brûlais d'envie d'avoir un jardin plein de roses – quelque chose qui égaierait notre maison et qui me donnerait l'impression d'être « comme les autres ».

« En effet, c'est presque la même, dis-je. Elle est ravissante. N'est-ce pas, Michael ?

– Oui, approuve-t-il en me serrant contre lui, un sourire dans les yeux. C'est la plus jolie bague de fiançailles. Mais tu es sûre que tu ne veux pas une alliance en plus ?

– Certainement pas. C'est ce que j'avais autrefois et c'est ce que je veux. » Je me tourne vers M. Weatherby. « Ça peut servir pour les deux, non ?

– Certainement, approuve-t-il en gloussant. C'est comme on veut. »

Michael tend la main. « Je peux la voir, s'il te plaît ? » Et après l'avoir inspectée, il secoue sa tignasse. « Non, tu la retires. »

Déconcertée, je lui remets le bijou. « Pourriez-vous la graver, M. Weatherby ? demande-t-il. J'espère que vous le faites toujours.

– Absolument. Que voudriez-vous ?

– Disons que ce sera une surprise. » Il se tourne vers moi, l'air enjoué. « Si ça ne te dérange pas… » Il me pousse doucement en direction de la vitrine.

« Oh, ça y est, tu veux te débarrasser de moi ?

– Pour une minute.

– Humm. Est-ce que devant la vitrine, ça suffit ? Ou dois-je aller carrément dans la rue ?

– File, dit-il en riant. Et arrête de m'embêter. »

Je me sens aimée et c'est bon.

L'Auberge perdue est à une bonne demi-heure de Mevagissey mais la route est agréable. En roulant vers le sud, il y a sur la gauche des falaises rocheuses surplombant des criques, où les pirates accostaient jadis. À droite, un ruisseau serpente entre ajoncs et fougères. L'air est clair et frais, une douce brise monte de la Manche maintenant que le brouillard s'est levé. Michael ralentit pour que je puisse bien voir les oiseaux au passage. Il sait que j'ai besoin de faire des commentaires sur chacun sinon j'explose, et il prend son mal en patience. Les vitres de la Range Rover sont baissées et j'ai les pieds posés sur le tableau de bord.

J'ai relevé mon pantalon, pour sentir le soleil sur mes jambes nues.

« À quoi tu penses ? » demande-t-il en se tournant vers moi. Je ne réponds pas. En fait, je suis sur des charbons ardents, attendant mon cadeau. Il a un petit paquet dans la poche de sa chemise et, quand il s'est penché pour m'ouvrir la portière, j'ai vu qu'il était emballé de papier rose étoilé d'argent. Je voudrais voir ce qu'il a fait graver, mais quand je lui ai posé la question, il y a une dizaine de kilomètres, il a pris un air mystérieux.

Eh bien, laissons-le me taquiner, ce n'est pas méchant. N'en ai-je pas fait autant dans le passé ?

Tout bien considéré, la vie ne pourrait être plus belle. Alors, si je suis tenaillée par la crainte sourde d'idéaliser, je me dis pour me rassurer que c'est l'imminence du mariage qui me fiche la frousse. Le pire est derrière moi ; le meilleur est à venir.

Je prends la main de Michael : « Je t'aime tant », dis-je dans le fond de mon cœur, même si je suis encore incapable de prononcer ces mots à voix haute. L'important, c'est qu'ils n'ont jamais eu autant de sens pour moi.

Tandis que nous approchons de *L'Auberge perdue*, la route bouchonne et nous sommes obligés de ralentir. Je sors une pomme du sac à pique-nique. « Tu as envie de quelque chose ? »

Il secoue la tête. « Nous n'allons pas tarder à arriver, tu ne crois pas ? Nous déjeunerons aussitôt. »

Je mords dans la pomme. « Je ne peux pas me retenir. J'ai faim.

– Allons, c'est une bonne maladie, non ?

– Si tu veux que ta femme soit une grosse dondon... Je n'arrête pas de manger, ces temps-ci.

– Pas de problème. Le vieux Robert te transportera en brouette à l'église, plaisante-t-il. L'autel sera une haie et nous la remplirons d'oiseaux... »

Brusquement, ma bouche se fige sur la pomme. « Mon Dieu ! Michael, non ! »

Il me regarde, interloqué. « Jo, je rigolais.

– Mais tu ne comprends pas ! J'ai oublié de réserver l'église ! »

Il lève un sourcil. « On n'a pas d'église ?

– Pas pour le moment, en tout cas. J'ai eu tellement à faire et à penser… Et puis, tu sais bien qu'en cette période de l'année, c'est la saison des mariages. C'est trop tard. »

Michael lâche le volant et lève les mains au ciel d'un geste fataliste. « Eh bien, voilà. Le mariage est annulé. »

Je lui donne une tape sur le bras. « Ne rigole pas avec ça. Et regarde où tu vas. » Nous avons croisé un peu vite un gros car.

Il reprend le volant, freine et soupire. « Les fiançailles les plus courtes que j'ai connues. Ce que M. Weatherby va être déçu. »

Je réfléchis un instant en silence. « Michael, j'ai trouvé ! Je sais ce qu'on va faire.

– Annuler le mariage ? » Il me regarde pour voir si je suis sérieuse.

« Ne fais pas l'imbécile. Je sais où nous allons célébrer le mariage. Chez Weatherby.

– Là, c'est toi qui rigoles.

– Mais pas du tout. Il serait ravi.

– Peut-être bien, mais tu ne crois pas qu'on risque d'être un peu à l'étroit ?

– Je n'ai pas trois cents personnes à inviter. Même Charlotte fait la tête. Qui sait ? Je n'aurai peut-être personne. » Je croque dans la pomme en réfléchissant. J'apporterai des fleurs du jardin et je suis sûre qu'on peut trouver un enregistrement d'une musique de circonstance pour le fond sonore. Pour ce qui est des chandelles, le magasin de M. Weatherby n'en manque pas.

« Tu te rends compte, s'y marier pour de vrai ?

– Hmmm », fait Michael en regardant la route. Un sourire naît autour de ses lèvres et je vois que je n'aurai pas de mal à le convaincre.

« Je n'ai personne d'important, en fait, maintenant que ma mère n'est plus là. J'aimerais inviter Annette. Et Charles, de la galerie *Du côté du port*. Peut-être un ami, Gregg King, de Londres. Je t'en ai déjà parlé ?

– Un comédien, non ? Tu l'as mentionné dans une de tes cartes, à l'hôpital. Mme Rimes m'a dit qu'elle savait tout sur lui. » Je lui adresse un sourire en biais. « Beau gosse, d'après elle. »

Il me prend les doigts et les presse doucement. « Ne rêve pas. Maintenant, je te tiens et je te ne lâche plus. »

Je me serre contre son bras. « Parle-moi de ton ami.

– Gregg joue dans un des grands succès de la saison, *La Spirale de la mort*. Un jour, il est venu me voir à la boutique et depuis, c'est devenu l'un de mes meilleurs clients, un ami aussi.

– Alors, il faut qu'il vienne. Et ce ne serait peut-être pas de trop d'avoir un vrai pasteur, cette fois.

– Je peux demander à M. Hardesty, de l'Église presbytérienne. Il vient assez souvent à la galerie et c'est un type sympa.

– Moi, je me charge de M. Weatherby. »

Il me jette un coup d'œil entendu. « Oh, non, sûrement pas. Tu as oublié l'église. Je ne te fais pas confiance pour M. Weatherby. »

Je mords une dernière fois dans la pomme. « Fais attention à la route », dis-je.

Un temps idéal. Le soleil brille, il est chaud sur ma peau. Le nez commence à me piquer. À droite, tandis que nous roulons vers la mer, les mouettes tournoient au-dessus des falaises au sommet desquelles se trouve *L'Auberge perdue*. Je vois un toit, en haut de la colline et c'est tout un symbole. Une vie nouvelle m'attend.

« Tu as un coup de soleil sur le nez », dit Michael en l'effleurant du bout du doigt.

Nous avons étalé une couverture par terre pour pique-niquer sur la colline en contemplant la vallée, moitié sable, moitié champ, en direction de *L'Auberge perdue*. Ce n'est plus le bâtiment d'origine, celui-ci a été reconstruit à la place de l'ancien. Il y a une cinquantaine d'années, une tempête venue de la Manche a déplacé les sables sur la côte. Après la tempête, une vieille ferme, exhumée du toit jusqu'au linteau, gisait sur le sable, en aussi bon état de conservation que les vestiges de Pompéi. Les habitants venaient de kilomètres à la ronde pour la voir et elle fut baptisée *L'Auberge perdue*. Malheureusement, l'année suivante, une autre tempête se déchaîna et engloutit de nouveau le bâtiment, qui disparut pour de bon.

La nouvelle auberge, construite à une époque récente, est située à une centaine de mètres de l'ancien emplacement. Elle en serait pratiquement la réplique, d'après les photographies d'époque. Enfant, je venais souvent m'asseoir sur cette colline en me demandant si un jour, une autre tempête soufflerait et alors, il y aurait deux Auberges perdues, l'ancienne et la nouvelle.

« Tu parlais souvent de cet endroit, quand nous étions enfants, dit Michael. Et je me souviens combien tu l'aimais. Mais nous ne sommes jamais venus ensemble. Avec qui es-tu venue ?

– Avec moi.

– Tout ce chemin ? Tu n'as pas pu le faire à pied.

– Bien sûr que non. Tu te rappelles Mme Litchfield, qui conduisait le bus scolaire quand nous avions, disons, douze, treize ans ? Quelquefois elle organisait une tournée jusqu'ici pour se faire un extra, et elle me laissait venir gratuitement en échange du désherbage de son jardin. »

Michael sourit et secoue la tête. « Pourquoi n'ai-je jamais été au courant ? »

Je hausse les épaules. « Disons que j'avais envie de quelque chose qui soit tout à moi. L'endroit restait comme… enchanté, de cette manière. »

À vrai dire, ce n'est pas tant l'auberge qui m'attirait que les vieilles pierres romaines renversées, disséminées dans les champs voisins. Une pierre, plantée sur une extrémité, a un trou au milieu comme Mên-an-Tol. En Cornouailles, quand on tombe sur ce genre de pierre, il faut la traverser neuf fois, face au soleil pour se préserver contre la maladie et la malchance.

David s'est moqué de me voir aussi superstitieuse, la seule fois où nous sommes venus ensemble. « Notre chance dépend de nous », avait-il déclaré, et si ma tête me disait qu'il avait raison, un savoir plus ancien me disait de ramper à travers ces pierres face au soleil. David s'éloigna et attendit, les bras croisés, le dos tourné, en faisant semblant de ne pas me connaître.

Évidemment, David est mort maintenant.

« Allez-y, m'dame, faites-le ! » hurle le gamin. Il se tient près de la pierre percée et mâchouille un chewing-gum. Son jean est maculé d'herbe aux genoux, et il a le visage trop aigu pour un adolescent. Il a une vilaine croûte au coin des lèvres.

Michael est entré dans l'auberge pour acheter une glace et je suis seule avec le garçon. Je secoue la tête. Il veut que je passe dans le trou avec le soleil dans le dos et je dis non, il n'en est pas question. Ça porte malheur. Mais il est jeune et il a envie de rigoler, de provoquer. Ses parents ont dû partir se promener et l'ont laissé ici où il s'amuse comme il peut.

Je me retourne pour chercher Michael. Il n'est pas visible. Je me demande si je dois aller à sa recherche. Cela fait un bon quart d'heure qu'il est parti.

« Vous croyez pas à ces salades, quand même ! » insiste le gosse. Il se rapproche et son visage devient plus anguleux. « Vous croyez pas que ça porte malheur, quand même ? »

Un frisson me parcourt l'échine. J'aimerais détourner les yeux, mais je suis hypnotisée. Je mens : « Bien sûr que non.

– Parce que, si vous y croyez, ça vous tombe dessus. C'est ce que dit maman. Comme un oiseau… ça vous mangera la main. »

Je sens une tension entre mes omoplates et je le reprends avec un rire forcé. « Les oiseaux vous mangent *dans* la main. »

Le gosse secoue la tête de haut en bas, l'air solennel. « Pas si vous avez la frousse. »

Je fixe le garçon et un long silence s'installe. Brusquement, une mouette descend en piqué et, pendant un instant, fonce en pleine figure du gamin. « Oulà ! » braille-t-il en entourant la tête de ses bras et en s'accroupissant vivement. Il attend un instant puis se redresse avec précaution en protégeant ses yeux pour regarder l'oiseau s'en aller. Il rit maintenant, un rire joyeux, bon enfant. Et je me demande pourquoi je lui ai trouvé le visage anguleux. Il a un air presque angélique, les joues rondes, les yeux bleu vif et innocents. *L'a bien failli me prendre au mot*, ont-ils l'air de dire en croisant mon regard. À mon tour, je ris, comme si c'était une blague entre nous – son petit numéro et ma réaction complètement au premier degré.

Je lui demande : « Est-ce qu'on te paie à rester là pour faire peur aux touristes ? »

Il hausse les épaules et regarde ses pieds en enfonçant un orteil dans le sol.

« Autant que tu le saches, je n'ai absolument pas peur », dis-je et je me dirige, riant encore, vers la pierre percée. Il a raison sur un point : la peur est comme un oiseau qui mord. Et il est grand temps que je laisse mes peurs d'enfant derrière moi. En fermant les yeux, je passe par la pierre – non face au soleil, comme le veut la superstition, mais avec le soleil dans le dos.

Je n'ai jamais fait une chose pareille. J'entends encore les vieilles paysannes raconter des histoires horribles sur ces pierres, comme dans mon enfance, et ça me tombe dessus sans prévenir : la peur. Je m'attends à voir la foudre tomber, des sauterelles fondre du ciel, un fléau s'abattre sur moi.

Rien.

Ce n'est peut-être qu'un tour de mon imagination, mais à cet instant, le soleil se cache derrière un nuage. Brusquement, j'ai froid. Michael m'attend, deux cornets de glace à la vanille dans les mains. Mon regard scrute le champ, de la colline à l'auberge. Pas trace du jeune garçon.

Nous retournons à l'endroit de notre pique-nique sur la colline et restons silencieux, dans le chaud soleil qui nous inonde le visage. C'est le milieu de l'après-midi et les touristes sont nombreux à *L'Auberge perdue*. Au-dessous de nous, il y a des hordes de gens en shorts et chapeau de paille. Ils sont équipés de fourre-tout ou de sacs à dos, comme s'ils ne pouvaient quitter leur maison sans en emporter un bout. On voit des Indiennes vêtues de saris turquoise, rose et or. Les petits enfants passent par le trou en jouant à chat sans se soucier de savoir s'ils ont le soleil de face ou de dos. Ils sont heureux et ils garderont toute leur vie un souvenir béni de cette journée. Aucun risque, j'imagine, que leurs petits jeux leur portent malheur.

Le jeune garçon avait raison sur un point : nous échoit ce en quoi nous croyons. Si vous croyez que cela va vous porter malheur, celui-ci fondra sur vous tel l'ange de la mort. Si vous croyez que cela va vous porter bonheur, eh bien ce sera le cas.

J'appuie mon dos contre la poitrine de Michael et il m'entoure de ses bras. « Tu me plaisais déjà quand on était enfants, me dit-il. Tu le savais ?

– Non.

– Mais après ce qui s'est passé… tu sais, ce jour-là sur la falaise, avec tes frères. J'avais l'impression que je n'avais pas le droit de te toucher. Que tu aurais peur de moi.

– Mais toi aussi, tu me plaisais. Sauf que je croyais que je ne t'intéressais pas… sur ce plan-là. Tu avais plein de petites copines, tu te souviens, au lycée ? » Je me tourne vers lui, le sourire large. « Elles étaient toutes après toi, mon pote. »

Il lève mon visage et m'embrasse sur le front. « Elles ne comptaient pas. J'étais jeune, c'était les hormones qui me travaillaient. Et ça me rendait fou de ne pas pouvoir te toucher. » Il soupire. « Ma pauvre petite Jo, qu'avons-nous fait de nos vies ? Tout ce temps perdu. »

Je me love entre ses bras. « C'est fini, tout ça. Et profitons de ce que nous avons.

– À ce propos… » Michael change de position et glisse la main dans la poche de sa chemise. Il en retire le petit paquet qui m'intrigue depuis que nous avons quitté Weatherby. Une dizaine de centimètres de côté, emballé de papier crépon rose parsemé d'étoiles argentées.

« Un cadeau de fiançailles, dit-il.

– Michael ! Ce n'est pas ma bague ? »

Il secoue la tête. « Autre chose. »

Mon visage devient rose de plaisir. « Mais je n'ai rien pour toi.

– Mon cadeau à moi, c'est toi, fait-il, galant.

– Sauf que le papier cadeau n'est pas aussi joli. » Je défais la cordelette argentée. Le papier s'entrouvre et ma voix s'étrangle dans ma gorge. La cité d'Émeraude en cristal se déploie sur ma paume et irradie le soleil tel un arc-en-ciel. Je suis au bord des larmes. « Comment as-tu su ?

– Je ne peux pas te quitter des yeux, dit-il. J'en sais plus sur toi que tu ne crois. »

Mes lèvres effleurent sa joue et c'est plus qu'un merci pour le cristal. C'est merci pour son amour.

« Et maintenant, la bague. » Il plonge la main dans la poche de son pantalon et en retire un bout de papier plus petit. Je le déplie, tout excitée, et lève la bague vers la lumière pour lire ce qui est gravé. *Mon amour toujours – ma Jo.*

Je murmure : « C'est merveilleux… merveilleux. » L'améthyste étincelle au soleil et la guirlande de roses en argent luit doucement à la lumière. Je remets la bague à Michael et lui tends ma main pour qu'il la glisse à mon doigt. Après quoi, je prends la sienne et pose un baiser sur le dos, puis sur la paume, en m'attardant. Ses yeux s'assombrissent, son souffle se raccourcit. « Tu ferais mieux de ne pas faire ça en public, Jo. »

J'effleure ses lèvres. « Et si nous partions ? Si nous allions quelque part où il n'y aurait pas de public ? »

Il me presse doucement, le regard scrutant le mien. « Tu en es sûre ?

– Oui, dis-je, bien que j'aie les genoux qui flageolent. On a attendu assez longtemps. J'en suis sûre. »

Je ne peux pas y croire. Des souvenirs virevoltent dans la tête, tel un kaléidoscope. Michael et moi emportant les paniers de pique-nique sur Hitler's Walk, en été, Michael et moi contemplant les bateaux de pêche qui rentrent au coucher du soleil, Michael et moi… encore Michael et moi. Nous deux toujours, depuis tant d'années. Des regards échangés, à mesure que nous grandissons. Une flambée de désir aussitôt enfouie. Michael faisant ses bagages pour Paris, tandis que, assise à la fenêtre de ma chambre, je contemple le quai en pleurant. Et maintenant, Michael est là, qui me chuchote à l'oreille : « Jo, je t'aime », et le kaléidoscope continue de tourner. Je suis de nouveau petite fille et je regarde Michael qui tresse une bague en salicorne qu'il me passe au doigt, sur les falaises. « Je ne les laisserai plus te faire de mal, Jo. Je te le promets », m'a-t-il dit ce jour-là.

Nous ne rentrons pas à Pennoryn ; le trajet est trop long. Nous allons chez Michael. Quand nous arrivons, nous sommes tellement excités par l'attente que nous nous jetons l'un sur l'autre dès que la porte de la cuisine se referme. Ses mains sont sur mon visage, mon cou, mes cheveux. Les miennes tirent sur sa chemise. Nous sommes un peu maladroits, c'est si nouveau pour nous, cette danse ancienne que connaissent tous les amants du monde, et nous nous touchons en des endroits où ça n'est pas permis. Mais nous sommes amis, nous pouvons nous faire confiance et, au milieu de nos gestes malhabiles, la passion s'enflamme. J'ai des larmes plein les yeux, car je peux enfin le savourer, je peux même caresser cette petite cicatrice sur ses côtes que j'avais vue les jours d'été, quand il retirait sa chemise. Je peux l'embrasser et je suis riche, je possède des trésors incomparables. Nos lèvres se rencontrent et je suis bouleversée par ce que j'éprouve : c'est si doux, si chaud ; sans me l'avouer, j'en rêvais et ça y est, cela arrive.

Mais cet amour est doux-amer. Mon cœur souffre pour toutes ces années perdues. Michael me regarde, le souffle retenu, le regard sombre et je hoche la tête. Ça va, tout va bien. Sa bouche explore la mienne avec avidité, ses mains se glissent sous mon corsage et entourent mes seins. Je les sens se gonfler délicieusement et mon sang se réchauffe. Mes bras se serrent, mon souffle devient haletant. « Oui », dis-je doucement, c'est ainsi que ça doit être. Mes mains tirent sur sa ceinture et je dis des mots, des sons d'amour, « je t'en prie, oui », dis-je, et sa main descend vers mon ventre.

C'est alors qu'un souvenir fulgurant me transperce le cœur. Je vois David qui rit, le visage rejeté en arrière. « Tu ne connais rien à l'amour, hein ? Franchement, Joanna, qui te supporterait à part moi ? »

La chambre chavire. Mes doigts qui, il y a une seconde, cherchaient Michael, le repoussent. Je suis glacée. Mes genoux tremblent tellement que je peux à peine me tenir debout. « Michael, attends… je t'en supplie. »

Il se recule, haletant, l'air ahuri. C'est abominable d'arrêter un homme de cette façon. Un moment, je me demande s'il va me frapper. Mais je me souviens : c'est Michael qui est là.

« Qu'est-ce qui ne va pas ? » Il a la voix étranglée. « Qu'est-ce qu'il y a ? »

Les larmes roulent sur mon visage. Il essaie de me prendre dans ses bras.

« Non ! Excuse-moi, je ne peux pas. »

Ça m'échappe tel quel : *je ne peux pas*.

Michael reste immobile, silencieux. Puis il devient cramoisi et il se détourne en balançant son poing dans le mur. « Bon Dieu ! Bon Dieu de bon Dieu, Jo ! »

Sa violence me fait peur. Je tends la main, hésitante, pour toucher son épaule. Il la chasse d'un coup en faisant demi-tour.

« C'est David, hein ? » Il me fixe dans les yeux, ce qui me retire tout espoir de le calmer par un mensonge.

« Je le savais ! » Il m'agrippe aux épaules et me secoue. « Il faut que tu fiches le camp de cette baraque, Jo. Tu m'entends ? Il faut que tu la quittes ! »

Je m'arrache brutalement. « Ne fais pas ça ! Ne porte pas la main sur moi ! Et n'élève plus jamais la voix comme ça avec moi ! »

Il y a plus de véhémence dans ma voix que je n'en avais l'intention et je suis bouleversée d'avoir parlé de cette manière, surtout à Michael.

Il me fixe pendant un moment qui me paraît interminable. Ses poings s'ouvrent et se ferment et je peux lire sa frustration, sa rage, sur son visage. Peut-être a-t-il envie de me frapper ? C'est un homme, après tout.

Finalement, il me dit d'un ton calme : « Je m'excuse. »

Michael me raccompagne chez moi. Ce sont les vingt minutes les plus longues que j'aie connues et je meuble le silence.

« C'est juste que… ça va trop vite, dis-je. Je ne suis pas… prête. »

Les mains agrippées au volant, Michael fait de son mieux pour retrouver son sang-froid. Il parle d'une voix sans timbre, les yeux fixés sur la route. « Voyons, Jo, ça fait vingt-cinq ans qu'on se connaît.

– Pas de cette façon.

– C'est vrai… pas de cette façon.

– Et ce n'est pas à cause de David, je t'assure. C'est seulement… Bon, ça serait tellement plus romantique si on attendait, non ? C'est seulement dans deux semaines. »

Il soupire. « Ce n'est pas le fait d'attendre, Jo. »

C'est plus que ça. Nous le savons l'un et l'autre.

À Pennoryn, il me dépose devant ma porte et refuse d'entrer. « Tu es sûr ? dis-je, avec une angoisse croissante. Je te ferai du café pour que tu ne t'endormes pas sur la route du retour.

– Ce n'est pas la peine. Merci bien. » Il se penche et m'embrasse, mais sur le front. Il a l'esprit ailleurs.

Je reste plantée sur le seuil dans le noir tandis que la voiture disparaît en direction de la route.

13

Je fais les cent pas toute la nuit, entre ma chambre et le salon. Je n'allume pas la lumière, je n'en ai pas besoin pour me fustiger l'esprit. *Je l'ai perdu. On ne fait pas ça à un homme, il est écœuré par mes peurs de gamine. Je n'entendrai plus parler de lui.*

En passant de l'amitié à l'amour, tant de choses ont changé entre nous. Il y a tellement de tensions nouvelles dans l'air.

Par moments, je vois mon image qui se reflète dans les vitres obscures et je m'imagine que je vois David aussi. Il est là, derrière moi, et il me nargue : « T'es une marchandise avariée, ma pauvre. Y a pas une vraie émotion chez toi. Tu ne pourras plus jamais aller avec personne. »

Je crie en direction des fenêtres : « Fiche le camp de ma vie ou je me tue ! »

Je suis sidérée par ce que je viens de dire. Je ne sais plus qui je suis. Peut-être ne l'ai-je jamais su.

Je m'imagine Michael, allongé, seul dans son lit, à Mevagissey et je me demande ce qu'il pense. Je devrais peut-être l'appeler pour m'excuser. Je devrais lui dire de ces choses que se disent les amants : *Je regrette, j'ai tout gâché, c'est de ma faute, pardon.*

Mais j'ai peur.

À cinq heures, lorsque l'horizon rosit, je me faufile entre les draps, épuisée. À sept heures et demie, le téléphone sonne près du lit. J'émerge péniblement et tente d'attraper le combiné, qui m'échappe. Je grogne, abrutie, en levant le récepteur à mon oreille : « Allô !

– Bonjour. » C'est Michael. Il a une voix normale, tonique, pas fâchée pour un sou. Mon cœur bondit dans ma poitrine.

« Je… bonjour.

– Comment ça va ? »

Je me frotte les yeux. « Très bien, je crois. Mieux.

– Jo, je m'excuse pour hier soir. C'est ma faute. Je me suis jeté sur toi et c'était très égoïste de ma part. Tu me pardonnes ? »

Je suis submergée par une vague de soulagement, tellement énorme que je suis sans force. « Michael, tout est de ma faute. Tu me pardonnes ? »

Il rit dans sa gorge. « Je t'aime. »

Je m'enfonce dans les oreillers. Merci, mon Dieu, merci… « Je… serai bonne pour toi, Michael. Je ferai tout mon possible pour te rendre heureux.

– Sois toi, c'est tout ce que je demande, Jo. »

J'avale ma salive. « Et si c'était encore trop ? Il y a des moments, ces temps-ci, où je ne sais même plus qui je suis.

– Tout va s'arranger. Tu as trop tiré sur la corde, c'est tout. Et je n'aurais pas dû insister pour qu'on se marie si vite. Je comprends que tu aies besoin de temps. »

Je me glisse au bord du lit. « Non, non, ce n'est pas ça du tout. Je ne veux pas qu'on change nos projets. » Oh, mon Dieu, faites qu'il ne veuille pas rompre. Je ferais n'importe quoi. « Michael, j'ai passé la nuit debout à réfléchir à tout ça. Et si nous donnions une petite fête ici, ce week-end ? Juste toi et moi, Charlotte et Henry… et, si tu veux, ton ami Gregg. De cette manière, nous aurions tous nos invités. » *Et avec tous ces gens dans les parages, on n'aura pas le temps de penser.*

« C'est une très bonne idée, convient-il avant d'ajouter : Mais tu es vraiment obligée d'inviter Charlotte ?

– Sois sage ! Je pense que si nous nous retrouvons tous ensemble à Pennoryn, ce sera une bonne occasion de parler, et pour toi et Charlotte, d'apprendre à mieux vous connaître.

– J'en sais bien assez sur Charlotte », ronchonne Michael. Mais je me dis que c'est juste pour ne pas céder et qu'il finira par changer d'avis.

« J'ai tellement envie de l'avoir pour demoiselle d'honneur, mais elle n'acceptera jamais si vous ne vous parlez pas. Tu veux bien faire cet effort pour moi ? S'il te plaît ? Tu sais si bien charmer les gens. »

Manifestement, je n'ai pas oublié que, dans la vie conjugale, un peu de douceur peut aider à faire passer les choses.

Je sens à sa voix que Michael sourit. Il a compris. Et il fait mine de rechigner. « Je suis obligé ? fait-il avec un soupir.

– Absolument », dis-je en riant. Je me sens beaucoup mieux. « Et ton ami sera aussi le bienvenu.

– Hmmm. D'accord, dans ce cas. Mais je ne veux pas que tu te donnes trop de mal pour ce dîner. Tu ne dois pas te fatiguer.

– Je ne pense pas que ça me donnera beaucoup de travail. Grâce au vieux Robert, c'est à peu près présentable, tu ne trouves pas ?

– Le repas, quand même. Et si je venais en avance pour m'en occuper ? »

Comme je n'ai pas la réputation d'être une bonne cuisinière – mon principal mérite étant de n'avoir encore empoisonné personne – j'accepte de bon cœur.

« Autre chose ? interroge Michael.

– Eh bien, disons qu'il ne te reste plus qu'à prévenir ton ami.

– Exact. C'est noté. Tu envisages de le faire dimanche ?

– Oui, vers deux heures ?

– J'appellerai Gregg ce soir. Bon, il faut que je file. On m'attend à Londres pour cette expo. Je te rappelle ?

– Oui.

– Jo, je t'aime. »

J'ai tellement de chance. « Je t'aime. »

14

Samedi matin, je dois reconnaître que ma petite réception a pris des proportions qui me dépassent. Alors que le jardin me paraissait présentable, je n'arrête pas de repérer des mauvaises herbes et des endroits où la tondeuse n'est pas encore passée. Tantôt, je suis après le vieux Robert pour qu'il me fasse un trou, tantôt je découvre des choses à réparer.

Quand j'ai expliqué ça à Michael, la veille au soir, il m'a dit : « Jo, relax. Tu te fais trop de soucis. Tu seras épuisée dimanche. »

Et il a raison. Aussi, ce matin, au lieu d'aller directement vaporiser les roses, j'emporte ma tasse de café et m'assois au soleil sur les marches de la véranda pour contempler le jardin, la prairie et le vallon. Je veux me détendre, rassembler mes forces en vue de la corvée que j'ai réussi à éviter comme la peste toute la semaine.

En sirotant mon café, j'observe les oiseaux qui picorent les baies dans la haie et les écoute jacasser près de la mangeoire, totalement absorbés par cette affaire si sérieuse qu'est la vie. Maintenant qu'ils ont compris que je ne mordais pas, ils sont là tout le temps. Le matin, quand le soleil se lève, je me précipite pour remplacer les graines, les noix et les fruits. Mes oiseaux sont bien nourris – et même grassouillets, pour certains – et ils ont toute l'eau qu'il faut pour se baigner. Pourtant ils sont en quête de nourriture comme si demain n'existait pas, fonçant çà et là frénétiquement. À croire qu'un destin terrible menaçait de s'abattre sur eux et de les priver à jamais de toutes ces merveilles.

Dans son antique sagesse, Robert avait raison. Leur problème, ce n'est pas le manque de nourriture, c'est le manque de foi.

Assise ici à siroter mon thé, je reconnais que c'est aussi mon problème. Je sais que j'ai la chance de posséder cette terre, cette maison. J'ai la chance simplement d'être en vie. Et la vie est bonne pour moi puisqu'elle me donne Michael. C'est juste que je suis trop méfiante. Je me méfie de lui.

À partir du moment où je le reconnais, je me sens plus tranquille. Cela me donne la mesure de ma force intérieure. Il est temps maintenant d'assumer ce que je redoutais : appeler le docteur Shahi.

Je fais les cent pas au salon avec le téléphone. « Je sais que j'aurais dû vous appeler hier, dis-je après les préliminaires. J'en avais l'intention et j'ai oublié. Il s'est passé tant de choses. Voilà, docteur, je vais me marier. »

Comme je m'y attendais, il a l'air choqué. « Vous marier ? Déjà ? Avec qui ?

– Michael. Mon ami, Michael Lamb. »

Un silence. « Joanna, je m'excuse, mais je crains que ce ne soit très prématuré. »

J'ai mon discours en poche, exactement comme mes réponses étaient prêtes pour les questions des examinateurs. Il ne manquerait plus qu'ils décident que c'est de la folie et qu'ils veuillent m'enfermer de nouveau.

« Ce n'est pas comme si Michael était quelqu'un de nouveau pour moi, dis-je d'un ton posé. Je le connais depuis toujours. Et ça m'aide d'être avec lui. Je me sens mieux chaque jour.

– Essayez de comprendre, Joanna. Je n'en doute pas. Mais j'aimerais que vous soyez d'abord entièrement remise. Dans un an, vous aurez sans doute un point de vue totalement différent.

– Pas sur Michael, dis-je d'un ton ferme. Je l'aime depuis toujours, docteur Shahi. Et je l'aimerai toujours.

– Même… »

J'ai une inspiration soudaine. « En fait, je me sens beaucoup mieux, au point que j'ai planté un jardin de plantes aromatiques !

– Vraiment ? » répond-il avec intérêt à mon grossier mensonge. Le docteur Shahi est un grand défenseur de l'herboristerie. Dans son bureau à Whitehurst, il fait pousser des plantes derrière toutes ses fenêtres.

« Oui, et la valériane ne va pas tarder à être bonne pour la récolte. C'est un merveilleux calmant pour les nerfs, vous savez.

– Oh, la valériane est une merveille, renchérit le docteur avec enthousiasme. Elle a toutes sortes d'applications. Nervosité, insomnie, et même les contractions de l'utérus. Excellente aussi pour la colique des bébés. »

Je ris. « Une chose que j'ignorais. Il faudra que je m'en souvienne le moment venu.

– Bon, je dois reconnaître que j'ai l'impression que vous allez bien. C'est toujours encourageant quand un patient prend en main sa santé. Vous sortez, vous allez vous promener, vous faites de la gymnastique ?

– Absolument. J'ai aussi le jardin, en guise de gymnastique. Et j'ai désherbé tout autour de la maison.

– Formidable. Et vous mangez correctement ?

– De la salade verte, des céréales. Pas beaucoup de viande rouge. Ça ne me tente pas trop, ces temps-ci. » Mon médecin est végétarien.

« Hmmm, bon, évidemment, ça pourrait être bon signe. Quand le corps est purifié de ses toxines, il n'est pas très tenté en général par les aliments toxiques.

– Oui, c'est ce que je me suis dit.

– En fait, vous m'avez l'air en excellente forme. Il ne reste plus qu'une chose, dans ce cas. »

Je souris en attendant de recevoir sa bénédiction. Ce sera terminé, je pourrai épouser Michael et tout ira pour le mieux.

« J'aimerais vous voir, dit le docteur Shahi. Avec Michael.

– Mais…

– Allons, le trajet n'est pas très long et j'aimerais bien voir Pennoryn, après ce que vous m'en avez dit. Pourriez-vous m'accorder un moment la semaine prochaine ? Je ne voudrais pas m'imposer. »

Je suis piégée. Que puis-je répondre ? « Il faut que je voie avec Michael son emploi du temps. Quel jour avez-vous dit ?

– Lundi, peut-être ? Mais je peux m'arranger. »

Je suis sûre qu'il entend mes pensées bouillonner sur la ligne. Je me mords les lèvres. « Très bien, je vais en parler à Michael. Mais il va souvent à Londres, ces temps-ci, pour organiser son exposition. Je ne suis pas sûre…

– Joanna, essayez de lui faire comprendre que c'est important. Je regrette de m'imposer de cette manière, mais je vous ai suivie très longtemps. Il est normal que je m'inquiète pour vous. Et je dois faire état de vos progrès devant le comité. Une chose aussi importante qu'un mariage, si vite après votre départ… Vous comprenez ? »

Bon sang.

« Lundi, alors ? insiste-t-il.

– En fait, dis-je en ravalant difficilement ma colère, pourquoi ne viendriez-vous pas demain, vers les deux heures ? Nous recevons quelques amis.

– Demain ? » Je l'entends tourner les pages de son agenda. « Ça me convient très bien, Joanna. Mais faites en sorte que nous ayons le temps de parler seul à seul.

– Absolument.

– Alors à demain.

– Mmmm. »

Il raccroche. Je flanque le combiné sur son support et pars à grands pas vers la cuisine. Ayant repéré un feuilleté au lard et à la viande, je l'extirpe du réfrigérateur et l'avale tel quel, froid, debout au milieu de la pièce.

Bon sang. J'avais oublié à quel point le docteur Shahi pouvait être retors.

« J'aimerais deux pieds de menthe, un de romarin, un d'aneth, de la bardane – et la valériane, là-bas, dis-je d'un ton vif à M. Abbott.

– La lavande est en promotion, cette semaine.

– Très bien, vous m'en mettez aussi. » Comment ai-je pu me fourrer dans une situation pareille ? Me voilà obligée de planter des herbes aromatiques avant demain, comme si je n'avais pas déjà assez à faire.

« Et comment ça se passe-t-il, avec le vieux Robert ? s'enquiert-il en me rendant la monnaie.

– Il est très bien.

– Il ne vous cause pas d'ennuis, non ?

– Des ennuis ? Du tout, absolument pas. Pour quelle raison ? »

Il hausse les épaules. « Aucune. Il a toujours bien travaillé, mais ça fait pas de mal de demander.

– En fait, il est très utile, dis-je. Et je l'aime bien. »

Je suis sans doute la seule au village à pouvoir sortir pareille énormité – ou du moins, à le reconnaître. M. Abbott hoche la tête, mais ne peut cacher sa surprise.

Je l'entends penser : *Et voilà, elle est timbrée, elle aussi.*

À genoux, je mets en terre mes plants de romarin et de valériane quand Henry vient me rendre visite. En entendant le ronronnement familier de la vieille Morris, je me redresse, une main au-dessus des yeux. Henry s'arrête dans l'allée et descend. Il a des gestes d'arthritique – il fait attention, je le vois, à ne pas réveiller la douleur. Il extirpe son corps, un morceau après l'autre, en s'interrompant de temps à autre comme s'il reconstituait un puzzle. La jambe droite d'abord ? Ça va faire mal. Appuie-toi à la porte avec le bras.

Le temps n'a pas été tendre pour Henry. Je suis de nouveau frappée de voir combien il a vieilli en un an. Cela se passe ainsi pour certaines personnes, comme si une force de volonté gigantesque maintenait le tout jusqu'au moment où, presque du jour au lendemain, cette volonté cède. Telle une baudruche, il se ratatine et le cadre qui tenait l'ensemble disparaît.

« Joanna ! lance-t-il à mon adresse quand tous les morceaux sont rassemblés, et je lui fais signe de la main.

– Bonjour, Henry ! Comme c'est gentil à vous. Je ne m'attendais pas à vous voir aujourd'hui. Vous venez à ma petite fête demain avec Charlotte, n'est-ce pas ? » Je crains qu'il ne soit venu pour annuler.

« Oui, bien sûr, nous serons là », dit-il en s'approchant dans un vieux pull et un pantalon kaki froissé, maculé d'herbe aux genoux. Lui aussi a profité du beau temps pour désherber, semble-t-il. Je m'essuie les mains sur mon jean pas très net pour en tendre une vers lui.

« Charlotte est allée chez le coiffeur, en ville, poursuit-il. J'en ai profité pour passer voir comment vous allez. » Il hésite, l'air brusquement mal à l'aise. « Ça va ? Je fais juste un saut, je n'ai pas pensé à appeler, mais bien sûr si je vous dérange...

– Quelle sottise ! » Je ris en regardant autour de moi. « Comme vous pouvez le voir, ça n'est jamais fini. Mais je suis toujours enchantée de vous voir.

– Vous avez eu beaucoup de travail, n'est-ce pas ? constate-t-il, admiratif. Les pivoines sont nouvelles et ces primevères... ce ne sont plus les mêmes, non ?

– Non, celles-là sont mortes. Ce n'est pas vraiment le bon moment, je sais, mais j'ai eu envie d'essayer pour voir. Nous avons presque tout replanté de neuf. Le vieux Robert et moi, je veux dire.

– Le vieux Robert ? Celui du village ? Il vous donne un coup de main ?

– Je ne puis vous dire à quel point il m'est utile. Il travaille là-bas, près de la mare, aujourd'hui. Vous voulez du thé ?

– Non, non, ma chère. Je ne voudrais pas vous interrompre.

– Mais si, Henry, interrompez-moi. Je vous en prie, je finis par rêver la nuit que je creuse dans la boue. »

Il répond à mon sourire. « Allons, dans ce cas, je serai ravi de prendre un thé. »

Nous sommes assis au jardin, sur le banc où j'ai déjeuné l'autre jour avec le vieux Robert. Entre nous se trouve le plateau avec la théière, deux tasses et une assiette de *scones*. Dans de minuscules bols bleus, je mets de la crème en grumeaux et des fraises, ce qui constitue le mets favori de Henry. De temps à autre, une abeille vient en tournée d'inspection, mais aujourd'hui, elles se montrent très amicales ou très paresseuses. Elles volent lentement en cercle, puis se retirent. Peut-être est-ce la chaleur exceptionnelle. Je commence moi-même à me détendre entre le thé chaud et la compagnie agréable de Henry.

« Comment se portent vos rosiers, cette année ? » s'enquiert-il. Il a une tache de crème sur le menton, qu'il enlève avec le pouce.

« Mieux. Ils étaient tout en longueur et pleins de trous quand je suis rentrée, mais on les a traités et nourris, et Robert les a taillés d'une main de maître. Vous voulez les voir ?

– Avec plaisir.

– Nous irons quand nous aurons fini. Henry, vous vous souvenez du petit lièvre sculpté qui se trouvait au milieu des primevères ? »

Il cligne des yeux. « Le lièvre ? Oui, je crois.

– C'était un cadeau de Michael. Je ne l'ai retrouvé nulle part. C'est curieux qu'il ait disparu, non ?

– Vous ne l'avez pas retrouvé ?

– Non, et Robert non plus.

– Hmmm. Évidemment, les lièvres ne sont pas très bien vus par ici. On les déteste par superstition.

– Ah bon ?

– Eh oui. Dans les temps anciens – et aujourd'hui encore – on croyait que l'esprit des morts, et même les sorcières, se logeait chez les lièvres. Rien que de parler d'un lièvre à un pêcheur, ça lui gâchait sa pêche du jour.

– Maintenant que vous le dites, ça me rappelle une image dans un livre de contes, quand j'étais petite. Un lièvre blanc aux yeux de braise. Il était entouré d'un groupe de villageois, il montrait les dents et ils étaient paralysés par la peur.

– Ah, oui. Quiconque était blessé avant de mourir était censé prendre la forme de cet animal. Même les chiens prenaient la fuite en hurlant. »

Je hausse les épaules, détachée. « De toute façon, je n'avais rien à craindre de mon lièvre et il me manque. J'aimerais bien le retrouver. »

Henry sourit. « Il y a eu des vandales dans le coin, ces derniers temps. Ce n'est plus aussi tranquille de nos jours... » Sa voix traîne sur la fin de la phrase, puis il me regarde, écarlate.

J'avale mon morceau de *scone*. « Ne vous inquiétez pas, Henry, n'ayez pas peur de me rappeler qu'il y a eu un meurtre ici, à Pennoryn. J'avais justement envie d'en parler à quelqu'un de bon sens. »

Il n'a pas l'air très à l'aise.

« Il y a des choses dont je n'arrive toujours pas à me souvenir, concernant ce soir-là, dis-je. J'espère que vous...

– Oui... mmm, eh bien... qu'en pensent les docteurs ?

– Ils disent que je vais probablement retrouver la mémoire avec le temps. Par petits bouts ou d'un coup, allez savoir ? Henry, je ne pense pas vous avoir vraiment remercié pour ce que vous avez fait ce soir-là... vous et Charlotte, quand vous m'avez transportée à l'hôpital. »

Son embarras augmente. « Mais non... pas du tout. Je vous en prie, Joanna. Ce n'est rien.

– Mais si, vous m'avez sauvé la vie en arrivant au bon moment. Vous avez sans doute fait fuir le meurtrier.

– Oh non, au contraire. Je pense que le coupable était parti depuis longtemps. Et je doute qu'il ait jamais eu l'intention de vous faire du mal... » Il s'interrompt, les yeux fixés sur ses mains. « Vous... vous n'étiez pas blessée, après tout... à part cette bosse. » Il se gratte la gorge comme si une miette s'y était collée. « Ça... ça doit vous dire quelque chose.

– Je ne comprends pas. »

Son visage est rose près des rares cheveux qui lui restent. « Eh bien... dit-il en tripotant sa tasse, que le coupable pourrait être quelqu'un... quelqu'un qui tient à vous. »

J'entrevois lentement où il veut en venir. « Vous voulez dire Michael ? Vous croyez que c'est lui ? *Tu quoque*, Henry ? »

Il sursaute mais ne répond pas.

« Henry, vous n'imaginez pas à quel point j'en ai assez de ces insinuations !

– Joanna, je vous en prie, ne vous énervez pas. »

Trop tard. Je flanque d'un coup sec la tasse et la soucoupe sur le plateau. « Est-ce pour cela que vous êtes venu aujourd'hui ?

C'est Charlotte qui vous envoie pour me convaincre de renoncer à Michael ? Pour me dire qu'en plus, il pourrait être le meurtrier ?

– Joanna, je vous en prie, je vous en supplie. »

Il répète « je vous en supplie » en me tapotant l'épaule d'un geste maladroit, bouleversé, la main tremblante. Et j'arrive enfin à voir à travers le brouillard rouge de la colère. Henry est là, ses doux yeux gris, sa gentillesse – un homme bon, qui a toujours voulu être un ami pour moi. D'accord, il ne voit pas la même chose que moi, mais tant pis.

Nous admirons les roses. Une grosse rouge s'est ouverte aujourd'hui sous l'effet, sans doute, de la chaleur. Manifestement, Henry ne s'est pas remis de l'incident, mais il se montre à la hauteur et apprécie la forme et le parfum de la fleur. « *Périlleux*, non ? demande-t-il.

– Le nom de la fleur ? Je ne sais pas, je dois l'avouer. Je ne suis pas aussi férue de noms que vous.

– Je pense que c'est ça. Une fleur *dangereuse*, comme seul peut l'être ce qui est parfait.

– Pourquoi dites-vous ça ?

– Oh… répond-il, plutôt triste. Peut-être qu'à soixante-dix ans, on a plus de temps pour réfléchir. Mais il est si facile de se laisser séduire par la perfection, ou son apparence. Nous voyons rarement les chausse-trappes avant qu'il ne soit trop tard.

– Vous savez, Henry, dis-je en souriant, je me souviens lorsque nous avons construit la maison, David et moi. Quand je me suis perchée en haut de la colline, là, pour regarder Pennoryn, je me suis dit : c'est parfait. Le soleil couchant incendiait les vitres et la fumée sortait de la cheminée. Le jardin n'existait pas encore, mais nous avions conservé pratiquement tous les buissons et les arbres. À un moment, un oiseau roux est venu se percher au-dessus de la porte, comme s'il savait qu'il y aurait bientôt de la vie ici. *C'est parfait*, ai-je songé, *absolument parfait. Et David l'a construite pour moi.*

– Je crois me souvenir que vous avez également suivi les travaux, me corrige Henry en fronçant les sourcils.

– Un peu. Mais David a fait la part du lion, le gros œuvre. La construction de la maison était ce qui lui tenait le plus à cœur, vous savez. »

Il me considère, l'air inquiet. « Et que ressentez-vous pour Pennoryn, maintenant ?

– Il y a une espèce d'oiseau, dont le mâle construit un nid superbe pour attirer les femelles. Mais c'est un faux, un trompe-l'œil, et quand la femelle arrive, elle découvre qu'elle doit construire son propre nid. J'ai l'impression d'être comme cette oiselle. »

Il me prend le bras et m'entraîne en direction de la maison. « Je dirais que vous vous débrouillez très bien, Joanna.

– Disons que j'ai mes moments. Tantôt, je suis suffisamment adulte et je vais bien, et tantôt, je me sens complètement perdue. Mais je crois que je m'en sors. »

Il me tapote le poignet. « Je regrette ce qui s'est passé tout à l'heure. Mais vous m'avez mal compris. Je dois vous le dire, ma chère, je ne suis pas d'accord avec Charlotte au sujet de votre futur mariage. Je pense que, quelles que soient les difficultés qui se présenteront – et il y en aura, il y en a toujours – vous saurez les régler à la longue. Vous êtes très avisée, Joanna. »

Je le considère, étonnée. « Merci, Henry. Je ne savais pas que vous étiez de cet avis. Surtout concernant Michael.

– Oh, bon, n'avons-nous pas tous tendance à considérer en bloc les couples mariés, comme s'ils devaient nécessairement avoir une opinion pour deux ? »

Je presse son bras contre moi. « Vous avez raison. Surtout quand il s'agit d'un couple aussi heureux, aussi parfait que vous et Charlotte. Oh, je m'excuse… » Je m'arrête et ajoute avec un sourire. « Ne venons-nous pas de convenir que la perfection était une chose dangereuse ? »

Henry reste sans expression, le regard vide. « Les dangers de la perfection ? murmure-t-il enfin. C'est ce que nous avons dit ? Ah oui, bon, il est si facile de se laisser séduire par la perfection, ou son apparence. Nous voyons rarement les chausse-trappes avant qu'il ne soit trop tard. »

Mon sourire vacille. Non seulement, il semble avoir oublié ce dont nous avons parlé il y a un instant, mais il se répète mot pour mot sans avoir l'air de s'en rendre compte. Dois-je le lui faire remarquer ? Mais nous sommes près de la Morris et il s'empare de ma main. « Il faut que je file, ma chère. Ça m'a fait grand plaisir de vous revoir.

– Henry, vous venez toujours demain avec Charlotte à ma petite fête, n'est-ce pas ? Charlotte n'a pas annulé ? »

Il a l'air perdu. « Une fête ? Demain ?

– Oui, dis-je avec douceur.

– Allons, bien entendu que nous serons des vôtres.

– J'en suis heureuse. Alors, à deux heures ? » Je le serre un instant dans mes bras.

« C'est cela, deux heures. Merci pour cette conversation, ma chère. Maintenant, il faut vraiment que je file chercher ma femme. J'imagine que c'est l'heure du thé. »

Il tripote la portière, l'air très vieux et fatigué. Je n'ose lui dire : *Mais, Henry, nous venons juste de prendre le thé*. Je lui tiens la porte ouverte pendant qu'il se glisse sur le siège. Il a du mal à cause de son arthrite et je l'aide, ce qui l'embarrasse un peu.

« Merci pour votre visite, Henry. Je vous aime beaucoup, vous savez. » Je lui donne une dernière étreinte par la fenêtre et il sourit, puis grimace quand je lui serre accidentellement le bras.

Je suis envahie de chagrin en le regardant s'éloigner. Mon vieil ami n'a plus toute sa tête. Pas étonnant que Charlotte s'inquiète pour lui.

Et s'il y a une chose que je comprends, c'est la souffrance de ne plus pouvoir se rappeler clairement le passé.

15

Sous la douche, le lendemain matin, je pense à Charlotte. Je dois absolument la prendre à part pendant la réception pour l'interroger sur Henry. Si ses oublis sont accidentels, très bien. Mais si c'est plus grave, peut-être pourrons-nous trouver ensemble une solution pour l'aider. Après quoi, je règle toute sorte de problèmes de dernière minute et, en me préparant, je suis plus à cran que jamais. Surtout, cette rencontre entre le docteur Shahi et Michael me prend de court. J'espère qu'il ne va pas se livrer à un examen trop approfondi. Certes, Michael n'a rien à cacher, mais un médecin qui fouille dans votre tête, ça peut être extrêmement irritant.

De même, je ne me sens pas en état de faire la connaissance de Gregg, l'ami de Michael, simplement du fait que c'est un inconnu, quelqu'un à manipuler avec précaution, plutôt comme une nouvelle robe en soie que comme une vieille chaussure faite à votre pied.

Je n'ai jamais bien supporté la tension qui va de pair avec les nouvelles rencontres, ce qui explique sans doute pourquoi j'ai aussi peu d'amis. Il m'a toujours été plus facile d'être avec Charlotte, en dépit de nos frictions, que de m'aventurer en terrain inconnu.

Je vais et viens nerveusement dans la maison, comme un oiseau affamé, pour picorer çà et là, m'assurer qu'aucun coussin, aucun plat ne traîne. Michael a apporté des plateaux de hors-d'œuvre qu'il a préparés chez lui. J'entends les casseroles qui s'entrechoquent, et l'odeur de l'ail qui flotte dans l'air est un vrai bonheur.

Quant au jardin, je n'ai pas pu le finir, avec cette histoire idiote de plantes aromatiques. Toutefois, leur petit coin est pimpant – pas une herbe folle en vue il y a une heure. Cela seul est un aveu : l'absence de mauvaises herbes prouve la nouveauté des plantations. Si elles avaient été plantées depuis des semaines, comme je l'ai prétendu au téléphone, ce serait moins propret.

Michael apparaît à la porte de la cuisine : « Tout est prêt, mais je te préviens, l'arrière-cuisine est en pagaille.

– Génial. Comment tu trouves ? Le reste, je veux dire ? »

Il me fourre une mini-tartelette dans la bouche. « Tiens, goûte.

– Mmmm. J'adore l'ail. Des pommes de terre, des pois… et de l'agneau, non ?

– Oui, avec, en plus, ma fameuse botte secrète.

– Tu me la confieras, quand on sera marié ?

– On verra. » Il m'effleure la bouche du bout des doigts pour chasser les miettes. Spontanément, je les lèche. « Mmmm, ça, ce doit être la sauce de ta botte secrète.

– Oh, tu es une vilaine ! dit-il en riant.

– Alors, comment tu trouves ? » Je fais un grand geste qui englobe les lieux.

« Jo, même la reine mère n'aurait rien à redire. Mais tu ne crois pas que tu en fais trop ? Les gens que tu as invités ne s'attendent pas à ce que tout soit parfait. Tout le monde sait que tu sors de l'hôpital. »

J'aperçois un coussin que j'ai oublié de tapoter et je me précipite dessus. « Justement, je ne veux pas qu'on s'imagine que je ne suis pas à la hauteur.

– Mais on ne peut te demander que d'assumer le quotidien – si encore on te demande quelque chose. Seulement, depuis une semaine, on te croirait obsédée par cette réception. »

Je lui lance un regard. « Obsédée, moi ? » J'étire les lèvres et les paupières et fais une grimace de monstre halluciné.

Il rit. « Tu sais bien ce que je veux dire. »

Je lui jette le coussin. Il le reçoit en pleine figure.

Quand il s'est remis de sa surprise, il s'affale sur la banquette, empoigne deux coussins et prend le temps de viser. « Comme ça, tu veux la bagarre ? »

Ils rebondissent sur mes bras et ma poitrine et je lève les mains : « Non ! Arrête, tu vas tout chambouler.

– C'est toi que je vais chambouler », dit-il en m'attrapant dans ses bras et en me plantant un baiser sur les lèvres. Il est en sueur et il sent la sauge, l'oignon et le thym. Tandis que nous culbutons sur la banquette, je me dis que nous salissons tout, que les coussins vont être complètement écrasés et que, si nous ne faisons pas attention, nous risquons même de renverser la lampe avec les pieds. Puis je ne pense plus du tout.

Je suis assise devant la glace, dans ma chambre, et j'essaie de reprendre mes esprits. Ma frousse s'est calmée, à peine perceptible. Mon maquillage est gâché par nos ébats – relativement chastes – sur la banquette et je me dépêche de réparer les dégâts. Michael, bien sûr, m'a assuré que j'étais bien. Non – *ravissante*, c'est ce qu'il a dit. Et je lui en suis reconnaissante, parce que je crois qu'il le pense.

Le problème, c'est que j'ai cru autrefois que David le pensait aussi. J'ai donc commencé à me laisser aller, à ne plus me maquiller si on ne sortait pas et souvent, à ramener mes cheveux en queue de cheval au lieu de les laisser flotter sur les épaules. Je les ai toujours portés longs, mais ça m'agace qu'ils me tombent dans la figure quand je veux travailler.

Puis, un jour, je faisais le ménage dans le bureau de David, pendant qu'il était en ville pour poster un manuscrit à un éditeur. Il ne m'avait pas laissé le lire et ça me rendait curieuse. Je pensais en trouver une copie sur sa table de travail et je me disais que ce ne serait pas bien grave si j'y jetais un coup d'œil. Mais il n'y avait pas d'exemplaire.

Fouiller dans les tiroirs de son bureau, je ne l'avais jamais fait. Ayant été privée d'intimité dans mon enfance, j'avais tendance à respecter celle des autres. Mais, comme je l'ai dit, j'étais curieuse. Cela faisait des mois qu'il s'acharnait sur ce livre et il s'était contenté de me dire : « Je pense qu'il a une tournure un peu littéraire. »

Ça me semblait assez obscur. Ça voulait dire quoi ? Écrivait-il une suite à *Guerre et Paix*, ou un policier du genre Sherlock Holmes, que je verrais un jour sur la BBC ? Je pourrais juste ouvrir un tiroir et s'il était là…

Un double du manuscrit se trouvait peut-être dans l'un de ces tiroirs. Je ne l'ai jamais su. J'ai commencé par le tiroir du haut, à droite. Il y avait des stylos, des crayons, des trombones. Le suivant contenait du papier machine et des carbones, bien rangés et séparés par des plaques en bois. Une agrafeuse. Une perforeuse trois trous.

Dans le tiroir du bas, il y avait des revues. Une pile de plusieurs centimètres de haut. J'en ai retiré une, surprise, car je ne savais pas que David lisait des magazines. Mais ce n'était pas le genre courant. Sur la couverture figurait un homme en train de sodomiser deux femmes. Le feu me monta au visage. Incapable de m'en empêcher, je feuilletai le journal. Il y en avait d'autres. Aucune subtilité, de la pornographie pure et dure. Des pseudo-instantanés d'hommes, généralement d'âge mûr, avec des femmes très jeunes, nubiles, dans diverses positions.

Il s'agissait probablement d'adolescentes. Pas un gramme de cellulite, pas une once de graisse. Alors que les hommes étaient « nature » sur les photos – corpulents, ridés, les chairs pendantes – les femmes étaient abondamment maquillées, la chevelure éclatante retombant habilement entre les seins et les cuisses, effleurant le sexe et les tétons. Elles étaient destinées à satisfaire aux besoins des hommes, d'une manière que je n'aurais pas même imaginée. Il y avait des chaînes, des menottes, des instruments de torture.

Avec une impression croissante d'irréel, je sortis une autre revue, puis une autre. Même chose. Les dates des couvertures s'échelonnaient sur plusieurs années jusqu'à ce jour. Il n'y avait pas d'adresse d'abonné et il me paraissait impossible que David les ait trouvées au village. Il ne pouvait que les avoir rapportées de Londres.

Il se documente pour son roman, me dis-je, *et il s'est dit qu'il devait me le cacher. Il a pensé que ça ne me plairait pas.*

Eh bien, il avait raison. Et je connais les arguments avancés par les psychologues dans ce domaine. D'après eux, il n'y a rien de mal pour les hommes à regarder ces horreurs, c'est normal, ça ne veut pas dire qu'ils n'aiment pas leur femme. Nous sommes censées être ravies qu'ils aient le sang chaud, qu'ils soient virils.

Je me fiche de ce qu'ils disent. Après avoir vu ces journaux, je restai couchée, seule, en me demandant ce que David fabriquait au cours de ces longues heures dans son bureau. Rêvait-il à ces corps, page par page, en cherchant ce qui l'attirait chez eux plutôt que chez moi ? Je n'ai jamais eu la réponse. Je craignais que, s'il apprenait que je les avais vus, cela n'ouvrît la boîte de Pandore que je préférais garder fermée. S'il découvrait que je connaissais l'existence de ces revues – et de ces choses-là – me demanderait-il d'en faire autant ?

Dès lors, quand David restait dans son bureau la nuit, ces pensées me tourmentaient. Renonçant à dormir, je sortais de mon lit pour m'asseoir devant le miroir et regarder mon reflet – et je me détestais. *Pas assez*, me disais-je. *Pas assez jolie, pas assez bien, pas assez sensuelle.*

Assise à la même place aujourd'hui, les yeux fixés sur mon reflet, je rectifie mon maquillage avec le plus grand soin. En tournant la tête dans un sens puis dans l'autre, je cherche des signes de défaillance : un peu bouffie, sous le menton ? Il n'est plus aussi pointu qu'avant ? Ai-je de nouvelles rides au coin des yeux ?

Et ce grain de beauté minuscule – vite, camoufle-le. Épile bien ce sourcil.

Quelle tristesse, ce besoin d'effacer ou de cacher jusqu'au moindre défaut ! Pourtant, je ne puis m'en empêcher, aujourd'hui encore. Car même si Michael me dit qu'il m'aime telle que je suis – imparfaite, inaboutie – je me demande s'il ne cherche pas seulement à se montrer gentil.

Nous nous rassemblons au jardin autour d'une grande table en verre et fer forgé que Charlotte m'a prêtée pour la journée. Une table ravissante – elle a disposé des soucis en pots en dessous, autour du pied. Mon seul reproche, si je devais en formuler un en ce jour merveilleux, et je ne le devrais pas, c'est que nous pouvons voir nos jambes à travers la table – comme si on regardait sous la nappe.

Cela ne dérange pas tant les hommes – juste Charlotte et moi, et surtout moi, en fait. Charlotte a l'air posée et sûre d'elle, dans sa robe en soie fleurie de la même couleur vert d'eau que ses yeux, bien que personne n'en sache rien puisqu'elle garde ses lunettes de soleil vissées sur le nez. Elle porte également une capeline et a tout de Marlene Dietrich jeune jouant le rôle d'une irrésistible espionne russe.

En ce qui me concerne, en revanche, je me tortille et m'agite comme une fille de ferme, l'œil rivé sur l'ourlet de ma jupe blanche qui n'arrête pas de remonter.

« Vous habitez un endroit magnifique, me complimente Gregg King. J'ai toujours eu envie de vivre à la campagne. » Il a un visage rubicond, plutôt sympathique mais assez quelconque, et ses cheveux châtains luisent sous le soleil. Je me demande s'il met du gel.

Allons donc, ça va de soi. Un acteur tient à son charme. Cela dit sans vouloir être désagréable ; j'aime bien l'ami de Michael. Seulement, je me retrouve à passer chacun en revue l'un après l'autre, à les analyser, les scruter. Je n'arrête pas de faire ça depuis mon retour. Je n'arrive pas à me laisser aller.

« J'imagine que la plupart des gens qui habitent en ville rêvent d'habiter à la campagne à un moment ou à un autre, dis-je en pensant à David. Mais c'est vraiment tranquille ici. Pas de circulation, pas de foule.

– Vous ne vous sentez pas seule, parfois ? demande Gregg. C'est la seule chose qui pourrait me rebuter.

– Oh, quand on a une bonne voiture, ça ne fait pas trop loin de Londres, bien sûr », intervient Henry.

Gregg, qui en arrive juste, fait la grimace. « Ça m'a pris un peu plus de quatre heures, avec la circulation du week-end.

– Oh, je n'y avais pas pensé, dis-je en m'excusant. Les bouchons, je veux dire. Il faut que vous restiez pour la nuit. » Je jette un coup d'œil à Michael, pour qu'il vienne à la rescousse, ne sachant trop où je ferais dormir son ami.

« Merci, répond celui-ci. Je suis sensible à votre invitation, mais Michael me l'a déjà proposé et j'ai dû refuser. Je dois être à Londres demain de bonne heure, donc je ferais mieux de ne pas repartir trop tard. Une autre fois ?

– Absolument. »

Le docteur Shahi me jette un coup d'œil à la dérobée, sans doute pour voir comment je supporte ce bavardage mondain. Il porte un costume sombre impeccable et ses chaussures noires bien cirées dénotent un peu à côté des chaussures de sport des autres hommes. Je lui adresse un sourire qu'il me retourne.

Charlotte se tourne vers nous. Le bord du chapeau plonge quand elle lève son verre de vin pour en prendre une gorgée. « Docteur Shahi, je me demandais… Quand quelqu'un "se retire" en soi – disons comme ça s'est passé pour Joanna – à quoi pense-t-il ? Est-ce simplement un écran vide ? »

Plusieurs regards déconcertés se tournent vers elle, puis vers moi – entre autres, ceux de Michael et d'Henry. Ils ont peur de ma réaction.

Charlotte émet un petit rire : « Je suis fascinée par ces histoires de perte de mémoire. D'une façon générale, je veux dire. Ça ne t'ennuie pas, Joanna ? »

Non. En fait, la réponse du docteur Shahi m'intéresse autant qu'elle. « Non, pas du tout. Je vous en prie, docteur, allez-y. »

Il repose sa fourchette et s'essuie les lèvres. « Je ne prétendrais pas que nous soyons très informés sur la catatonie, commence-t-il en reposant soigneusement sa serviette à côté de son assiette. Il semble prouvé que cela ressemble pour beaucoup au coma. Certains patients racontent qu'ils ont entendu des conversations qui ont eu lieu dans leur chambre – entre le médecin et l'infirmière, par exemple, ou entre membres de la famille. Mais il y existe également des cas de patients qui imaginent des scénarios entiers.

– Vraiment ? s'exclame Charlotte en se penchant en avant. Des vrais scénarios, des choses qui se sont réellement produites ou qu'ils inventent ?

– Les deux. Comme dans les rêves, l'imagination, ou le psychisme, semble résoudre les problèmes pendant que le corps reste allongé passivement.

– Étonnant. Et pour d'autres pertes de mémoire ? poursuit-elle ingénument. Les gens qui oublient, simplement. Disons qu'ils se souviennent d'un événement, mais après coup. Vont-ils nécessairement s'en souvenir tel qu'il s'est produit ? Ou se peut-il qu'ils se l'imaginent ?

– Eh bien, disons qu'il y a plusieurs sortes d'oublis. Il y a le trou noir de l'alcoolique. On se souvient rarement de ce qui s'est passé. Ou bien il y a l'amnésie due à un traumatisme. Quand on retrouve la mémoire par la suite, on se souvient en général de tout. Toutefois, le genre d'oubli qui survient avec l'âge ou la maladie d'Alzheimer, c'est tout à fait autre chose. Quand un patient souffre d'un de ces accès, les souvenirs passés reviennent souvent comme s'ils se déroulaient au moment même. Un homme peut croire qu'il est toujours marié alors que sa femme est morte depuis quarante ans, par exemple. Puis, quand il sort de cet épisode, il oublie ce qui s'est passé. Il ne se souvient absolument pas de l'intermède. »

Charlotte demande d'un ton léger : « Et peut-on faire quelque chose pour aider quelqu'un de ce genre à retrouver la mémoire ?

– Il y a beaucoup de recherches sur la maladie d'Alzheimer, répond le docteur Shahi. Surtout sur les changements de personnalité qui surviennent… »

Je regarde Henry à la dérobée. Il a les yeux fixés sur son assiette et le visage écarlate.

« Eh bien, réflexion faite, dis-je avec un large sourire à la cantonade, si on parlait d'autre chose ? Après tout, on est censé faire la fête. »

Michael et le docteur Shahi se tournent vers moi et approuvent d'un geste. Gregg, qui veut manifestement se montrer dans le coup, me prend au mot et essaie innocemment d'alléger l'atmosphère.

« J'ai lu un article qui dit presque le contraire, lance-t-il gaiement. Au lieu d'aider les gens à retrouver leurs souvenirs, il semble que de nombreux thérapeutes leur apprennent à les reconstruire à leur guise. Quelqu'un qui a subi des violences dans son enfance peut envisager le coupable non plus comme son agresseur mais comme un brave type. Ça m'a particulièrement intéressé, comme je dois jouer dans une pièce sur un tueur en série qui a subi des violences inouïes dans son enfance de la part de son beau-père. Je me demande si on ne pourrait pas en faire autant avec tous nos souvenirs pénibles, comme une rupture amoureuse ou la perte d'un emploi. Pourrions-nous surmonter ces épreuves plus facilement en imaginant qu'elles se sont déroulées autrement ?

– Eh bien, dit le docteur Shahi, cette technique est encore à l'étude. Il m'est cependant arrivé de l'utiliser certaines fois dans l'exercice de mes fonctions. Je me suis rendu compte que ça pouvait aider un patient de reconstruire certaines scènes trop pénibles de sa vie – de se doter d'un meilleur souvenir, pour ainsi dire. »

Michael se penche en avant et demande curieusement : « Mais ce nouveau souvenir est fabriqué ? Il n'est pas réel. »

Le docteur sourit. « Eh bien, sous cet angle… qu'est-ce qui est réel ? »

Michael a l'air songeur.

« Peut-être le comprendrez-vous mieux ainsi, reprend le thérapeute. L'esprit envoie un nouveau "souvenir" à la cellule. La cellule le déchiffre et l'accepte comme un fait. À la manière d'un ordinateur, dirai-je, qui accepte une correction. On efface l'ancien mot pour en mettre un nouveau. L'ordinateur s'en fiche. Il ne dit pas "Oh, un mot nouveau, chouette !" ou "Oh, un mot nouveau, zut !". Il le prend, c'est tout. Et dès lors, le mot nouveau est celui qui existe. Pour quiconque le lit ou l'utilise, ce mot-là est aussi réel que l'autre.

– Vous voulez dire que l'esprit n'est rien de plus qu'un ordinateur ? intervient Gregg.

– Je contesterais votre formule "rien de plus". Mais cela dit, je crois en effet que le fonctionnement de l'esprit est assez proche de celui d'un ordinateur. Et pour filer la métaphore, je crois aussi que c'est à l'opérateur, l'individu, d'introduire les données les plus utiles pour sa guérison. »

Il y a un silence songeur. Finalement, Charlotte a un petit rire gêné : « Allons donc, tout ça est terriblement compliqué, non ? En tout cas, beaucoup trop pour moi ! » Son verre est vide et elle tend la main vers la bouteille, au milieu de la table. Mais celle-ci aussi est vide et sa bouche se contracte, même si je ne vois pas ses yeux, bien sûr.

Je me lève. « J'ai cueilli de jolies têtes de camomille et de la menthe. Quelqu'un veut une infusion ? »

Le docteur Shahi répond immédiatement. Il se lève aussi, les mains jointes dans un geste de prière qui signifie « la paix soit avec vous ». Il me sourit. « J'aimerais beaucoup une infusion. Et, Joanna, vous avez promis de me montrer votre jardin.

– Oui, dis-je avec reconnaissance. Allons-y. Et nous ferons chauffer l'eau au passage. Michael, tu t'occupes de nos invités jusqu'à notre retour ?

– Bien sûr. » Il me pose un baiser sur la joue. « Prends ton temps, tout ira bien. »

Nous prenons le chemin qui fait le tour de la maison jusqu'au jardin potager, entre les roses qui embaument tellement fort à présent que la tête me tourne. À moins que ce ne soit cette histoire avec Charlotte et Henry ? Je me sens ébranlée.

Mon Dieu, il faut que je parle avec Charlotte pour savoir à quel point il perd la mémoire et s'il est soigné. Je veux aussi qu'ils sachent que je suis prête à les aider. Il est important, quand on a des ennuis, de savoir qu'on a quelqu'un à qui parler ; et sans doute que Charlotte en porte seule tout le poids.

Entre-temps, je dois convaincre mon médecin que ses craintes concernant mon mariage avec Michael sont injustifiées.

« … et ici » – ayant étiqueté chaque variété de roses avec son histoire botanique, je suis intarissable – « se trouvent mes plantes aromatiques. Je me suis efforcée de mettre en application tout ce que vous m'avez appris ». Les herbes sont entourées d'une bordure de petites violettes. « Vous m'aviez conseillé de mélanger des fleurs comestibles. Je mets les violettes dans la salade.

– Ravissant », approuve le docteur. Il retrousse le bas de son pantalon et s'accroupit pour tâter le terrain, dont il prend une poignée dans la main, comme pour le soupeser. Il ne fait aucun commentaire, mais je suis presque sûre qu'il a remarqué que la terre a été fraîchement retournée. Il se redresse et sourit : « Je vois que vous avez du romarin, de la marjolaine, du persil plat…

– Et par là, la camomille, la lavande, la menthe...
– Toutes ont des vertus médicinales autant que gastronomiques, remarque-t-il en s'essuyant les mains sur un mouchoir blanc immaculé.
– Je sais. » Je souris en me rappelant comment il me montrait ses mini-plantations au cours des séances et m'en faisait prendre une, qui me semblait « la bonne ». Je la tenais pendant la séance en reniflant de temps à autre son parfum entêtant qui, allez savoir pourquoi, avait l'air de me faire du bien. Si vous les écoutez, disait-il, les plantes vous diront de laquelle votre corps a besoin. Je n'ai jamais été sûre d'y croire, mais j'étais plus que disposée à apprendre. J'aurais fait n'importe quoi pour aller bien et pour me sortir de là.
À vrai dire, planter ce jardin – même dans la précipitation et l'affolement – était une bonne chose. En fin de compte, ç'a été un mal pour un bien.
« Vous avez été très occupée, à ce que je vois, constate-t-il.
– Je voulais que tout soit parfait pour aujourd'hui.
– Vous n'exagérez pas ? Vous avez de l'aide ?
– Oui, une personne que m'a recommandée l'horticulteur. C'est lui qui bêche et fait les travaux difficiles. J'ai fait le plus agréable, planter et élaguer.
– Tout de même, quand vous nous avez fait visiter la maison, les nouvelles peintures et le papier peint... Joanna, vous avez l'air éreintée. Je crains que vous n'en fassiez trop. »
Il ne dit pas « obsédée » mais je le lis dans ses yeux.
« Pas du tout. Le vieux Robert m'a aidée également pour l'intérieur. Nous avons vidé complètement le bureau de David. C'est devenu un salon à couture. » C'est bien Robert qui a tout bazardé. Je n'arrivais pas à entrer dans cette pièce.
« Et votre amie... Charlotte, dit-il.
– Oui ?
– Je suis soucieux. Est-elle toujours votre meilleure amie ?
– Oui, en dehors de Michael, bien sûr.
– Joanna, ne pensez-vous pas qu'il serait judicieux de euh... d'élargir un peu votre horizon ?
– Cela veut-il dire que Charlotte ne vous plaît pas ?

– Pas du tout. Ce n'est pas une question de plaire ou déplaire, puisque je n'ai pas eu vraiment l'occasion de la connaître. Mais elle a l'air tellement… exaltée.

– Je sais, vous avez raison, bien sûr. Je crois qu'elle a de réels sujets d'inquiétude en ce moment.

– Et ces sujets d'inquiétude auraient-ils à voir avec son mari ?

– Vous l'avez compris, alors ? Oui, je le crois. Je ne me suis rendu compte que dernièrement qu'Henry perdait la mémoire.

– Ce qui me préoccupe, c'est que les gens sur qui vous comptiez pour vous aider ont déjà leur part de problèmes.

– Mais il y a Michael », dis-je très vite. Spontanément, je me tourne vers lui et lui prends la main. « Il vous plaît ? Oh, je vous en prie, dites-moi que oui.

– Tout à fait, m'assure-t-il avec un sourire. Il a l'air de tenir véritablement à vous. Toutefois, cela ne veut pas dire que vous soyez prête à entamer une nouvelle relation. »

Mon cœur commence à palpiter. « Que voulez-vous dire ? Que vous n'êtes pas favorable à notre mariage ?

– Pas exactement. Je veux dire que je vous conseillerais d'attendre au moins un an. Donnez-vous le temps de vous souvenir de tout. » Il fait une pause. « Ce n'est pas encore le cas, n'est-ce pas ? »

Je laisse tomber sa main et me penche pour arracher une minuscule herbe folle qui a surgi, malgré tout, entre les plantes. « Si je me souviens de la manière dont David est mort ? Non. Je crois… »

Je ne puis lui confier le fond de ma pensée. Sans que je sache pourquoi, la mort de David est devenue comme une espèce de sale limace sous une pierre que je ne peux me décider à retourner.

« Il me semble que je ferais mieux de m'en tenir à l'hypothèse d'un vagabond, comme dit la police, et d'aller de l'avant. Vous aviez raison, j'étais obsédée par David. Je m'en rends compte maintenant.

– Tout de même, Joanna. Pour pouvoir envisager ce mariage, il y a des choses que vous avez besoin de comprendre, je pense. Des choses sur vous-même, sur votre enfance. »

Mon visage pâlit. Le sang le quitte brusquement. « Mon

enfance ? » Je n'en ai jamais parlé au docteur Shahi. « Est-ce que Charlotte… ? » Je me sens mise à nu, comme si des gens s'étaient rassemblés dans mon dos pour parler de moi, disséquer mon âme.

« M'a-t-elle parlé de votre enfance quand elle vous a amenée chez nous ? demande le docteur Shahi. Non. Je m'en doute seulement à cause de nos conversations. Et je m'excuse d'aborder une question aussi déplaisante par un si beau jour. Mais il y a des choses qui doivent absolument être mises au jour et résolues. »

Je m'appuie au dossier du banc en bois pour m'asseoir, brusquement épuisée. « Quel genre de choses ? »

Quels indices ai-je pu livrer ? Est-on marqué à vie, une fois pour toutes, par une certaine disposition des rides sur le front, par exemple, quelque chose que les autres peuvent voir ?

Le docteur Shahi s'assoit à côté de moi : « Évidemment, je ne connais pas les détails. Mais il y a sûrement des problèmes dans votre famille. Sinon, pourquoi ne se sont-ils pas montrés une seule fois en huit mois ?

– Pourtant…

– Il vous a également fallu du temps pour m'accorder votre confiance, pour me parler. Et même alors, vous ne m'avez pas parlé de votre famille. Un peu de votre mère. Rien sur votre père ni sur vos frères. J'ai appris à relever ces signes. »

J'ai le regard fixé au sol sans rien voir : « Pourtant, vous n'avez rien dit.

– Je préférais vous laisser aborder vous-même la question. Si on oblige ces souvenirs à émerger, ils se déforment souvent. Vous pourriez croire que vous vous souvenez de quelque chose, par exemple, alors que vous cherchez seulement à me faire plaisir en me proposant ce que vous vous imaginez que je cherche, voyez-vous. Cela fait partie du schéma.

– Du schéma ?

– Accepter la violence – ou s'efforcer de plaire pour l'éviter – a tendance à devenir un schéma de comportement de la part de la victime. »

Je réfléchis à ce qu'il vient de me dire. « Mon mari…

– Il se montrait violent ?

– C'est curieux. Je ne crois pas l'avoir vu sous cet angle jusque récemment.

– Depuis que vous avez quitté l'hôpital ?

– Oui. Je me suis souvenue de ses reproches, comme le fait que je l'interrompais dans son travail, même si c'était nécessaire. Ou des choses qu'il me disait et qui me blessaient. Et j'acceptais. Je me disais, tu vois, Joanna, tu n'es pas une bonne épouse, c'est tout. Tu dois t'améliorer.

– Et votre enfance, vous pouvez en parler maintenant ? »

La honte me brûle le visage. Mais je m'oblige à formuler les mots, car je sais qu'il a raison : je dois affronter la réalité. Et qui mieux que lui pourrait m'aider à le faire ? Je commence d'un ton hésitant : « Mes frères… ils m'ont violée… depuis l'âge de dix ans et jusqu'à treize. J'imagine qu'on peut dire que toute la famille était dans le coup. Mon père regardait faire, il applaudissait. Ma mère… elle faisait semblant de ne pas savoir. »

Le docteur Shahi reste assis calmement, en silence, mais je sais qu'il est avec moi, qu'il est bouleversé pour moi et qu'il compatit à ma souffrance. Je tourne la tête pour cacher des larmes que je préfère garder pour moi.

Finalement, il laisse échapper un long soupir. « Joanna, c'est un miracle que vous ayez survécu. L'esprit humain est une véritable merveille. Et maintenant, vous voilà à l'entrée d'un pont. Vous pouvez le traverser vers la guérison ou rester là où vous êtes. Dans ce dernier cas, vous risquez même de régresser… À vous de choisir. Toutefois, si vous choisissez la guérison, je ferai tout en mon pouvoir pour vous aider.

– Mais je… je crois que j'ai déjà traversé ce pont. Je me sens de mieux en mieux chaque jour.

– Ça se peut. Mais franchement, croyez-vous être complètement guérie ? »

Je pense à toutes les folies que j'ai faites ces dernières semaines – sans oublier ma frénésie de dernière minute pour planter un carré d'herbes aromatiques – et je dois reconnaître que non.

« Que voulez-vous dire exactement ? Que voulez-vous que je fasse au juste ?

– Pour commencer, vous devriez venir me voir à Whitehurst

au moins deux fois par semaine, peut-être trois, si cela s'avère nécessaire au début. Et cette fois, j'aimerais que vous exposiez au grand jour tout votre passé, toutes les violences dont vous vous souvenez. Quand nous aurons tout extrait, pour ainsi dire, nous le passerons au crible, à la lumière du jour, pour voir ce qu'il y a de mieux à faire.

– Pour reconstruire, vous voulez dire ? Ce dont vous parliez tout à l'heure ?

– Peut-être. Nous devons faire au mieux pour vous. Viendrez-vous à Whitehurst ?

– Euh... oui. »

Il sourit. « Parfait. Joanna, dans l'intervalle, je vous conseille vivement de reporter la date de votre mariage.

– De le reporter ? Oh, mais je ne peux pas, tout est prévu.

– Un petit délai. Pour que nous puissions examiner ce schéma dont nous parlions tout à l'heure. Joanna, avec vos antécédents, je ne suis pas surpris que vous soyez passée directement de la maison de vos parents, pour ainsi dire, à un mari brutal.

– Mais c'est différent, cette fois ! Michael est différent !

– Vous avez très probablement raison. Je prie le ciel que ce soit le cas. Pourtant, souvent, les gens sont attirés par nous parce qu'ils savent qu'ils peuvent nous maltraiter ou simplement en profiter. Ce n'est pas nécessairement voulu ni conscient, mais au fond d'eux-mêmes, ils sont attirés parce que notre maladie répond à leurs besoins. »

Je me mets à faire les cent pas. Ça ne se déroule pas du tout comme je l'avais espéré. Agacée, j'écarte les cheveux de mon cou ; ils sont trop longs par cette chaleur. J'ai une brusque envie de les couper.

« Je comprends, docteur. Mais c'est vous qui ne comprenez pas. C'est Michael qui m'a sauvée d'un viol collectif par mes frères et leurs copains le jour de mes treize ans. Il a fait en sorte qu'ils ne me touchent plus après ça. Michael est différent. Il ne me fera jamais de mal.

– Je ne dis pas le contraire. Je crois simplement que vous devez ralentir le rythme. Réfléchissez à toutes vos relations, aux échanges que vous avez avec les autres. »

Ma voix grimpe d'une octave à cause de la colère, mais elle chevrote de peur. « Ça veut-il dire que vous ne vous prononcerez pas en faveur de mon mariage auprès des examinateurs ? »

Il lève les mains dans un geste d'apaisement. « Aucune loi, bien sûr, ne donne le pouvoir, à moi ou au comité, de vous en empêcher. Même si vous êtes en convalescence, vous n'êtes pas une malade mentale ni sous tutelle. Et même si les examinateurs sont intimidants, ils sont là pour votre bien, rien d'autre. Les rapports que je leur remets n'ont pour but que de leur permettre de surveiller mon travail de médecin. Un moyen de contrôle, pour ainsi dire. »

Je suis sidérée. « Mais je n'en savais rien. Quand j'étais à l'hôpital, ils avaient l'air d'avoir un tel pouvoir sur moi. *Oui, vous pouvez rentrer, ou non, vous restez.* Je croyais même qu'eux ou vous pouviez m'obliger à revenir si je ne… »

Je suis sur le point de dire : « Si je ne me conduisais pas bien » quand j'entends les mots dans ma tête et j'en comprends brusquement l'origine. *Je dois être brave, je dois faire ce qu'on me dit – ou on va me faire du mal.*

Je regarde le docteur, qui hoche la tête. « Si vous m'aviez tout dit et si on en avait parlé au lieu de jouer la maligne avec les examinateurs et moi, vous l'auriez su, Joanna. C'est sur ce genre de choses que nous avons besoin de travailler, voyez-vous ? »

Nous entrons, le docteur Shahi pour téléphoner et moi pour préparer l'infusion. En remplissant la bouilloire, je réfléchis à notre conversation – qui me contrarie de plus en plus – quand le docteur revient dans la cuisine. « Vous avez pris une décision ? demande-t-il. Allez-vous attendre pour vous marier ? »

Je dépose des tranches de cake au safran sur le plateau du thé en les alignant de sorte que le bord soit espacé de cinq millimètres. Je secoue la tête. « Non. Je sais que, pour vous, ça vaudrait mieux. » Je lui adresse un regard amer. « Vous pouvez le mettre dans votre rapport, si vous voulez. Dites-leur que j'ai écouté vos conseils, mais que j'ai refusé de les suivre.

– Je vois. Est-ce que vous m'en voulez ? »

Je m'essuie les mains sur une serviette et soupire. « Non. Non, pas vraiment. Mais j'ai attendu Michael toute ma vie, vous ne comprenez pas ? Ça me paraît bien. » J'ajoute sournoisement, car je n'ai pas renoncé à jouer la maligne : « Vous m'avez dit vous-même, je crois, que les gens devraient écouter plus souvent leur intuition et moins souvent les soi-disant spécialistes. »

Il soupire. « Quelquefois, ce que je dis se retourne contre moi. Votre décision est prise ? Je ne pourrais pas vous faire changer d'avis ?

– Non.

– Mais vous allez commencer tout de suite une thérapie ? Vous n'allez pas remettre ?

– Je téléphonerai demain pour prendre rendez-vous.

– Bon, j'imagine que je dois me contenter de ça. »

Pourtant, il a l'air si malheureux que je ne puis m'empêcher d'ajouter : « Et si vous veniez à mon mariage ? Ça va se passer en petit comité dans un magasin de Mevagissey.

– Un magasin ? » Si, jusque-là, il avait l'air dubitatif, ce n'est rien à côté de son expression soudaine. Je ris.

« Ce n'est pas une idée de fou. Weatherby est un bon souvenir pour Michael et moi.

– C'est toujours ça. » De nouveau, il soupire.

« Exactement. Ce sera ça de moins à reconstruire. »

Il sourit : « Vous occupez-vous seule des préparatifs ? »

Je passe une main lasse dans mes cheveux. « En majeure partie. Michael est pris par l'accrochage de ses peintures à la galerie de Londres et je ne sais pas ce qu'il a d'autre au calendrier. Pour ma part, je dois encore m'habiller, aller chez le coiffeur et la manucure… bref, les choses habituelles. »

Il scrute mon visage. « Joanna, je me sentirais beaucoup mieux si vous faisiez un bilan de santé dans les jours qui viennent.

– Mais à quoi bon ? Je suis juste un peu fatiguée en ce moment à cause de cette petite fête.

– C'est une tension tout de même, de se lancer dans un nouveau mariage. Et les jours qui le précèdent peuvent vous épuiser. Ne voulez-vous pas faire cet effort pour moi, s'il vous plaît ? »

Je plisse les paupières. « Pour que vous puissiez le mettre dans votre rapport ? »

Il rit. « Oui, exactement. »

Il s'est montré tellement gentil que je ne vois pas comment refuser. Je promets d'appeler demain le docteur Woolery, le généraliste de Charlotte et de Henry. Peut-être pourra-t-il me recevoir.

Le docteur Shahi a rejoint le reste des invités et je retourne au jardin, chargée du lourd plateau du thé, quand j'entends la voix de Michael derrière la haie. Je vais dans cette direction pour lui demander de m'aider. En contournant le coin, je le trouve en grande conversation avec Gregg. Ils sont tellement absorbés qu'ils ne s'aperçoivent pas de ma présence.

Je reste plantée à vingt pas, à moitié dissimulée par un petit bouquet d'arbres et j'observe – je ne cherche pas à écouter, mais j'ai tellement de plaisir à regarder Michael quand il parle. J'aime son énergie et la façon dont son regard brille, le ton de sa voix et ses gestes. Il y a tellement de vitalité en lui que j'ai l'impression qu'elle s'imprègne en moi.

Je ne peux les entendre et je ne le cherche pas. Mais, tout à coup, Gregg élève la voix : « Bon Dieu, Michael. Quand tu m'as dit que tu allais épouser une certaine Joanna Carr, je ne savais pas qu'il s'agissait de la veuve de David Carr ! »

Je sursaute. Il a connu mon mari ? Où ? À Londres ? Je suis sur le point de m'avancer pour poser la question quand Michael répond : « Je ne veux pas que tu en dises un mot à Joanna. Elle ne s'en souvient pas et pour le moment, c'est mieux pour elle. »

Je suis figée sur place.

« Je ne comprends pas, reprend Gregg. À voir sa façon de se conduire à *La Licorne rouge*, on aurait cru qu'il était marié à une peau de vache.

– David Carr était un con, répond Michael dont la voix monte d'un cran. Et il n'a pas volé ce qui lui est arrivé, point final. »

Gregg pose une main sur son épaule. « Doucement, il n'est plus là. Il ne peut plus faire de mal à personne. »

La mâchoire de Michael se contracte et ses yeux jettent des éclairs. « Je n'en suis pas si sûr. Si un homme pouvait mourir deux fois, je jure devant Dieu que je le ferais mourir une deuxième fois !

– Je me montrerais prudent avant de tenir ces propos en public, le met en garde son ami. Je crois qu'on n'a pas encore coffré l'assassin.

– Oui, bon, la police ne m'a pas suspecté jusqu'ici. Pourquoi le ferait-elle maintenant ?

– Peut-être parce que tu vas épouser sa veuve, qui non seulement est ravissante, mais à en juger par les lieux, n'est pas tout à fait sans le sou. Alors que toi, mon ami, tu es dans une sale passe.

– Pas pour longtemps… » répond Michael, dont les mots me parviennent tandis qu'ils s'éloignent dans l'autre direction.

Je me retourne, le visage en feu. Mes poignets me font mal à cause du plateau et mon cœur cogne dans ma poitrine.

« Tiens, tiens, notre preux chevalier », dit doucement la voix de Charlotte à mon oreille. Je n'avais pas remarqué sa venue. « Tu vas enfin me croire ? »

J'ai besoin de temps pour réfléchir et je ne peux pas le faire tant que Charlotte me presse. Je retourne vers la table et mes invités. « Il faut que j'aille chercher… »

Elle m'attrape par le bras. « Tu l'as entendu ? Tu as entendu ce que Michael a dit sur ses problèmes financiers ?

– Charlotte, j'ai parlé avec Michael. Il est en train de s'en tirer et il ne veut pas que je l'aide. Alors laisse tomber.

– Tu ne veux pas voir les choses en face, hein ? Tu te caches la tête dans le sable… »

Il est temps de renverser la situation. « Et en ce qui concerne Henry ? Est-ce que tu acceptes de voir les choses en face ? Que fais-tu pour lui ? »

Son visage, du moins ce qu'on en voit en dessous des verres fumés, pâlit. « Henry ? De quoi veux-tu parler ?

– De sa mémoire, Charlotte. Quand il était ici hier, il a oublié ce qu'il venait de me dire. Et toutes ces questions que tu as posées à Shahi. Ne me dis pas que tu ne sais pas de quoi je parle.

– Eh bien non ! Et dans ton intérêt, tu ferais mieux de ne rien en dire – ni à Henry, ni à personne. » Elle m'attrape par les épaules. « Tu m'entends, Joanna ! Pas un mot.

– Arrête, Charlotte ! » Je me dégage. « J'aime Henry, moi aussi, et si je peux l'aider, je le ferai. »

Ses lèvres tremblent et c'est alors seulement, en essayant de voir ses yeux derrière les verres teintés, que je distingue une ombre brune à la limite des lunettes. Malgré ma crainte, je tente de les lui enlever doucement. Elle se détourne. « Non !

– Charlotte, retire-moi ce truc. Je veux voir ce que tu caches. »

Elle laisse brusquement échapper un rire hautain. « Oh, là là ! fait-elle en arrachant ses lunettes. Je me suis cognée contre la porte d'un buffet, c'est tout. »

Je ne puis détacher mes yeux de la marque brun vert. « Une porte de buffet, tu dis ?

– Oui, et je ne voulais pas avoir l'air affreux en venant ici, j'ai donc préféré porter des lunettes. Pourquoi en fais-tu tout un plat ?

– Char, j'ai l'impression que tu me caches quelque chose. Qui t'a fait ça ? Que s'est-il réellement passé ? »

Elle a les larmes aux yeux. « Tu ne me croirais pas si je te le disais. Tu ne crois plus un mot de ce que je te dis ! »

Tout le monde est reparti et nous nettoyons la cuisine. Cette fois, c'est Michael qui lave et je frotte. Mais j'ai Charlotte en tête. Aussitôt après cette scène, elle a récupéré Henry et ils se sont éclipsés sans un mot, à part : « Merci pour cette délicieuse journée », et encore, articulé du bout des lèvres.

« C'était très réussi, Jo, décrète Michael. Tu es une hôtesse formidable.

– Je n'en suis pas si sûre, dis-je, épuisée. Cela dit, tout le monde a adoré ta cuisine.

– C'est toi qu'ils ont adorée. Tu as su les mettre à l'aise.

– Pas Charlotte.

– Oh, si tu veux mon avis, elle n'a qu'à s'en prendre à elle. Elle est toujours à se plaindre.

– Michael, tu es injuste. Henry a des problèmes.

– Ah bon ? Quel genre ?

– Elle m'a demandé de ne pas en parler.

– Pas même à moi ?

– Non. Oh, Michael, je ne vois pas pourquoi je ne te le dirais pas. Mais si on remettait ça à plus tard. Je suis vraiment crevée.

– Je ne demande pas mieux. J'en ai un peu soupé de parler de Charlotte Dean. Cela dit, Henry est un brave type.

– C'est vrai, et Charlotte l'aime beaucoup. Il faut le lui accorder.

– Sans doute.

– Michael... » Malgré mon épuisement, j'ai décidé de regarder cette chose-là en face et tout de suite. « C'est quoi, *La Licorne rouge* ? »

Il sursaute, pousse un cri et sort les mains de l'eau de vaisselle. Le bout d'un doigt est ensanglanté.

« Ce n'est rien, une éraflure. » Il le passe sous l'eau, puis vide l'eau de vaisselle, devenue rose. Au fond de l'évier se trouve un couteau à dents de scie. Je le prends.

« C'est avec ça que tu t'es coupé ? Bon sang, ça doit faire mal.

– Non, ça va. Mais je fais échange avec toi. Tu laves, j'essuie ? »

Je fais une grimace et pose la saleté de couteau sur le comptoir avant de remplir l'évier d'eau savonneuse. « Non, assieds-toi. Prends du café pendant que je finis, il y en a pour une minute.

– Je crois que je vais te prendre au mot. » Il se verse une tasse, puis me tend la cafetière, une question dans les yeux. « Pas pour le moment. Michael, cet endroit... *La Licorne rouge*. Qu'est-ce que c'est ? »

Il remue le sucre dans sa tasse. « Où en as-tu entendu parler ?

– Dans le jardin. Quand tu parlais avec Gregg. »

Il s'adosse au comptoir et avale une gorgée. « Qu'as-tu entendu exactement ? »

Je rince le dernier plat, que je pose sur l'égouttoir. « Gregg a dit qu'il avait vu David là-bas.

– Oh, je vois... Eh bien, *La Licorne rouge* est un club privé. Tu ne te rappelles pas que David en ait parlé ?

– Non. Et s'il y allait, quel est le problème ? »

Il repose sa tasse en fronçant les sourcils. « Pourquoi poses-tu la question ?

– Tu as dit à Gregg qu'il valait mieux que je n'en sache rien. »

Il sort un mouchoir de son pantalon et le pose sur son doigt, qui recommence à saigner. « Disons que je préfère qu'il ne te parle pas de David alors que nous sommes sur le point de nous marier. Réveiller les fantômes, tu sais. Ça gâcherait la fête, et tout.

– Rien de plus ?

– Non. Quoi d'autre ? » Il sourit. « Écoute, si on parlait d'autre chose ? Ton docteur Shahi me plaît. Et je suis sûr qu'il a adoré ton coin d'herbes aromatiques. » Il a une pointe d'humour dans la voix. Il ne lui a pas échappé que c'était un stratagème pour amadouer mon cher médecin.

« Tu lui as plu également. » À quoi bon préciser que mon charmant docteur souhaite nous voir retarder notre mariage ?

« Et j'ai l'impression que vous vous entendez bien, Gregg et toi ? »

Je m'essuie les mains. « Je l'aime bien.

– Il faudra qu'on aille le voir jouer, un jour. Ça te plairait ?

– Bien sûr.

– Oh, à propos, Jo. Je viens d'obtenir un prêt pour acheter la galerie de Londres et faire les travaux.

– Vraiment ? » J'essaie de ne pas laisser paraître mon soulagement. Au moins, je pourrai river son clou à Charlotte en ce qui concerne les « motivations douteuses » de Michael.

« Oui, ça y est. Il y a seulement un petit hic. » Il rougit un peu, l'air embarrassé. « J'ai dû leur dire qu'on allait se marier bientôt et ça a tout compliqué. Ils veulent qu'on prenne un compte joint cette semaine… c'est-à-dire avant qu'ils m'accordent le prêt.

– Un compte joint ? C'est bizarre.

– Oh, c'est pour protéger leurs intérêts. Si on garde des comptes séparés après le mariage et que je mets tous mes avoirs sur le tien, ils risqueraient de ne pas y avoir accès si je manque à mes engagements. Il n'est pas question que ça m'arrive, bien sûr. Mais tu sais à quel point les organismes de prêt sont vieux jeu et méfiants. »

Décontenancée, je me tais un moment.

« Ma chérie, ça te pose un problème ? C'est très bien. Je peux demander ce prêt ailleurs. Je m'étais dit que, comme on devait prendre un compte joint la semaine suivante, après le mariage, on pouvait aussi bien le faire une semaine plus tôt, c'est tout. Et le fait d'avoir la même banque nous simplifiait la vie.

– Évidemment, je ne demande pas mieux que de t'aider, Michael, pour ce prêt. Mais à vrai dire… je ne pensais pas qu'on aurait un compte joint, même après le mariage.

– Mais si, c'est mieux, Jo. Quand la galerie de Londres sera ouverte et fonctionnera correctement, je devrais en tirer pas mal d'argent. Je veux que ce que j'ai soit à toi et un compte joint est le meilleur moyen pour ça, si jamais il m'arrivait quelque chose. »

Je me verse du café et le bois lentement en pesant mes mots. « Je suis sensible à cette attention, Michael, et je sais que c'est avec les meilleures intentions. Mais si j'hésite, c'est parce que je suis tellement contente d'avoir de nouveau mon argent à moi. Le gérer seule et m'occuper de mes affaires. Ça m'a manqué quand j'étais mariée avec David. »

Il me prend dans ses bras, souriant. « Ma chérie, je comprends tout à fait. Et, crois-moi, je ne veux pas m'imposer. Loin de moi l'idée de toucher à ton argent ou de le gérer. Je veux que tu aies aussi le mien à ta disposition, c'est tout. » Il m'embrasse doucement sur les lèvres. « Je vais te dire. Je te laisse les papiers et tu peux y réfléchir cette nuit. Si ça ne te dit rien demain matin, on ne le fait pas. D'accord ?

– D'accord. » Ça ne me dit rien de bon et le fait d'y réfléchir n'y changera rien.

16

Cette nuit-là, la tempête souffle de nouveau. Le tonnerre fait trembler les cieux et la pluie cogne si fort à ma fenêtre que je crains qu'elle brise les vitres. Je me tourne et me retourne en pensant à Charlotte, puis à Michael, puis à Charlotte encore. Quand le sommeil vient enfin, j'ai des cauchemars affreux. Je vois Charlotte à genoux, qui se traîne dans une rue pour échapper à je ne sais quoi. Elle a les genoux enflés et meurtris. En fait, son corps et son visage sont complètement meurtris, comme si on l'avait rouée de coups. J'essaie de l'aider, mais je n'en ai pas la force. Je crie : « Lève-toi ! Lève-toi ! Tu dois te mettre debout ! » Elle a le regard vide, absent. Je me tourne pour demander à Michael de me prêter main forte, mais il parle avec Henry au coin de la rue et, quand ils nous aperçoivent, ils haussent les épaules et se détournent. J'attrape le bras de Charlotte pour tenter de l'entraîner vers un endroit plus abrité. Elle est trop lourde. Je n'arrive pas à la soulever, et une forme sombre et menaçante se rapproche.

Parfois, la nuit, j'entends un bruit dehors. En ouvrant les yeux, je distingue une ombre fugitive devant la fenêtre de la chambre. Je m'assois d'un bond, le corps rigide. Je me rends compte alors que je devais dormir et que, sans doute, ce n'était qu'un rêve.

Le cri d'un geai me réveille à l'aube. Quand je veux me tourner, le dos et les jambes me font mal comme si je m'étais traînée moi-même dans les rues toute la nuit. Je suis éreintée, vidée. Mon cerveau est engourdi. Si mon mariage devait avoir lieu aujourd'hui, je n'aurais pas la force de m'y rendre. Je ne sais pas comment je vais arriver à assumer une journée normale. Aussi, au souvenir de Charlotte et de ses multiples secrets, je regimbe. Je refuse également de penser à Michael et à cette histoire de compte joint. J'y ai longuement réfléchi après son départ et, à vrai dire, ça ne m'enchante toujours pas.

Je décroche en soupirant le combiné et appelle le cabinet du docteur Woolery. Sa secrétaire, Mme Albicott, me répond. Je demande si le docteur a le temps de me recevoir dans les prochains jours pour faire un bilan de santé, avec le secret espoir de me heurter à un refus. « Oh, je regrette, il est débordé, rappelez le mois prochain, le cas échéant. » J'aurais au moins le mérite d'avoir essayé.

Mais non, elle vérifie, et oui, elle a une annulation pour ce matin, dix heures. « Est-ce que cela vous convient ? » Je jette un œil torve à la pendule et j'accepte.

Sans énergie, je me prépare et passe en revue la liste que j'ai établie au cours de la semaine. Autant que le rendez-vous soit pour ce matin, me dis-je. J'aurai ensuite le temps de faire mes courses à Mevagissey. Et tant que j'y serai, je m'arrêterai chez M. Weatherby pour lui rappeler que je dois lui déposer les fleurs. Il a proposé de débarrasser le dessus des comptoirs pour faire de la place et je compte l'aider. Je ne dois pas oublier de choisir des bougies pour la cérémonie.

Par la fenêtre de devant, j'aperçois le vieux Robert à quelques pas qui regarde en direction de la route, une main au-dessus des yeux. Il tient une pelle dans l'autre. Il a été dérangé pendant qu'il plantait de nouveaux pieds de pivoines.

Je me glisse dehors, mon café à la main, en pensant qu'il a peut-être repéré la chouette que nous avons entendue mais qui reste invisible. Une présence insaisissable, qui nous fait houhouhou pendant que nous travaillons, sans jamais daigner se montrer. Robert est très inquiet depuis sa première apparition. « Mauvais signe ! » a-t-il marmonné, lugubre.

Je m'approche de lui et regarde dans la même direction. Je chuchote : « Qu'y a-t-il ? C'est la chouette ?

– Non. Un homme, fait-il en secouant le chef.

– Le facteur ?

– Non. Un costaud, en habit. Pas quelqu'un d'ici. »

Je scrute la route, qui est déserte. « Où est-il ?

– L'était planqué derrière l'vieux chêne, là-bas. Au bout de la mare. » Robert fait un signe de la tête. Pas besoin de me montrer, je sais qu'il parle du plus gros arbre de la propriété. Il se dresse près de la route et son tronc fait près de deux mètres de diamètre.

« Je ne vois personne.

– Non, j'ai entendu une voiture. Il est parti. »

Il scrute encore l'horizon. Au bout d'un moment, nous voyons une berline grise franchir la colline, vers le nord. Elle est trop loin pour qu'on en distingue la marque, mais elle prend la route secondaire qui conduit au village.

« Je me demande ce qu'il voulait. »

Robert prend sa pelle et se remet à retourner la plate-bande de pivoines. « Rien de bon. »

Le mystère reste entier quand j'arrive au village pour mon rendez-vous avec le docteur Woolery. Un peu troublée, je jette un œil en passant par la route secondaire pour voir si une berline grise y est garée. Mais il n'y a que des fermes et des vaches, sans parler des chiens qui aboient, comme toujours.

C'est peut-être ce qui a éveillé l'attention de Robert. Peut-être a-t-il d'abord entendu les chiens. Ils signalent immanquablement la présence d'intrus sur la route. Cela dit, Robert a son propre radar intérieur pour le guider. Il n'a pas besoin des chiens.

En arrivant au village, je suis toujours à l'affût. Mais les berlines grises sont légion. Et personne n'a l'air de s'intéresser particulièrement à moi.

À en croire Mme Albicott, la réceptionniste, l'attente ne sera pas longue. « Le docteur retire un plâtre, ce qui prend plus de temps que prévu. »

Mme Albicott a la soixantaine chaleureuse et maternelle, et lit des romans policiers à son bureau, quand il n'y a pas trop de monde. Elle a également un grand bocal en cristal rempli de bonbons, dans lequel les patients peuvent piocher.

« Comment se présente le jardin ? » demande-t-elle, en retournant son livre ouvert pour m'accorder toute son attention.

Je la regarde, interloquée.

« Oh, ne vous inquiétez pas. C'est le vieux Robert qui m'en a parlé... N'allez pas croire que ça a fait le tour de la ville.

– Il vous a dit qu'il m'aidait à désherber ? dis-je, amusée.

– Oui, l'autre jour. Quelquefois, il vient faire un tour et il s'assoit. Il est bizarre. Pas très causant. Il a l'air d'aimer la compagnie de Luther.

– Luther ? »

Elle agite une main. « Le vieux ficus, là-bas. »

Dans le coin se trouve un ficus qui fait bien trois mètres de haut. Il se ramifie avec ampleur et je n'en ai jamais vu d'aussi robuste. Pas une feuille fanée sur ses branches ni par terre.

« De temps à autre, le vieux Robert va voir Luther et marmonne des trucs, raconte Mme Albicott. Il s'entend mieux avec cet arbre qu'avec moi. »

Je souris de nouveau. Il a donc fait son tour de magie. Je retrouve un peu le moral, en pensant à Robert et à ses manies. « Grâce à lui, les rosiers poussent comme des fous. Le jardin entier, du reste.

– C'est ce qu'il dit. Oh, ce n'est pas qu'il m'ait dit grand-chose. Seulement que vous plantiez un tas de "jolies petites fleurs". Un gentil coin de plantes aromatiques aussi, si j'ai bien compris.

– Oui, je... Je caresse vaguement l'idée de faire des teintures.

– Pour se soigner, vous voulez dire ?

– Oui. J'ai lu un livre là-dessus à l'hôpital. C'est sans doute Henry qui m'y a fait repenser.

– Henry Dean ? Comment va le cher homme ?

– Oh, pas trop mal. » Ce n'est sûrement pas à moi d'évoquer ses pertes de mémoire. « Il m'a l'air assez raide. C'est pourquoi j'ai pensé qu'une teinture peut-être... l'herbe de Saint-Jean, par exemple. Évidemment, ce n'est pas surprenant d'avoir de l'arthrite, à son âge. »

Mme Albicott hoche la tête. « Henry n'a jamais eu d'arthrite. Sans doute le jardinage, j'imagine, sans parler de sa charmante épouse. Ça l'oblige à rester jeune. S'il ne s'était pas blessé le bras… Enfin, vous savez, il n'a plus jamais été le même depuis cette nuit-là.

– Henry s'est fait mal au bras ? Je n'en savais rien. Quand ?

– Oh, il y a plusieurs mois. En fait, la même nuit où M. Carr a été assass... » Elle s'interrompt brusquement et pique un fard, l'air gênée. « Excusez-moi, madame Carr. Je ne voulais pas réveiller des souvenirs pénibles. Mais ça nous arrive rarement d'avoir deux urgences la même nuit et, bon, on a tendance à se souvenir de ces choses-là. » Elle reprend son livre et se met à le feuilleter – plus pour reprendre ses esprits que pour retrouver sa page, d'après moi.

« Henry s'est fait mal au bras la nuit où mon mari est mort ? Vous en êtes sûre ? » Je suis stupéfaite que Charlotte ne m'en ait pas parlé.

Mme Albicott hoche la tête. « Mais oui, je m'en souviens très bien. Les deux la même nuit ! Nous avons vraiment besoin d'un autre médecin dans cette ville, voyez-vous. Avec tous les gens nouveaux qui arrivent…

Avant qu'elle puisse m'en dire plus, l'infirmière du docteur Woolery ouvre la porte et appelle mon nom.

Le bilan ne se passe pas bien du tout. J'ai enfin retrouvé mes esprits et une foule de questions se bousculent dans ma tête après la conversation avec Mme Albicott. Je suis perplexe, tendue et je n'ai qu'une hâte : m'en aller.

« Qu'est-ce que vous avez fichu, bon sang ? » s'exclame le docteur.

Il m'observe en clignant des yeux et m'interroge après m'avoir fourré un thermomètre dans la bouche. C'est un truc que je déteste, chez les médecins. Ils vous fourrent ça dans le bec et ensuite, vous posent des questions alors que vous n'êtes pas censé l'ouvrir et ne pouvez que marmonner entre les dents.

J'attends qu'il soit fin prêt à me débarrasser de son instrument de torture avant de répondre : « Je ne sais pas de quoi vous voulez parler.

– Mouais. Bon, le tonus musculaire est bon, je dois dire. Meilleur qu'on n'aurait pu s'y attendre après des mois d'hospitalisation. Mais vos mains tremblent. Regardez-moi ça ! »

Il me prend les mains et me force à étendre les bras. Puis il lâche. En effet, j'ai les mains qui s'agitent, mais plus d'énervement à cause de son arrogance que d'autre chose. L'envie me démange de lui filer une claque.

« Je suis fatiguée, dis-je, agacée. C'est tout. J'ai donné un déjeuner hier et j'ai un peu forcé.

– Un peu ! C'est le moins qu'on puisse dire. Qu'est-ce que vous avez encore fichu ? Vous avez l'air d'une loque. Vous êtes vidée.

– J'ai jardiné et refait la maison. C'est pas tant que ça. » Mais il faut reconnaître que je me sens tendue comme un ressort prêt à se rompre.

Il prend un bloc et se met à griffonner. « Voyez Mme Porter, l'infirmière, pour une prise de sang. Nous aurons les résultats demain matin. D'ici là, rentrez chez vous et au lit. Vous avez besoin de repos, jeune dame. »

Je suis congédiée et je me demande pourquoi je me laisse mener par lui. Si je rentrais chez moi maintenant, ce serait pour me plonger dans mon livre de plantes médicinales afin d'y trouver le moyen de me soigner sans avoir recours à la médecine et aux médecins.

Entre-temps, la conversation avec Mme Albicott a fait son chemin. Je ne comprends pas pourquoi Charlotte ne m'a pas dit qu'Henry s'était fait mal le soir du meurtre. Y aurait-il un rapport ? Et lequel, dans ce cas ? Est-ce, au moins en partie, ce que Charlotte me cache ?

Je suis sur le point de lui téléphoner pour lui demander si je peux passer chez elle quand Henry en personne me tombe dans les bras, pour ainsi dire. Comme je repars du cabinet médical, je le vois devant chez Abbott, en grande conversation avec une habitante du village, dont le nom m'échappe.

Je m'apprête à traverser pour le rejoindre quand il m'aperçoit et me fait un signe, avec un large sourire. La femme, qui est chargée de paquets, s'éloigne pour poursuivre ses emplettes.

« Joanna ! dit Henry quand je m'approche. Quelle bonne surprise !

– C'est vrai ! Que faites-vous par ici, Henry ? Vous allez quelque part ou vous avez cinq minutes ?

– Je suis venu voir si Abbott avait reçu ses nouveaux bégonias. Charlotte m'a déposé pour aller se garer et elle n'est pas encore revenue. Pourquoi ne me tiendriez-vous pas compagnie ? »

Je glisse mon bras sous le sien et nous déambulons dans les allées avec des fleurs tout autour de nous, dont le parfum embaume l'air. Il y a des soucis, des impatiens, des roses, des clématites, des azalées, des digitales, du jasmin. À travers un toit en treillis, le soleil joue entre des pots suspendus remplis de fougères et de fleurs multicolores. Partout monte une bonne odeur de terre mouillée.

« J'aime bien me promener ici, pas vous ? remarque Henry. C'est un endroit merveilleux.

– Oui, c'est charmant. Et tellement paisible.

– J'ai beaucoup aimé votre déjeuner, hier, enchaîne-t-il. Pennoryn commence à prendre tournure. C'est plus joli que jamais.

– Je n'y ai pas pris de vrai plaisir, cela dit. J'ai dû aller à un train d'enfer pour que tout soit prêt.

– Oui, la saison est trop courte… Encore que, d'après moi, c'est la croissance qui est le plus agréable. Le fait de creuser la terre jour après jour en surveillant la croissance de la graine. » Il s'arrête pour ramasser une rose d'un rouge éclatant tombée par terre. Il la porte à ses narines.

« C'est ce que je ressens toujours, dis-je, mais depuis que je suis de retour, j'ai l'impression d'avoir perdu tellement de temps ! À propos… Henry, je ne savais pas que vous vous étiez fait mal au bras ? »

Il se raidit et fronce les sourcils. Il marque une pause avant de répondre, assez en colère : « Mon bras… Oui, je crois bien. Mais comment l'avez-vous su ?

– Par Mme Albicott, chez le docteur Woolery. J'en viens.

– Mary Albicott ? Bon sang ! Je croyais que ces choses-là étaient couvertes par le secret médical !

– Oh, sûrement, Henry ! Mais Mme Albicott est une vieille connaissance. Elle croyait sûrement que j'étais au courant. »

Il a le menton qui tremble. « Eh bien, il ne suffit pas de croire en ce domaine. Ce n'est pas professionnel du tout !

– Henry, ce n'est pas grave, dis-je d'un ton apaisant, bien que je sois déroutée – et surprise – par sa colère. Je vous assure. Et je ne cherche pas à fourrer mon nez dans vos affaires. Je me demande simplement ce qui s'est passé. Vous voulez bien me le dire ? »

Il cligne des yeux vers le soleil et ses doigts tirent distraitement sur les pétales de la rose. « Eh bien, voyons voir, ma chère… Pour autant que je me souvienne, j'étais ici, en ville. Ici, chez Abbott, en fait. Il y a deux mois de ça ? Oui, c'est cela. Je venais juste d'acheter un sac d'engrais et je l'ai soulevé pour le mettre dans le coffre. Il était beaucoup plus lourd que je ne le croyais et ça m'a tiré… » Il regarde la rose et écarquille les yeux quand il voit ce qu'il en a fait. « Mon Dieu, mon Dieu… » murmure-t-il en déposant doucement ce qu'il en reste à côté d'un pot de géranium.

Je ne trouve pas de réponse. Son histoire ne correspond pas du tout à ce que Mme Albicott m'a confié. Est-il possible qu'il ne s'en souvienne pas ? Et qu'il invente ?

En outre, si Henry s'est blessé le soir même de la mort de David et qu'il ne s'en souvienne pas, qu'est-ce que cela signifie ? Maintenant que j'y pense, Henry n'avait pas de pertes de mémoire jusqu'ici. A-t-il subi, lui aussi, un traumatisme ?

Seigneur ! Sur quoi suis-je tombée ?

Et, tout compte fait, qui est impliqué ?

« Henry, dis-je prudemment, j'imagine que Charlotte a été très bouleversée par ce qui s'est passé. Je sais qu'elle veille sur vous comme une mère poule. »

Il a le regard lointain. « En fait, Charlotte était un peu… distraite, à l'époque.

– Distraite ? »

Il fait un geste vague. « Il se passait tant de choses. Et je devais la protéger elle aussi, vous savez.

– Protéger Charlotte ? De quoi, Henry ?

– Hein ? demande-t-il, comme ailleurs. Ah, mais, d'elle-même, bien sûr. Ma chère, très chère Charlotte. Quelquefois quand elle s'enflamme de la passion, elle fait des choses qu'elle regrette plus tard.

– Mais quel genre de choses ? »

Il se tait. Il a la mâchoire ballante, les yeux vides, absents, au point qu'on croirait que tout son être s'est renfermé.

Je suis secouée. Je ne sais que faire. Je regarde alentour en me souvenant que Charlotte doit venir. Où est-elle ? Pourquoi met-elle autant de temps ? Il n'y a personne dans les parages, aucune aide.

Qu'a-t-on fait, quand j'étais moi-même dans cet état, me dis-je désespérée. Qu'ont-ils fait ? Puis je me souviens qu'on me parlait… comme si je pouvais entendre.

« Henry… dis-je d'une voix douce en me penchant pour prendre un petit pot de roses. Regardez-moi ça. » Je soulève les fleurs. « C'est des Mrs Miniver, d'après le nom de cette star américaine que vous aimiez tant. Vous en avez dans votre jardin, n'est-ce pas ? Quel parfum merveilleux ! »

J'approche les fleurs de ses narines sans le toucher. Aucune réaction. J'ai les larmes aux yeux. « Vous savez, Henry, dis-je, le cœur brisé. Je me souviens, il y a des années, quand vous veniez de vous marier avec Charlotte, et que j'étais très malade, à cause d'un virus quelconque. Vous êtes venus tous les deux me chercher, chez moi, à Mevagissey. Vous m'avez emmenée à Fallston pour me soigner. Vous vous rappelez de ça ? Vous disiez que vous alliez prendre soin de moi et vous l'avez fait. Je vous revois monter et descendre ces grands escaliers blancs pour vous occuper de moi, m'apporter du bouillon et des toasts… Vous avez été si bon. »

Et, grands Dieux, si vous avez fait quelque chose de terrible – quelque chose dont vous refusez de vous souvenir – je jure de vous protéger de toutes mes forces.

Et brusquement, je me dis : Et s'il a appris que Charlotte et David avaient une liaison ? Dans ce cas, qu'aurait bien pu faire cet homme charmant pour la « protéger » ? Ne sommes-nous pas tous capables de gestes inexplicables si on nous pousse à bout ?

À moins que ce ne soit un accident ? Peut-être David et Henry se sont-ils disputés ?

Non, un accident n'expliquerait pas ces coups de couteau sauvages. Cela n'a pu se produire que sous l'effet de la colère... un crime passionnel.

« Henry... ? »

Et alors, aussi subitement qu'il était parti, le voici de retour. Il prend ma main, qu'il tapote d'une manière rassurante, le regard aussi clair et aigu que d'habitude. « Ma chère, vous ne m'avez pas l'air en forme. J'ai dit hier à Charlotte en vous quittant que vous paraissiez fatiguée. Tout va bien ? »

Je ravale mes larmes. « Oui, Henry. Tout va bien. »

Il sourit. « Joanna, ma chère, vous accepteriez le conseil d'un vieil homme ?

– Vous ne serez jamais vieux, dis-je, et j'écouterai toujours vos conseils. De quoi s'agit-il ?

– Si j'étais vous, je ne perdrais pas une minute, mon enfant. Arrêtez de vous donner tout ce mal pour Pennoryn et de ruminer le passé, et tournez la page ! Allez trouver votre jeune ami et dites-lui que vous l'aimez – et après, ne le quittez pas des yeux. On ne sait jamais quand le bonheur peut vous échapper. »

Il m'étreint la main, ce qui, pour lui, est une marque d'émotion très forte. « Oh, Henry... je sais que quelque chose ne va pas. Vous ne voulez pas m'en parler ? »

Mais son regard passe par-dessus ma tête et je me retourne pour voir arriver Charlotte, le visage rongé d'inquiétude. Les lunettes ont disparu, mais pas l'œil au beurre noir. Au contraire, il semble avoir gagné et avoir pris une teinte jaunâtre.

« Henry ! Dieu merci. Je m'excuse, je me suis garée et alors... » Ses yeux verts rencontrent les miens et se rétrécissent. « Que fais-tu là, toi ? De quoi parliez-vous, tous les deux ?

– De rien, en fait. » Je considère les Mrs Miniver. « Des roses, c'est tout. Mais, Charlotte, j'aimerais te parler seule à seule. Vous ne m'en voudrez pas, Henry ? » Je compte seulement m'éloigner de quelques pas.

Charlotte veut protester, mais Henry déclare avec un large

sourire : « Mais non, pas du tout. Allez bavarder entre femmes. Moi, je vais aller demander à Abbott s'il a reçu ses bégonias.

– Henry, vous ne vous éloignez pas ? Attendez-moi à l'intérieur.

– C'est cela. Merci, ma chérie. Et Joanna, réfléchissez à ce que je vous ai dit. »

Je prends le bras de Charlotte pour l'entraîner à l'écart de l'allée principale. « Je m'inquiète pour Henry », dis-je sans préambule, car je sais maintenant, comme elle, que celui-ci ne doit pas rester seul trop longtemps. « Charlotte, nous étions là à parler quand il a eu une absence, exactement comme l'autre jour... »

Brutalement, elle arrache ma main de son bras. « Ne te mêle pas de ça ! Occupe-toi de tes affaires, Joanna. Ne fourre pas ton nez dans nos vies !

– Écoute, je m'excuse, je voulais seulement me rendre utile. Henry a besoin de consulter un médecin.

– Ne me dis pas ce que je dois faire pour mon mari ! Bon sang ! Va épouser ton cher Michael, si c'est ce que tu veux, mais fiche-nous la paix. Et ne viens pas me chercher cette fois quand tu verras que tu as fait une bêtise. J'en ai plus que marre, tu m'entends ? »

Elle a le visage contre le mien, tellement près que je sens sa colère déferler sur moi par vagues. Pendant un bref instant, j'ai curieusement l'impression qu'elle pourrait me tuer si nous étions ailleurs. Puis elle tourne le dos et se précipite sur les talons d'Henry.

17

Je quitte le magasin d'Abbott déprimée, puis furieuse. J'en ai assez de l'attitude de Charlotte depuis mon retour, assez qu'elle croie savoir mieux que moi ce qui me convient. Elle pourrait s'inspirer de son mari pour se montrer plus objective et moins intransigeante. *Allez trouver votre jeune ami et dites-lui que vous l'aimez*, m'a conseillé Henry. *On ne sait jamais quand le bonheur va vous échapper*.

À voir ce que Henry traverse aujourd'hui, je peux seulement me dire qu'il sait de quoi il parle. Quant au reste – sa blessure au bras et comment c'est arrivé – on m'a priée de rester en dehors. Et c'est exactement ce que je vais faire, me dis-je bien décidée, en roulant vers Mevagissey. Sans l'accord de Charlotte, je ne peux pas aider Henry. Et remuer ce qui s'est passé la nuit du meurtre pour exhumer des secrets auxquels je ne comprends rien, pas question. À quoi bon ? Ce qui est fait est fait. La vérité ne rendra pas la vie à David. Sans compter la souffrance que cela pourrait causer à chacun de nous.

Pour le moment, je compte me limiter à mes préparatifs de mariage. De cette façon, au moins, je ne décevrai pas Michael.

En entrant à Mevagissey, j'aperçois sa Range Rover garée devant la galerie. Il y a de grandes caisses à l'arrière, et j'imagine que ce sont les toiles qu'il déménage pour son exposition londonienne. Je poursuis mon chemin dans l'idée de faire mes courses. Je ferai un saut au retour pour le surprendre, puisqu'il ne m'attend pas avant ce soir. Je me gare trois rues plus loin, devant la boutique de laine qui se situe au cœur du centre commercial, et je reste assise un moment pour reprendre mon souffle. Je suis morte. Toute cette histoire avec Charlotte et Henry m'a vidée. En fin de compte, j'aurais pu trouver mieux que faire les boutiques aujourd'hui – comme m'asseoir au jardin, à Pennoryn, et observer mes oiseaux.

Allez, debout ! Tu veux avoir l'air d'une pauvresse pour tes noces ?

Dans les boutiques, j'ai du mal à m'intéresser aux vêtements. J'élimine une robe après l'autre. Pour finir, en m'approchant de dessous assez révélateurs, je me souviens comment j'ai gâché cette soirée qui aurait pu être magnifique avec Michael, après *L'Auberge perdue*. Comment ai-je pu être terrorisée à ce point ? C'est déprimant. J'ai l'impression de m'être comportée comme une gamine.

En songeant à cela, je remarque un long peignoir en soie blanche, de style chinois, avec trois attaches turquoise genre brandebourg. Un style classique, simple, qui me ressemble plus que les vrais déshabillés alignés sur les portants. Je pense à Michael – nous deux réunis, et moi dans ce vêtement pour lui – et, tout à coup, je suis saisie d'impatience. J'imagine ses mains qui me touchent à travers l'étoffe comme il ne l'a encore jamais fait. J'imagine mon corps qui réagit. J'imagine que c'est là, maintenant. Pas dans trois jours, mais cette nuit.

Je vais l'inviter à dîner à Pennoryn. Nous devions nous retrouver au restaurant – pour compenser, après le travail de la veille. Mais je vais plutôt lui mijoter un repas en amoureux. Même si je ne suis pas très bonne, en m'appliquant, je peux m'en tirer. Ce sera un cadeau, une façon de lui prouver ma reconnaissance. Je vais préparer un plat à ma façon, genre carré d'agneau avec des pommes de terre sautées et des légumes frais, cuits à la vapeur comme il les aime. Je vais acheter une bonne bouteille et il y aura des fleurs et des bougies sur la table. Je peux acheter les bougies chez Weatherby et le vin au bout de la rue, chez Parnelli.

Je n'ai plus de tourne-disque pour l'ambiance, mais j'ai trouvé une bonne station de musique classique à la radio. Et après…

Après, je lui montrerai mon peignoir chinois.

Le visage me brûle à cette idée. Je suis nerveuse, je prévois effrontément comment cela va se terminer.

Soulagée d'avoir autre chose en tête que Charlotte et Henry, je fonce dans le magasin, achète ceci et cela, un slip, des dessous, du parfum, du savon qui adoucit la peau. Puis dans une minuscule boutique, au bout de la ruelle, je découvre la robe de mariage rêvée. En coton blanc cassé, mi-longue, avec de minuscules roses blanches brodées autour du col et de l'ourlet. Trop chichiteuse pour être portée lors d'une autre occasion, mais parfaite pour un gentil petit mariage de campagne. La guirlande de fleurs est presque assortie aux ornements de ma bague de fiançailles.

J'étudie mes ongles. Ils sont affreux, après le travail au jardin et dans la maison. Et il faut encore que je fasse l'argenterie et le ménage au salon après la réception d'hier. Ensuite, il y aura les nappes à laver, à repasser…

Vite, je paie la robe et me précipite chez Cullender pour acheter des bâtonnets, des polissoirs, des limes et un flacon de vernis à ongles rouge vif. Il y a des parfums, sur une table, j'en essaie un, dont je m'asperge le bras et que je renifle. Il est léger, une senteur de lilas. *Parfait*. Ce soir, tout doit être parfait.

La circulation est plus intense que d'habitude et, quand je descends du trottoir avec mes paquets, je me fais presque renverser par un camion qui déboîte. Je traverse en courant. *Ralentissez*, me dit la voix du docteur Shahi, *prenez le temps de réfléchir*. Sauf que réfléchir ne m'a pas apporté beaucoup de joie ces temps-ci, plutôt du chagrin. Réfléchir, c'est ce qui me hante la nuit. Je suis décidée à être vraiment heureuse pour la première fois depuis longtemps et rien ne m'arrêtera.

Le Cygne bleu est à côté. Je cours, je vole, impatiente de retrouver Michael. *Viens à Pennoryn, ce soir*, lui dirai-je. *C'est moi qui fais la cuisine, cette fois, et après…*

« Après » se dresse devant moi, telle une ombre tapie derrière un arbre. Je sais qu'elle est là et j'ai l'audace, assez d'audace maintenant pour regarder, même si j'ai encore un peu peur de ce que je vais voir. Le cœur dans la gorge, mais l'espoir dans la voix. Je fonce dans la galerie, de l'autre côté de la rue. J'ai dans les bras des paquets, des boîtes et des sacs de toutes dimensions. Je claironne : « Michael ? Tu es là ? » Sur le coup, je ne le vois pas.

Ensuite, si.

Appuyés au petit bureau blanc, ils ont renversé l'orchidée noire, tellement ils sont pris par ce qu'ils font. Elle est couchée sur le côté, mais personne ne le remarque à part moi. Annette et Michael, dans les bras l'un de l'autre, s'embrassent. En entendant ma voix, ils se séparent et se retournent vers moi d'un seul geste – elle, boudeuse, les lèvres enflées. Michael, ahuri, bouche bée. « J… Jo ! » bégaie-t-il, le visage écarlate d'abord, puis livide.

Pendant un long moment, je suis incapable de bouger. Je reste absolument immobile. Mes lèvres remuent, mais aucun son n'en sort. L'espoir me reste en travers de la gorge, au risque de m'étrangler.

Michael avance, il tend la main. « Ce n'est pas… ce n'est pas ce que tu crois. Jo… oh, mon Dieu, ne prends pas cet air-là ! »

J'entends des coups, ce sont mes paquets qui sont tombés par terre, et mes mains pendent inertes à mes côtés. Je suis figée, muette. J'ai l'impression de devenir folle. Ma vue se brouille. Je disparais, la pièce autour de moi perd son éclat. Quelqu'un parle, mais la voix s'éloigne. Dans un instant, elle aura disparu.

C'est ce que j'ai ressenti le soir où David est mort. Après pendant des mois... plus rien.

Et c'est ça qui me sauve. Non ! Je ne replongerai pas dans cet abîme. Je ne leur permettrai pas de me faire ça. Plus jamais… personne.

La colère m'envahit et sa chaleur me fait du bien. Je suis en vie, je le vois, je suis sur mes deux jambes. Michael se tient devant moi maintenant et je lui balance ma main qui s'abat de toutes mes forces sur sa joue. « *Menteur !* » Une zébrure rouge se forme sur la peau pâle et il chancelle. Annette s'appuie négligemment au comptoir, tel un chat guettant deux oiseaux qui se chamaillent. Quelle que soit l'issue du combat, la victoire sera sienne.

Cela seul aurait pu m'arrêter. Le fait de ne pas vouloir qu'elle gagne. Mais la douleur était insoutenable. Quand Michael s'est avancé pour me prendre par les épaules, j'ai levé les bras pour me dégager. « Ne me touche pas ! Ne me touche plus jamais !

– Écoute-moi ! Écoute seulement. » Ses mots viennent de loin. Dans ma tête, je cours, je cours à travers les fourrés, par dessus le mur de pierre, dans les bois au fond du vallon – pour fuir le visage de David, loin de *sa* voix.

Je trouve à tâtons le loquet de la porte, et sors en vacillant sur le trottoir. Je trébuche. Je sens la main de Michael sur mon bras. Elle m'imprègne de son eau de cologne et je veux rentrer pour me doucher, vite, l'enlever, arracher son souvenir de ma peau.

Les passants sont flous. Je bouscule quelqu'un et j'entends jurer, mais je ne pense qu'à retrouver l'abri de ma voiture. Elle est à trois rues d'ici et je cours à m'en faire éclater la poitrine – enfin, ça y est, j'y suis, je fourrage dans mon sac pour trouver les clés, les glisser dans la serrure, fermer les portières. Mon souffle est si oppressé que chaque inspiration me fait mal.

Puis, brusquement, c'est fini, je n'arrive plus à respirer. Ma mâchoire devient rigide et j'ai des taches noires devant les yeux. *Je vais mourir*. Je porte les mains à ma gorge, mes ongles s'enfoncent dans la chair, puis retombent sur le volant, les larmes viennent. C'est comme un coup en pleine poitrine, qui me rend le souffle. Je me rends compte qu'on frappe à la vitre ; c'est Michael. « Jo, je te jure, il n'y a jamais rien eu, crie-t-il en secouant la poignée de la portière que j'ai verrouillée. Laisse-moi t'expliquer ! » Mes mains tremblent, j'enfonce la clé de contact et, une seconde plus tard, je démarre. La voiture fait un soubresaut. Mon pied sur l'embrayage est mal assuré. Mais le soubresaut me fait du bien, un vrai coup de fouet. Plus je m'éloigne, plus je me sens forte.

Les mots tournent dans ma tête, sans fin : *Qu'elle le prenne, il n'en vaut pas la peine*. Je ne sais pas de qui je parle, de Michael ou de David. Toutefois, c'est le visage de David qui est devant moi tandis que je fonce vers Pennoryn.

18

Quelques heures à peine ont passé. Je suis allongée sur mon lit et autour de moi, il y a des fantômes. Le visage de Michael se superpose à celui de David, ses fautes plus encore. S'il a menti pour Annette, sur quoi d'autre a-t-il pu me mentir ? Je cherche mon ami d'enfance parti à la dérive dans le paysage de mon cœur. Mais il n'est plus là, il n'y a plus rien.

Quant à David, c'est comme si un barrage avait cédé. Me reviennent à présent des souvenirs obscurs, abominables, que j'avais enfermés dans un recoin de mon esprit pour ne pas les affronter. David partant à Londres sans moi pour le week-end, David rentrant à la maison, les vêtements imprégnés d'un drôle de parfum. Puis, un soir, David qui me demande de faire des choses… des horreurs.

« Où diable étais-tu ? » lui dis-je, le regardant dans la glace en me brossant les cheveux. Je porte un teddy de satin rouge et un déshabillé coordonné que je n'aime pas, car ils ne me ressemblent pas. Mais David les a rapportés de Londres en me demandant de les mettre. Nous sommes mariés depuis trois mois seulement et je désire plaire à mon mari. Il passe de plus en plus de temps loin de moi et je pense que c'est de ma faute.

« Je t'ai dit où j'étais, Joanna. J'avais rendez-vous avec un agent. Pourquoi tu me presses de questions ? » Il retire sa veste grise, qu'il accroche avec soin au dossier d'une chaise. Il défait

sa cravate qu'il garde à la main sans me quitter des yeux. Je frissonne, comme si la température venait de chuter.

« Tu m'avais dit que tu rentrerais hier soir. J'étais inquiète. »

Un muscle de sa mâchoire se contracte. « Inquiète ? Vraiment ? Eh bien, ma chérie, je suis là maintenant. » Il s'approche par-derrière, la cravate à la main. Il a un regard impénétrable, fixé dans le vide. Il a l'air de voir quelqu'un d'autre à ma place. J'ai la bouche sèche et le pouls qui bat la chamade. J'ai une peur folle.

« David ? »

Il se presse contre mon dos. Sa main caresse légèrement mes cheveux, mon cou. Je me dis : Tout va bien, il n'y a pas à avoir peur. Mon déshabillé l'excite, c'est tout. Je le regarde dans la glace et me force à sourire. Il me répond. Puis sans prévenir, il me plaque contre lui. Une main descend et m'agrippe le sein si fort que je crie. L'autre main s'écrase sur ma bouche. Je me débats mais je ne peux ni bouger ni émettre un son.

Terrifiée, piégée, je me sers de mes deux mains pour le repousser. Mais il m'attrape les poignets, me les tord dans le dos et les attache avec la cravate. Il tire tellement fort que la peau me brûle, le sang cogne dans mes mains. Je me mets à pleurer, je le supplie : « Je t'en prie, ne fais pas ça. » Je le vois dans la glace qui rit doucement. « Mais ça te plaît, comme ça, hein ? Tu aimes ça, comme tes frères faisaient. C'est bon, non ?... d'être incapable de te débattre. »

Un vrai cauchemar. Une main se plaque de nouveau sur ma bouche et il plonge l'autre dans la poche de sa chemise. Il en tire quelque chose de brillant – une petite attache en argent. Ça ressemble aux pinces dont il se sert pour rassembler ses manuscrits, mais celle-ci a un bord tranchant, déchiqueté. Sous mes yeux horrifiés, il l'approche de ma poitrine. Je secoue la tête violemment en essayant de me libérer. David me tient dans un étau et referme l'attache d'un coup sec sur le bout de mon sein. La douleur est atroce. Je hurle sous sa main et crois m'évanouir.

Alors, la main de David descend entre mes cuisses et commence à me caresser à cet endroit. « Tu vas voir, me chuchote-t-il à l'oreille, tu vas voir... C'est tellement meilleur comme ça. Tu le sens, Joanna, tu le sens venir ? »

Et, horrifiée, je le sens, je sens monter l'orgasme. Je le sens monter à travers la douleur, à travers la déchéance. Je nous vois dans la glace, David qui me caresse, mes seins rougis et je sens la douleur, mais aussi cette autre chose. Le plaisir me prend par surprise, malgré moi, et j'éprouve alors la pire, la plus infâme des humiliations.

C'est le train fou qui fonce dans la nuit.

Après cette nuit-là, j'appris à conserver un plant d'aloès sur le bord de la fenêtre de la salle de bains et, au besoin, j'en cassais un bout pour panser mes blessures. Je restais couchée dans mon lit, ces nuits-là, à fixer le plafond en attendant que David se lève, fasse sa toilette et aille dans son bureau. J'essayais de ne pas bouger, de peur qu'il ne recommence. Le lendemain matin, il se réveilla, s'étira paresseusement, bâilla et se tourna vers moi, tout souriant : « Je ne t'ai encore jamais vue jouir comme ça, dit-il. Je t'avais dit que c'était mieux, non ? »

J'ai envie de rentrer sous terre quand ça me revient. Je ferme les yeux en espérant chasser ces images, mais au contraire, elles deviennent plus aiguës, plus nettes. Je me souviens d'avoir fermé les yeux pour ne pas voir ce que faisait David. Mais quand je les fermais, la douleur devenait plus forte et j'appris bientôt qu'il le faisait exprès, qu'il voulait que je regarde ou sinon, il me punissait.

Ce n'était que le début. Les instruments de torture – d'amour, comme David les appelait – étaient multiples et variés. « Éros a un côté sombre, me dit-il un soir. Les Grecs savaient que l'amour est un paradoxe. Jung appelait Éros un "démon" – mais lui aussi reconnaissait qu'il pouvait nous conduire vers les plus hauts sommets. » Les Éros sculptés sur les colonnes du lit me lorgnaient d'un air goguenard.

Un jour, ne pouvant croire ce qu'il me disait de Jung, je pris un livre dans la bibliothèque. J'avais raison. « L'activité du démon, écrivait-il en réalité, va des espaces infinis des cieux aux sombres abîmes de l'enfer. »

Je n'en ai jamais parlé à personne, pas même à Charlotte. J'avais juré d'aimer mon mari pour le meilleur et pour le pire, aussi je prétendis que tout allait bien. Je parvins même à croire qu'aussi cruel que ce fût, cela faisait partie de la vie de femme mariée. Le problème venait de mon ignorance, je ne comprenais rien. David, qui avait tellement plus d'expérience que moi, allait m'apprendre.

On frappe à la porte et je me rends compte que je dormais. Je me débats contre le sommeil. Mes yeux sont gonflés par les larmes. J'y vois à peine. Je tourne mon visage contre l'oreiller.

On continue de frapper, pas fort, mais avec insistance. Je me glisse au pied du lit et enfile une robe de chambre. Je marche lentement vers la porte, les jambes lourdes, traînant les pieds. Je pense tout le temps à Michael et à ce qu'il va dire. Va-t-il s'excuser, demander pardon, inventer une histoire ? Ou va-t-il dire : « Je regrette, Jo. Elle me plaît depuis toujours. Ça a fini par sortir et je n'ai pas pu m'en empêcher » ? Et après, salut et à la prochaine.

Ma main moite glisse sur le verrou. Je préférerais tourner les talons, courir me remettre au lit et tout oublier. Mais on frappe encore. En prenant une profonde inspiration, je tourne le verrou et ouvre la porte.

Ce n'est pas Michael qui se tient sur le pas de la porte. C'est Charlotte.

Elle est assise sur le lit, à côté de moi. Je suis une vraie chiffe molle, trop épuisée pour rester debout. Charlotte a remonté les oreillers et fait du thé en posant une tasse sur ma table de chevet. Il refroidit. Je lui ai parlé de Michael et au lieu de dire : « Je te l'avais bien dit », elle m'a tenu la main d'un air compatissant, comme lorsque nous étions enfants, en se taisant. Pourtant, il y a tant de tumulte dans ma tête que je suis étonnée qu'elle ne l'entende pas.

Je demande enfin : « Qu'est-ce qui t'amène, Charlotte ? »

Elle a un air doucement ironique : « Je voulais m'excuser… et te dire que je serai ta demoiselle d'honneur si tu le veux toujours. Joanna, je n'aime pas ces malentendus entre nous. Mais je suis tellement inquiète…

– À cause d'Henry ? »

Elle me caresse la main. « Évitons le sujet d'un commun

accord, tu veux bien ? Occupons-nous simplement de toi. Que puis-je faire d'autre ? »

Comme pour répondre à sa question, un oiseau s'approche de la fenêtre et bat des ailes contre la vitre, déclenchant un carillon argenté. J'ai oublié de remplir la mangeoire. « Très bien, très bien, lance-t-elle en riant. Mais attends un peu, tu veux ?... Joanna, c'est incroyable, ce don que tu as pour les oiseaux. Je te revois, assise dans la véranda, chez moi, quand nous avions seize ans, et tu semblais les attirer – sans rien dire, par ta seule présence. En cinq minutes, il y avait des oiseaux de toutes sortes qui voletaient autour de nous. »

J'esquisse un sourire. « Tu m'as accusée de sorcellerie.

– Bon, depuis, j'ai vu un homme en Inde faire la même chose. C'était en pleine campagne, je me rappelle, il était assis par terre à la manière pandit, entièrement vêtu de blanc, tu sais, il restait sans rien dire et les oiseaux venaient vers lui. Comme ces histoires sur saint François.

– Le docteur Shahi t'expliquerait que c'est une question d'énergie. “Tout à fait normal”, dirait-il.

– Je pense qu'il a raison. Tu possèdes cette énergie, Joanna. Tu as toujours eu le truc pour te faire aimer des gens. »

Je la regarde.

« Bon, je sais, je sais, ce n'est pas le jour pour te dire ça. Mais tu ne vois pas à quel point l'idée que tu as de toi-même est erronée ? Évidemment, ce n'est pas surprenant, après ce que ta famille t'a fait subir.

– Charlotte, je t'en prie, pas aujourd'hui.

– Entendu. Je voulais juste dire que tu donnes tellement d'amour qu'il est normal que ça te revienne. Alors pourquoi ne pas te contenter pour aujourd'hui de tes oiseaux – et de moi ? »

Elle me presse la main et je vois son affection dans ses yeux.

« J'ai une idée, dit Charlotte en se levant d'un bond avec ce rire argenté que je lui connais. Tu te souviens, quand nous étions jeunes et que l'une de nous était malheureuse pour une chose ou une autre – un professeur injuste, ou une camarade de classe – et qu'on courait pour pleurer sur l'épaule l'une de l'autre ? Tu te rappelles de ce qu'on faisait ? »

J'essaie de réfléchir, quoi qu'il m'en coûte. « On faisait cuire des biscuits dans la cuisine de ta mère ? »

Elle s'esclaffe, ce qui, pour Charlotte, est une façon de sortir de sa réserve. Elle fait tout ce qu'elle peut pour avoir l'air pleine d'entrain. « Je doute qu'un seul biscuit soit jamais sorti de la cuisine de ma mère ! » s'exclame-t-elle.

Non, me dis-je. *Ça, c'était avec Michael, chez sa mère à lui, dans sa cuisine.*

« Tu ne te rappelles pas ? insiste-t-elle. On prenait des seaux et des pelles et on allait sur la plage la plus proche pour construire un château de sable. Comme des enfants. Ça avait quelque chose de si pur, de si fondamental… ça effaçait tout le reste. »

Je secoue la tête. « Je n'ai pas le temps de bâtir des châteaux de sable. J'ai tellement à faire pour le… »

Pour le mariage. Et je réalise brusquement que le mariage, c'est fini. J'ai tout mon temps.

Charlotte s'approche et me reprend la main.

« Tu m'as, moi, Joanna. Si tu t'en contentais pour le moment ? »

Charlotte n'arrive pas à me convaincre de m'habiller correctement pour aller à la plage. Nous parvenons toutefois à un compromis : la mare. J'enfile un jean et un tricot, et Charlotte m'emprunte un vieux pantalon, une chemise et des tennis. Tout est un peu trop grand pour elle, mais elle se passe une ceinture autour de la taille et s'amuse à faire des bruits sourds avec les tennis en trébuchant un peu sur le sol inégal. Nous avons l'air de deux clochardes dans nos vêtements dépenaillés.

Au bord de l'étang, nous considérons la surface immobile de l'eau. Les grillons chantent et le vieux crapaud qui se montre chaque année ne cache pas qu'on le dérange. Les canards se taisent. Ils nagent langoureusement en se contentant de faire une ride ici ou là.

« Quelle belle journée, remarque Charlotte en respirant à fond et en soufflant. Pas un nuage à l'horizon.

– Oui, on est bien ici, en juillet. »

« Ça va mieux ? » demande Charlotte.

Je la regarde. Le soleil de fin d'après-midi est encore éblouissant, il fait mal aux yeux. Les larmes me viennent. Est-ce parce que Charlotte est de retour ? C'est bon de retrouver la Charlotte que j'ai toujours aimée. Je sais qu'elle peut être comme ça, qu'elle peut envoyer promener tout ce qu'elle est devenue en épousant Henry pour redevenir ma Charlotte, une gamine adorable et rigolote qui, encore à seize ans, aimait patauger dans la boue.

« Presque, dis-je. Merci.

– Chaque jour sera moins dur, ma chérie. Tu verras.

– C'est juste… Ça me paraît bizarre. Je ne comprends pas comment j'ai pu être aussi bête. Tu m'avais mise en garde à leur sujet. Pourquoi ne m'en suis-je pas rendu compte ? »

Michael avait plein de copines à l'école, il flirtait toujours avec l'une ou l'autre. Et à *L'Auberge perdue*, il m'a dit que c'était juste des passades. « *Ça me rendait fou d'essayer de rester loin de toi.* »

Est-ce qu'il s'agissait de la même chose aujourd'hui ? Est-ce qu'en le repoussant je l'ai jeté dans les bras d'Annette ? Ou étaient-ils ensemble depuis le début ?

« Tu sais, Char, j'oublie quelquefois que Michael a eu ses propres problèmes. Son père ne battait pas sa mère, mais il était froid et méchant, et quand il est mort, Michael a dû le remplacer comme chef de famille. Et même avant, il faisait de son mieux pour protéger sa mère, mais elle se laissait faire, elle se laissait réduire à néant. Il pouvait se mettre dans une rage noire contre son père, mais aussi contre elle, parce qu'elle ne se défendait pas. Et puis son père est mort au cours d'une partie de pêche, il s'est noyé sous ses yeux. Ç'a dû être terrible pour lui. »

Charlotte se tait un instant. Puis elle me demande, l'air atterré, en m'empoignant le bras : « Mon Dieu, Joanna, tu te rends compte de ce que tu viens de dire ?

– Non, quoi ? »

Ses doigts se resserrent. « Tu m'as dit que Michael cherchait à protéger sa mère… qu'il en voulait à son père qui la faisait souffrir… et que son père est mort quand ils étaient partis pêcher tous les deux. Je n'en savais rien.

– Et alors ? Qu'est-ce que ça peut faire ?
– Bon sang, Joanna, tu ne trouves pas ça curieux ?
– Curieux ? Pourquoi ?
– Ne fais pas l'idiote ! Et si ce n'était pas un accident ?
– Tu penses que Michael… Oh, vraiment, Char. Ç'a été terrible et j'essayais seulement de dire que ç'a dû lui laisser plein de mauvais souvenirs qui le perturbent encore aujourd'hui. Alors, je t'en prie, ne commence pas. »

Elle laisse retomber la main. « Très bien. Je regrette ce que j'ai dit. Franchement, je me fiche de ce que Michael Lamb a fait ou pas, à son père ou à d'autres. Maintenant que tu ne le verras plus et qu'il ne peut plus te faire de mal, c'est sans importance. Mais écoute, Joanna… tu ne vas pas te laisser attendrir et remettre ça avec lui ?
– Non, bien sûr. Pourquoi le ferais-je ? Il est évident qu'il ne veut pas de moi. Tu es vraiment acharnée.
– Ah bon ? Ma petite chérie, tu crois peut-être que je ne sais rien, que j'ai vécu dans un cocon entre les réceptions et les voyages… »

Je lève les mains pour l'arrêter et me remets debout, mais elle se redresse à son tour et me retient par les épaules. « Non, tu vas m'écouter. Je sais au moins ça. Plus jamais *personne* n'aura de pouvoir sur nous. Tu m'entends, Joanna ? *Plus jamais.* »

Son air farouche me déconcerte. Le rouge lui monte aux joues et elle a les yeux qui brillent. Elle me fait penser au jour où nous nous sommes rencontrées pour la première fois, à sa fureur devant les filles qui voulaient lui faucher son carnet.

« Bon sang de bon sang, Char, qu'est-ce qu'il y a ? Dis-le-moi. »

Elle secoue la tête. « Peu importe. Ce qui compte, c'est que nous soyons solidaires, que nous nous tenions les coudes. *Tu dois me le promettre*.
– Oui, oui, bien sûr. Je te le promets. »

Mais un vent froid me traverse et, quand je lui touche la main, elle est glacée.

Charlotte est partie. Le soleil descend derrière la colline. Je suis assise sur la banquette, pelotonnée sous une couverture, et mes pensées oscillent d'un extrême à l'autre, de la colère au chagrin et retour. Michael ne m'a pas appelée, il ne s'est pas montré, et il paraît de moins en moins vraisemblable qu'il le fasse. Je songe à lui téléphoner. Quelque chose au fond de moi veut *savoir* avec certitude, sans l'ombre d'un doute. Une voix minuscule garde espoir en dépit de tout : *Peut-être me suis-je trompée. Peut-être a-t-il vraiment une explication, qui sera suffisante*. Mais quand je tends la main pour décrocher, je pense à Annette, qui va se faire un plaisir de me susurrer : « Comment vous faire comprendre qu'il ne vous aime pas ? Pourquoi ne le laissez-vous pas tranquille ? » Pire, si c'était Michael qui me répondait plus ou moins la même chose ?

Dans l'intervalle, j'ai le temps de repenser à cette scène abominable qui m'est revenue à propos de David. Je comprends d'où vient le déshabillé en satin rouge. Je comprends aussi la colère que j'éprouve pour David depuis mon retour à Pennoryn. En revanche, je ne comprends pas comment j'ai pu tolérer ce genre de choses une minute, moins encore pendant plus d'un an.

Quant à Michael, je me rends compte que je connais mal l'homme qu'il est devenu. Et curieusement, maintenant que Charlotte n'est plus là pour me jeter cette idée à la figure, je suis presque prête à croire qu'il aurait pu assassiner David.

S'il est tombé sur une scène aussi épouvantable que celle dont je viens de me souvenir, une scène tout aussi atroce que celle qui s'est déroulée, il y a bien longtemps, sur les falaises, n'aurait-il pas fait n'importe quoi, poussé par le besoin instinctif de me protéger ? Tout comme il a protégé sa mère contre son père pendant son enfance.

Il ne s'agit pas de quelque chose qu'il aurait prémédité, ni de savoir s'il est « capable » ou non d'un meurtre. Quiconque, d'après moi, peut tuer dans la fièvre du moment s'il a de bonnes raisons. Il reste la question : Cela s'est-il passé ainsi ? A-t-il frappé sous l'effet d'une pulsion et de la fureur ?

J'ai cru qu'Henry avait pu agir de cette façon. Pourquoi pas Michael ? En tout état de cause, quand je pense à cette horrible nuit, je me demande si je n'en étais pas arrivée au point de tuer David moi-même.

Plus déroutant encore, peut-être, j'ai l'impression que je pourrais accepter avec la même aisance n'importe laquelle de ces éventualités. Des souvenirs d'autres nuits avec David me reviennent et ma colère grossit. Elle est tel un monstre libéré de ses chaînes et le monstre rugit à mon oreille : *il a mérité sa mort.*

Mes paroles résonnent en écho de celles de Michael à Gregg, son ami : *il ne l'a pas volé.*

Je ne puis supporter de rester assise plus longtemps. Je repousse la couverture, attrape un pull sur le portemanteau près de la porte et je sors. Je ne m'attarde pas dans la véranda, car je sais précisément où je veux aller. Sans regarder à droite ni à gauche, je traverse le jardin en direction du muret de pierre qui me sépare de la prairie.

Une partie de moi sait que je reproduis un autre comportement. Ça m'est tellement familier, de courir ainsi dans la prairie parce que David m'a fait mal ou rendue malheureuse. C'est mon refuge.

C'est le crépuscule maintenant dans la prairie. Il n'y a pas d'étoiles, seulement des nuages, et je me demande si je vais m'asseoir sur le sol humide pour me laisser mourir de froid plutôt que de reconnaître que l'amour reste un mystère pour moi.

Je n'ai jamais eu confiance en l'amour. Même lorsque j'ai rencontré David la première fois, je ne faisais pas confiance en l'amour. Cette rengaine des *je t'aime, l'amour toujours, je ne désire que toi.* Et bien avant cette première nuit abominable avec David – celle du train fou dans la nuit – je savais que c'était fini. Les nouveaux jouets qu'il rapportait de Londres prouvaient seulement à quel point cela pouvait empirer.

Je cherche dans mes souvenirs quand je me suis doutée pour la première fois de ce qui m'attendait. D'abord les orties... et puis quand David a tué les bébés souris que nous avions trouvés au grenier.

Pour qu'ils aient disparu aussi vite, il fallait qu'il les ait tués. À un moment donné, je les tenais contre moi. L'instant d'après, ils avaient disparu.

Par la suite, il ne se contenta plus des orties. Il y eut des petites choses qui faisaient mal, comme par accident, mais, le matin, j'avais des bleus. Je me mis à ne porter que des chemises à longues manches et à col montant.

Cela a vraiment commencé peu après la visite de Michael, le jour où il m'a offert le lièvre sculpté. Nous étions mariés depuis trois mois et David ne voulait toujours pas de visites. Il n'aimait pas la manière dont Charlotte « se mêlait de tout », comme il disait, par exemple d'organiser des dîners dont il ne voulait pas entendre parler. Puis Michael a débarqué, de retour de Paris, et David est devenu jaloux en me posant mille questions sur ce qu'on avait dit et fait.

« Tu aurais pu te joindre à nous, avais-je répondu. Nous te l'avons proposé. » Mais David avait refusé ; il avait un chapitre à finir et il préférait qu'on aille se promener sans lui.

Mais il me piégeait parfois de cette façon, comme s'il me forçait à lui déplaire. Ensuite, il avait une bonne excuse pour m'en vouloir et, quel que soit le châtiment qu'il m'infligeait, je l'acceptais sans protester, puisque je me sentais fautive.

Je finis par devenir une ombre, qui glissait en silence dans la maison en espérant passer inaperçue. *S'il ne me voit pas, il ne trouvera pas de raisons de m'en vouloir…*

Un corbeau croasse fort au-dessus de ma tête, encore un mauvais présage, dirait Robert. Je sursaute, tellement j'ai les nerfs à vif. Penser à David et à Michael me noue l'estomac. J'ai les poings tellement serrés que les ongles m'entrent dans la chair. Tout autour de moi, des voix se font entendre, un chœur tout entier de gens qui prétendent me connaître mieux que moi-même. Le docteur Shahi attaque : *Les femmes qui ont subi des actes de violence attirent des hommes qui reproduisent le même schéma.* Charlotte renchérit : *Personne n'aura de pouvoir sur toi, plus jamais.* Henry ajoute, pianissimo, bien sûr : *On ne sait jamais quand le bonheur s'en ira.*

Eh bien, en ce qui me concerne, le bonheur n'a pas de temps à perdre. Et je sais fichtrement bien à qui la faute. À moi.

Toute ma vie, je me suis laissé faire par les uns ou les autres. Je me suis rarement défendue, sauf depuis peu. Et encore, pas assez. Je n'arrête pas de retomber.

Autant appeler tout de suite le docteur Shahi : « Je serai à Whitehurst demain matin. Je viendrai trois fois par semaine aussi longtemps que vous le voudrez. » Nous pourrions reprendre nos gentilles petites discussions en admirant ses plantes, et il pourrait m'hypnotiser ou faire ce qu'il a prévu. Puis, dans un an ou dans sept, peut-être y verrions-nous plus clair ?

Sauf que parler ne me suffit plus. Le monstre de la colère me ronge ; il menace de me dévorer le cœur. Même si je n'ai pas les idées parfaitement nettes, je sais qu'avant de sombrer, je dois tenter de reprendre ma vie en main.

19

Il est huit heures et demie quand j'arrive à Mevagissey, c'est l'heure du dîner pour ceux qui travaillent de longues heures au chantier naval. Je suis assise dans ma voiture au pied de la colline et j'imagine ce qui m'attend.

Impossible, bien sûr, de voir à l'intérieur. Chaque fenêtre est recouverte de rideaux marron fanés. Ma mère les a accrochés avant ma naissance contre les vents venus de la Manche. À moins qu'elle n'ait su, déjà à l'époque, qu'elle en aurait besoin un jour contre le regard des curieux ? Quand je suis devenue grande, c'était à moi de les décrocher au printemps pour les laver, et je demandais qu'on ne les remette pas pendant l'été, pour laisser pénétrer la lumière et l'air frais. Ma mère refusait. Toute la ville observerait chacun de nos gestes, disait-elle, ce qui était sans doute le cas. Ils reprenaient donc leur place. Les pièces étriquées redevenaient obscures et fétides.

Je trébuchais sans arrêt sur des objets. L'éclairage intérieur était mauvais, car mon père ne voulait pas d'ampoules au plafond. Était-ce pour économiser ou craignait-il, lui aussi, ce que les voisins pourraient voir ? Par conséquent, le plus souvent, les couloirs étaient noirs comme la poix, non seulement la nuit, mais aussi ces jours où les vents soufflaient et le ciel était plombé, tel le fond d'un seau d'eaux grasses.

Je tapote rageusement le volant du bout des ongles. J'ai l'estomac qui fait des vagues, mais je serre les dents en vue de l'expédition. C'est ainsi que ça m'apparaît – une expédition dans le passé, dans un endroit que j'espérais ne plus jamais revoir. Je redémarre et roule jusqu'au sommet de la colline, où je me gare et je reste un instant auprès de la voiture. L'entrée, comme c'est de coutume ici, se trouve au grenier. Il y a une petite porte. Pas de lumière.

Je cherche dans ma poche la clé que j'ai retrouvée dans une boîte de vieilleries au fond de ma penderie. Elle proteste. La serrure est rouillée par des décennies d'air marin, mais elle fonctionne. C'est bien. Je risque d'avoir un léger avantage si je les prends par surprise.

Les marches qui descendent du grenier sont obscures, étroites et tournent, plus traîtresses que dans mon souvenir, et l'odeur plus répugnante. Alors que mes pas sont silencieux, je crois entendre encore les bottes de mon père et de mes frères marteler l'escalier, quand ils rentraient le soir – *clac, clac, clac*. Dans la cuisine, à dix, onze, douze ans, je tremblais à ce bruit, avec une seule envie, me cacher, partir n'importe où. Mais j'étais trop petite pour m'enfuir et j'étais là quand ils entraient. Je remuais le contenu d'une casserole, mettais la table, faisais chauffer la bouilloire pour le thé. J'étais un bien qu'on possède, une propriété, invisible jusqu'à ce qu'on veuille de moi et là, mieux valait que mon corps soit à portée de main.

Ils ne faisaient pas tout de suite attention à moi, bien sûr. D'abord, ils fonçaient sur le réfrigérateur pour la bière. Puis ils se débarrassaient des bottes, qu'ils laissaient pleines de boue et couvertes de boyaux de poisson au milieu de la pièce. Si je ne les ramassais pas, Ian me donnait un coup de pied derrière le genou au moment où je m'y attendais le moins, quand j'allais de la cuisinière à la table ou au frigo. Il avait un sens inné pour ça et même quand je croyais pouvoir l'éviter, son pied touchait au but. Mes jambes cédaient et je tombais par terre, et il me toisait, les mains sur les hanches en rigolant. « Puisque t'y es, t'as pus qu'à les ramasser, ces godasses, hein ? » me narguait-il.

Mon alliée – la colère – me lâche brusquement. Je tremble exactement comme l'enfant que j'étais. Chaque pas me rapproche de la cuisine et je guette la voix de Ian, je m'attends à le voir surgir pour me faire peur. Je m'arrête, l'oreille tendue, mais je ne saisis qu'un brouhaha indistinct. Ils sont là, tous les trois. J'entends la voix de ma mère, mais sans capter les mots. Denny répond, puis Joseph. Ils sont reconnaissables. Denny a une voix monocorde, Joseph parle plus doucement mais d'une voix plus ferme.

Où est Ian ? J'ai atteint le niveau des chambres à coucher et je ne l'entends pas. Je me souviens de l'endroit où les marches grincent et j'avance de l'autre côté. Les odeurs de cuisine me parviennent : bœuf aux légumes. Ça me rappelle mon adolescence, quand je préparais le dîner avant d'aller à l'école pour qu'ils aient de quoi manger. Quand je ne pouvais plus rester dehors, je me faufilais dans l'escalier de la même manière, espérant parvenir à ma chambre en passant inaperçue.

Il fait très sombre. Je peux presque sentir ces fantômes du passé – cette Joanna, ce Ian – me souffler dans le cou. Comme s'ils étaient encore en vie, ces enfants-là, alors que j'ai l'impression d'être morte depuis longtemps. Je pose la main sur la rampe contre le mur. Il y a des toiles d'araignée. Je m'essuie les mains sur ma jupe en jean.

Au-dessous, la porte de la cuisine s'ouvre brusquement. Ian se tient dans l'encadrement, qu'il remplit de sa carrure. Il a l'air d'un géant, trois mètres de large, immense. Il rejette la tête en arrière et rit d'un rire mauvais : « Je vous l'avais pas dit que c'était elle, hein ? »

Je suis pétrifiée par la peur. Mon pied, en équilibre pour franchir une autre marche, reste suspendu en l'air. Je me souviens alors que c'est à mes yeux d'enfant que mon frère semblait être un géant et ma vision se clarifie. En fait, sans être grand, Ian a des épaules de taureau et il est beaucoup plus costaud que moi. Cependant, je suis une adulte maintenant et je suis venue pour m'affranchir. Je n'ai pas le droit de faillir.

Je fais un pas en poussant Ian au passage. Surpris, il me laisse passer, en ne me consentant toutefois qu'un espace réduit. Je dois me mettre sur le côté pour me faufiler et ma poitrine effleure la sienne. Il rigole doucement et son odeur d'alcool me parvient.

Le visage me brûle quand je trébuche sur son pied en entrant dans la cuisine et je me retiens au réfrigérateur.

« Regardez-moi la poulette qui rentre au bercail ! » raille-t-il en m'emboîtant le pas. Il s'assoit à califourchon sur une chaise et s'empare d'une bouteille de bière à moitié vide qu'il lève comme pour boire à ma santé. « J'vous l'avais bien dit qu'elle reviendrait tôt ou tard, hein ! »

Denny et Joseph me regardent fixement. Ils sont assis avec Ian à la vieille table balafrée et ils ont bu, eux aussi. Ils ont les cheveux en désordre, des vêtements sales après une journée de travail. Si je revenais dans cinquante ans, rien n'aurait changé.

Pourtant, quelque chose a changé. Ma mère. À ma grande surprise, elle est debout près de la cuisinière. Dans un grand faitout, où se trouve apparemment un morceau de poitrine bouillie, elle jette des morceaux de carottes et de pommes de terre qu'elle coupe, sa lame lance des éclairs sourds dans la lumière pauvre. Elle me regarde d'abord, puis détourne les yeux, et continue de débiter les légumes. Si elle est loin d'être mince, elle a maigri. Je suis sidérée de la voir debout.

Un instant, je redeviens la petite fille en quête d'affection. Ma voix s'étrangle. « Comment… comment ça va, maman ? »

Elle ne bouge pas. « Qu'est-ce que tu nous veut ? » dit-elle sèchement.

Et la petite fille s'en va. Je relève le menton. « Je suis venue vous parler. À vous tous.

– *Je suis venue vous parler*, minaude Ian. Comme si on était des paysans et elle, la reine mère. Et qui t'a dit qu'on avait envie de te causer, nous ? Et qu'est-ce que tu veux ? T'es à sec, maintenant que ton cher petit mari a cassé sa pipe ? T'as plus où crécher ?

– La ferme, Ian », l'admoneste Joseph, ce qui me surprend. Il rejette en arrière ses cheveux roux et se lève pour me présenter une chaise vide. « Tiens, Josie. Tu peux manger avec nous – pas vrai, m'man ? »

La mère me toise d'un air sombre, balance les dernières patates dans la casserole et écume le bouillon. Je prends le siège que Joseph m'a proposé. Maintenant que je suis là, je me sens faiblir. Je ne sais pas si j'aurais pu rester longtemps debout.

Mon regard fait le tour de la cuisine, qui est restée la même. Rien de neuf, semble-t-il. Et côté ménage, pareil. Je me rappelle chaque traînée du mur, chaque crotte de mouche au plafond.

Je me souviens que mon père riait, se tripotait, pendant que j'avais le dos collé sur cette table... Ian et Denny sur moi, mes mains qui les frappaient, avant que je devienne molle. Que j'abandonne.

Je frissonne, et quand je sens les yeux d'Ian posés sur moi, j'évite son regard.

Ma mère parle de nouveau, la voix dure : « Qu'est-ce que c'est que tu nous veux ?

– Je… des réponses. »

Ian s'esclaffe : « Des réponses, ben tiens ! Et où t'étais pendant que t'étais mariée ? Là-bas, dans la cambrousse, avec ton scribouillard de mari ? Oh, on sait tout, va. S'est fait descendre, et t'as été à l'hosto. T'étais timbrée, à ce qu'y paraît.

– Qui t'a dit ça ? Je n'étais pas timbrée. D'où tu tiens ça ?

– C'est ce qui se dit », intervient Denny, nerveux, qui se racle la gorge. Il a toujours suivi Ian. S'il a eu une seule idée à lui, je ne l'ai jamais su.

Je me tourne vers Ian. « Si c'est ce qui se dit, c'est de votre faute. On vous a appelés de l'hôpital, non ? On a appelé pour dire à ma chère famille où j'étais, parce qu'il fallait quelqu'un pour signer les papiers. Et toi, maman, tu t'es seulement arrêtée pour venir me voir tant que tu y étais ? Tu es venue me dire bonjour ?

– Ça suffit comme ça ! » Ma mère agite l'écumoir, en colère. « Tu as fait ton choix il y a trois ans en te mariant. Tu m'as laissée ici… » Un moment, sa voix se brise. Son visage s'effondre, mais de nouveau, la bouche se durcit. « Ça m'est tout retombé dessus, tout. Et pendant ce temps-là, tu te payais du bon temps, à courir à Londres, à te construire une maison, à te planter un joli jardin, à t'offrir de la porcelaine… »

En trois minutes, elle m'en a dit plus qu'au cours des trente ans où j'ai vécu ici. Je suis interloquée. Brusquement, ses paroles pénètrent dans mon cerveau.

« Une minute ! Qui t'a raconté ma vie quand j'étais mariée ?

Pas moi en tout cas. Tu ne voulais même pas me parler au téléphone. Et qu'est-ce que tu sais de Londres ? Que sais-tu de ma maison ? De mes assiettes, bon sang ? »

Son regard se tourne vers Ian, puis dans le vide. Horrifiée, je me tourne vers mon frère. « Tu m'as espionnée ? Tu es venu à Pennoryn ? Dieu du ciel ! Pourquoi ? » J'ai l'impression d'être couverte de saleté, d'une saleté qui me colle à la peau. L'idée de Ian à Pennoryn me fait frémir.

« Juste pour voir comment t'allais, fait-il avec indolence. Pour voir comment c'est, la belle vie. Une jolie chambre à coucher, aussi, même si ton petit mari la partageait pas souvent. »

Je pique un fard et un brouillard rouge m'aveugle quand je me souviens des fenêtres nues auxquelles David tenait tant en espérant qu'on nous regarde. En me rappelant aussi toutes les fois – ces dernières semaines encore – où j'ai eu la sensation que quelqu'un m'observait du dehors.

Je me lève d'un bond. « Va te faire foutre ! Va te faire foutre, Ian, tu es répugnant, tu ne changeras jamais… et vous aussi, tous autant que vous êtes ! » Je me tourne vers ma mère, Denny et Joseph. Je m'étrangle et les mots se coincent dans ma gorge. « Toi… dis-je en montrant ma mère du doigt, tu as toujours su ce qu'ils me faisaient et tu n'as jamais cherché à les en empêcher, pas un mot. Tu restais là assise à les laisser faire ! Quelle mère es-tu donc ? Tu m'as vue grandir et tu savais que je me sentais souillée, que je croyais que je ne valais rien, que c'était de ma faute… »

Les yeux étincelants, elle se tourne vers moi. « Viens pas me raconter tes problèmes. J'ai assez des miens, merci ! Plus qu'il m'en faut.

– Eh bien, tu les as bien mérités. » Je me tourne vers mes frères. « Et vous, j'aurais dû vous tuer il y a des années pour ce que vous m'avez fait.

– Ce qu'on t'a fait ? rétorque Ian avec insolence. Ce qu'on t'a fait, non mais ! » Il me frappe du doigt le menton et me force à relever la tête. « On s'est contenté de prendre ce qui était à nous et pas sûr que toute la ville en ait pas fait autant. Tiens, laisse-nous voir ça un peu. » Avant que j'aie pu bouger, il flanque sa main sous ma jupe. Je crie. Les autres s'écartent et je vois ma mère qui quitte la pièce précipitamment. Denny et Joseph se tiennent derrière Ian. Je suis seule contre eux. Et la main d'Ian est entre mes jambes.

Avec un sursaut d'énergie, je m'arrache à lui et j'atterris sur la cuisinière. Mon visage rate de peu le faitout. Ian se rapproche de moi, les mains sur ma taille. Il se presse contre moi, prêt à remettre ça, tout de suite, je le sais. Il le fera pendant que je suis là, debout, exactement comme avant. Ses mains tirent sur ma jupe, je le sens sur mes cuisses, ses doigts durs qui me font mal.

Et pendant que je crie, je l'aperçois du coin de l'œil – pointu et brillant. Je tends la main, je l'attrape – le couteau de cuisine de ma mère.

Je hurle en frappant : « Non ! non ! »

Ian gronde de douleur et me lâche. Je me retourne pour voir si le couteau lui a coupé le bras. Du sang coule de la plaie. Une petite blessure, ce n'est pas assez. De nouveau, je relève la main, prête à recommencer.

« Josie, non ! » C'est la voix de Joseph. Avec Denny, il retient Ian. Le couteau frappe dans le vide et, effarée, je me vois comme dans une glace, le couteau maculé de sang à la main.

Mes frères me fixent d'un regard atterré. Ian se tient sa blessure. « Je vous l'ai dit, halète-t-il. Pas vrai que je vous l'ai dit ? C'est elle qui a tué son putain de mari.

– Ce n'est pas vrai !

– Ben tiens, regarde ce que tu m'as fait ! » Il relève sa main, pleine de sang. « Tu crois pas qu'il faut être cinglé pour faire ça ? Tu crois que t'es normale ? »

Il s'approche de moi, la main en avant et j'essaie de reculer, mais je suis trop près de la cuisinière. Il me plaque sa main sur la figure, qu'il macule de son sang.

« Maintenant, t'as vraiment l'air de ce que t'es ! crie-t-il pendant que je hurle sans pouvoir me retenir en frottant mon visage. *Joanna la rouge !*

– Ne t'approche pas de moi ! Va-t'en ! » Je me rappelle que j'ai toujours le couteau à la main et je l'agite dans tous les sens. « Recule ou je jure que je te tue ! »

Ian se met à rigoler – le mec qui en a vu d'autres. Mais je lui fiche la pointe du couteau sous le menton jusqu'à ce que ça lui entre dans la peau. « Je le ferai, bon sang ! Laisse-moi sortir ou tu ne pourras plus foutre tes sales pattes sur personne. »

Il pâlit. Puis il recule. Je sors en courant de la cuisine et me retourne une dernière fois sur le pas de la porte : « Vous êtes des monstres, tous tant que vous êtes. Je voudrais que vous creviez ! »

Denny ne bronche pas, mais Joseph... Joseph lève une main comme pour implorer : « Josie, dit-il, la voix pleine de regrets. Je... »

Je n'en écoute pas plus. Je fonce dans l'escalier, trouve le loquet de la porte et saute dans ma voiture. En essuyant encore le sang sur mon visage.

Sur la route de Pennoryn, j'ai l'impression qu'une voiture me suit. Elle ne cherche pas à me doubler et garde une allure régulière. Sur le coup, je n'ai pas peur. Je suis trop occupée à me frotter la figure avec mon foulard. Et j'entends encore ses mots dans ma tête, qui tournent en sarabande jusqu'à m'engourdir le cerveau : *C'est elle qui a tué son putain de mari.*

Je me revois, le couteau à la main, frappant Ian. Et je me souviens d'un autre couteau, qui frappe David. Je m'entends crier : « Non, David ! »

Ian a-t-il raison ? N'y avait-il personne d'autre que moi à Pennoryn ce soir-là ? Ai-je crié en repoussant mon mari ?

Dans ce cas... mon Dieu, que dois-je faire ? Si je le dis à la police, je risque la prison. Je ne sais pas si j'y survivrai.

Ce n'est pas comme si on avait arrêté quelqu'un d'autre, un innocent. Si tu parles, ça ne fera pas revenir David. Ce n'est pas comme s'il avait des parents qui le pleuraient et seraient soulagés d'apprendre la vérité.

Puis je tourne pour emprunter mon allée et la voiture derrière moi quitte la route à son tour. Elle me suit. Pendant un instant, je pense que c'est peut-être Michael. Peut-être a-t-il essayé de me faire signe mais je n'ai rien vu. Mon cœur bat à toute allure, je ne sais pas quoi lui dire. Que j'ai peut-être tué mon mari ? Que nous n'avons plus d'avenir, même si nous le voulions ?

Je me gare et descends de voiture. Les phares de l'autre véhicule m'éblouissent. Je ne vois pas qui est au volant. Une portière s'ouvre et quelqu'un sort à son tour. Ce n'est pas Michael, je le vois tout de suite. Une silhouette d'ours avance vers moi, qui se détache dans la lumière – un inconnu. Je recule de quelques pas, la main sur la poignée de la portière, prête à remonter dans la voiture.

« Madame Carr ? Je m'excuse de vous déranger à cette heure.

– Qui… ?

– L'inspecteur Goff, annonce une voix bourrue. Nous nous sommes rencontrés à l'hôpital. Je sais qu'il est tard, mais si ça ne vous dérange pas trop, puis-je vous poser quelques questions ?

– Je… il est effectivement très tard. » Maintenant, j'ai vraiment peur. Que fait-il là ? Pourquoi m'a-t-il suivie ? Ce n'est sûrement pas la façon d'agir habituelle dans la police.

« Je vous ai vue passer sur la route, vous comprenez. Alors je me suis dit que puisque vous n'étiez pas encore rentrée chez vous…

– Vous m'avez vue passer ? Où ?

– Juste de ce côté de Mevagissey. J'étais là pour affaires et vous avez pris la route de Falhaven. »

Impossible, me dis-je. « Et vous m'avez reconnue dans la nuit ? »

Il toussote discrètement. « En fait, vous faisiez un excès de vitesse. C'est ce qui a attiré mon attention. Et alors là, j'ai vu que c'était vous. »

Je passe une main sur mon front. J'ai la voix qui tremble. « Je ne comprends pas. Vous voulez me mettre un PV ?

– Pas du tout, j'aimerais échanger quelques mots, c'est tout. »

Mes doigts se nouent autour de la bandoulière de mon sac. À l'intérieur, se trouve le foulard taché de sang avec lequel je me suis essuyé le visage. « Je… Je suis vraiment exténuée. On ne pourrait pas remettre à un autre moment ?

– Si, bien sûr, madame Carr. En fait, j'avais l'intention de vous appeler pour vous convoquer au poste.

– Quoi ?

– Et puis je me suis dit – quand je vous ai aperçue, ce soir –

que ce serait plus… bon, plus commode, pour ainsi dire. » Il s'approche et me prend le bras avec autorité. « Il fait un peu frais, ce soir. Ne pourrions-nous rentrer à l'intérieur ? »

Je suis incapable de répondre. J'ai la gorge trop sèche. Nous gravissons les marches du perron, sa main toujours sur mon bras. J'espère qu'il ne sent pas les muscles, raides et tremblants sous l'étoffe.

« Sale nuit, n'est-ce pas ? Il va sûrement pleuvoir. »

Je tourne la clé et nous entrons. « Oui, dis-je. Une nuit vraiment affreuse. »

20

L'inspecteur Goff porte un imperméable et un chapeau noir, et quand nous sommes à l'intérieur, il se découvre. Ses cheveux gris sont ébouriffés et le plafonnier que j'ai allumé en entrant jette une lumière crue sur son crâne dégarni. Cela aurait pu lui donner un air inoffensif, le genre grand-père, n'étaient les yeux. Ils brillent, à l'affût de tout.

J'allume les lampes de la pièce de devant et j'éteins le plafonnier. « Retirez votre manteau, inspecteur, et asseyez-vous. Puis-je vous offrir quelque chose ? » dis-je d'une voix haletante.

« Une tasse de thé serait la bienvenue.

– Certainement. Je vais mettre la bouilloire à chauffer. »

Il retire son manteau qu'il accroche au dossier d'une chaise et se met à l'aise pendant que je disparais dans la cuisine.

J'attrape, maladroite, la bouilloire et je m'appuie contre l'évier tellement je me sens mal. Des pensées embrouillées me tournent dans la tête. Se trouvait-il devant la maison à Mevagissey ? A-t-il entendu ou vu quelque chose ? Sait-il ce qui s'est passé ?

Je me demande s'il m'a déjà suivie, sans que je m'en doute. Et dans ce cas, a-t-il vu quelque chose que j'aurais préféré ne pas lui montrer ?

Charlotte m'a dit qu'il était venu lui parler, lui poser d'autres questions. Alors, c'était sans doute lui que Robert a aperçu l'autre jour, du côté de la mare.

Je suis sûre qu'il va m'arrêter. Il sait que j'ai tué David et il en détient la preuve.

Sauf que, dans ce cas, j'aurais déjà les menottes aux poignets au lieu de préparer le thé.

J'ouvre le robinet et m'asperge le visage. Tandis que je me sèche, je regarde mon reflet dans la vitre. Je suis livide, les yeux exorbités. Je remplis la bouilloire que je branche. En faisant le vide dans mon esprit, je sors du placard deux tasses et deux soucoupes en porcelaine, que je pose sur le comptoir. J'ai les mains qui tremblent et les tasses s'entrechoquent. Je sors le citron et le lait du réfrigérateur et prépare le plateau avec la théière. Je bouge au ralenti, comme pour gagner du temps. Je ne veux pas retourner au salon. Que lui dirai-je ?

« Lait ou citron, monsieur l'inspecteur ?

– Lait, je vous prie. »

Je sers. La pluie s'est mise à tomber. Elle crépite sur le toit et de grosses gouttes s'écrasent sur la mangeoire, devant la baie. Je dois penser demain à l'accrocher dans un endroit plus abrité.

À condition d'être encore là demain. Si on m'emmenait, est-ce que Robert donnerait à manger aux oiseaux ? Je ne supporterais pas de les décevoir, maintenant que j'ai acquis leur confiance. Il faut remplir la mangeoire tous les jours.

« J'ai bien envie d'aller dans une région plus chaude, pas vous ?

– Oui, bien sûr, ça se comprend. Le beau temps ne dure pas ici.

– Cela dit, ça coûte, un déménagement.

– Oui », dis-je, l'esprit ailleurs. Je continue de délirer sur ce qu'il faut que je demande aux uns et aux autres si je suis arrêtée. Charlotte fermera la maison – une nouvelle fois. Robert entretiendra le jardin. Michael…

Ne plus penser à Michael. Je m'oblige à me concentrer sur mon visiteur. « Excusez-moi. Vous disiez ?

– Je parlais de l'an dernier. Comme le temps était vif et clair la nuit où votre mari est mort ! »

Je le regarde. « Oui, je m'en souviens. Vous m'avez dit que vous étiez là.

– Je suis sur l'affaire depuis le début, précise-t-il en avalant une gorgée de thé. Je revois la scène comme si c'était hier, vous allongée par terre, là-bas, pas une trace sur vous… »

Je change de position, mal à l'aise. « Je crois que j'ai reçu un coup, quand même.

– Sur le front, oui, bien sûr. C'est tout à fait inhabituel, vous savez. Un rôdeur s'introduit dans la maison et tue le mari, on pourrait s'attendre à ce qu'il ne laisse personne en vie. Il prend des risques, autrement. Et pourquoi s'est-il introduit chez vous pour commencer ? L'argent, peut-être ? L'argenterie ? Des bijoux ? Vous n'avez pas déclaré de vol. »

J'ouvre la bouche, mais il m'interrompt.

« Bien sûr, vous avez été hospitalisée, vous ne saviez pas si quelque chose avait été volé. Néanmoins, vous êtes de retour depuis quelque temps. Je suppose qu'il ne vous manque rien ?

– Non…

– Non, bien sûr, autrement vous nous auriez appelés pour nous le signaler, n'est-ce pas ? Bon, alors, le viol ? Un rôdeur s'introduit dans la maison pour commettre un viol. » Il plonge son regard dans le mien. « Mais vous n'avez pas été violée, n'est-ce pas, madame ? »

Il frotte ses grosses pattes l'une contre l'autre, comme s'il était content de son raisonnement. « Bon, alors, très bien ! Reste l'autre hypothèse : chercher l'assassin parmi les proches. »

Maintenant, je suis franchement atterrée, mais je m'efforce de me maîtriser. J'essaie de prendre l'air amusé. « Que voulez-vous dire, inspecteur ? Que j'ai tué mon mari avant de m'assommer toute seule ? »

En le disant tout haut, c'est la première fois depuis que Ian a formulé son accusation que je me rends compte que je suis de toute façon hors de cause. *Je ne me suis pas assommée toute seule.*

L'inspecteur sourit. « À vrai dire, madame Carr, je n'ai pas cru une minute que vous aviez tué votre mari.

– Ah non ?

– Non, non, pas du tout. Pour commencer, vous n'aviez pas une goutte de sang sur vous – pas même une trace que vous auriez lavée. On a fait des examens, bien sûr. Et on ne... » Il s'interrompt, l'air de peser ses mots. « On ne poignarde pas quelqu'un sans se mettre du sang partout. Sur les vêtements, dans les cheveux, sous les ongles. Vous aurez beau tout nettoyer, il en reste toujours des traces. Et il n'y avait pas de traces dans la douche, non plus. En outre, l'idée même que vous auriez assassiné votre mari d'une manière aussi sanglante avant de courir sous la douche et de vous changer, de remettre les choses en ordre, pour vous coucher par terre et vous donner un coup sur le crâne... c'est pour le moins ridicule, non ? » Il sourit. « Et avec quoi vous seriez-vous administré ce coup ? Il n'y avait rien à proximité.

– Eh bien... oui, bien entendu, vous avez raison.

– Exactement ! Donc vous n'avez pas assassiné votre mari. »

Je suis si soulagée de l'entendre décréter à haute voix mon innocence que j'ai envie de rire.

« Non, madame... c'est votre ami, Michael Lamb, qui a fait le sale boulot, comme on dit. Votre fiancé, je crois. »

Le rire s'éteint sur mes lèvres.

« J'ai fait ma petite enquête, voyez-vous. Vous êtes amie avec Michael Lamb depuis toujours. Et vous êtes restés proches jusqu'à l'époque de votre mariage avec David Carr.

– Oui, mais je ne vois pas vraiment...

– Eh bien, votre ménage ne marchait pas, n'est-ce pas ? Et je crois savoir que vous allez vous remarier avec M. Lamb dans deux jours.

– Une minute. Qui diable vous a raconté tout ça ?

– C'est sans importance. Ce qui compte, en revanche, c'est que Michael Lamb se considérait depuis longtemps comme votre défenseur, je crois ? Et quand il s'est rendu compte de vos ennuis avec votre mari, il a décidé d'y mettre fin. »

Je m'oblige à sourire. « Allons donc, monsieur l'inspecteur. Je n'avais aucun problème avec mon mari. Vous inventez toute cette histoire. »

Il soupire et plonge la main dans la poche de sa veste. « Je m'attendais à cette réaction de votre part. J'ai apporté des photos. J'aimerais vous les montrer. »

Il me les tend, un petit tas, une dizaine peut-être, des Polaroïd en couleur. Je les prends, me renverse dans mon fauteuil pour regarder la première. Mon cœur s'emballe. Je brûle, puis je suis glacée, à la fois gênée et horrifiée par ce que je vois. David nu au-dessus de deux femmes, allongées sur un lit. Elles sont attachées et il y a toutes sortes d'instruments de torture à côté, que David utilise…

Je porte la main à ma bouche. Sans que je m'en rende compte, les photos se répandent par terre et je cours dans la salle de bains. Pliée en deux sur les toilettes, je vomis sans pouvoir m'arrêter. Quand j'ai fini, j'ai les jambes flageolantes et les côtes qui me font mal.

Enfin, je me lave la figure et me regarde fixement dans la glace. Comment ai-je pu vivre avec un homme pareil et ne pas le quitter ? Comment ai-je pu le supporter sans même me rendre compte que ce n'était que la partie visible de l'iceberg ?

Et pour Michael ? Que sait l'inspecteur exactement ? A-t-il des faits, des preuves, de ce qu'il avance ?

Je retourne dans le séjour pour l'affronter. L'inspecteur a ramassé les photographies, qui forment maintenant un petit tas sur la table. Le regard ailleurs, je m'assois sur la banquette, les bras serrés autour de moi pour me tenir chaud.

Je demande, bien que je me doute déjà de la réponse : « D'où proviennent-elles ?

– Elles ont été prises à Londres, madame Carr, dans un club privé, comme on dit. *La Licorne rouge*.

– Je vois. Très bien, inspecteur, je reconnais que mon mari avait des… exigences auxquelles je ne souscrivais pas. Mais il y a un fossé entre ce dont nous parlons et vos soupçons concernant Michael Lamb. Pourquoi le soupçonnez-vous d'avoir tué mon mari ? »

Il a un sourire qui ne me plaît pas. On dirait le chat du voisin quand il s'apprête à bondir sur mes oiseaux.

« Mais par jalousie, voyons ! Ne me faites pas plus bête que je ne suis. J'ai rassemblé un faisceau de preuves indirectes qui le mettent en cause, voyez-vous. Son alibi pour le soir du meurtre n'est pas au-dessus de tout soupçon, provenant de quelqu'un qui lui est aussi proche que son associée, Mlle Bower. Et j'ai quelqu'un qui est prêt à témoigner de sa… son habitude, dirons-nous, de voler à votre secours. Des menaces proférées dans le passé contre des membres de votre famille, en fait. »

Le soulagement m'envahit – et la colère. « Mon frère ! Ian ? C'est votre témoin, c'est lui qui vous a orienté sur Michael ? »

J'aurais dû m'en douter et je n'ai pas besoin du regard de l'inspecteur, qui a l'air pris en défaut, pour me le confirmer. « Mais vous ne comprenez pas qu'il a toujours détesté Michael, qu'il ferait tout pour lui nuire ?

– Bien sûr, je comprends, soupire l'inspecteur. Vous voulez garder vos illusions sur Michael Lamb. Et je ne tiens nullement à vous gâcher votre nouveau départ dans la vie, croyez-moi. Vous sortez d'une année difficile, n'est-ce pas ? Comme nous tous. » Le sourire se fait plus confidentiel, la voix plus complice. « Comme je vous l'ai dit, j'ai pas mal souffert du froid cette année. Je ne demanderais pas mieux que d'oublier cette sale histoire, de partir pour des cieux plus cléments et de prendre ma retraite. Malheureusement, il faut de l'argent pour ça. »

Je suis abasourdie. Ai-je bien entendu ?

Je finis par articuler : « Combien vous faut-il ? Je n'ai pas grand-chose.

– Ah oui, bien sûr. À ce propos, je sais exactement de combien vous disposez, madame Carr. J'ai parlé avec votre banque. Mais vous savez, je ne suis pas gourmand. Disons, le montant du billet d'avion… et un petit quelque chose tous les mois pendant trois ans. Pour services rendus, en somme.

– Des services ! »

Le sourire disparaît, le visage se durcit. « Peut-être préférez-vous me voir dans les parages pour procéder à l'arrestation de votre bien-aimé. »

Non, je préférerais vous tuer. Un instant, je me demande ce qu'il ferait si je fonçais dans la cuisine et revenais avec un grand couteau. Si je menaçais de le lui planter dans le ventre, comme je l'ai fait avec Ian ?

Et si je le faisais vraiment ? Il perdrait sûrement son air faraud.

« Comment être sûre que vous laisserez Michael tranquille si je vous donne ce que vous demandez ?

– Ma foi, j'imagine que vous ne pouvez pas avoir de certitude. Vous serez obligée de me faire confiance, non ? »

21

On est le lendemain matin et je réfléchis. *Quelle ironie ! Me voilà finalement obligée de me fier à quelqu'un, et il faut que ce soit un maître chanteur.*

Et pourquoi me suis-je précipitée au secours de Michael ? Pourquoi ai-je éprouvé le besoin de le défendre ? Est-ce que cela fait partie de ma maladie ? Est-ce que je me reproche ses ennuis ?

Peut-être. Mais surtout, je suis sûre maintenant que Michael n'est pas l'assassin. Et indépendamment de ce qui s'est passé entre nous, indépendamment de sa récente trahison, je lui suis redevable de toutes ces années de gentillesse à mon égard. Je ne peux pas l'abandonner à la cupidité d'un policier marron.

Il a refusé un chèque, il voulait du liquide. Comme je n'en avais pas, nous sommes convenus de nous retrouver devant ma banque, à quatorze heures. Je retirerai la somme qu'il m'a demandée, ce qui va me laisser exsangue. Il va falloir que je cherche un emploi. Malgré cela, j'aurai du mal à verser son petit traitement à l'inspecteur. Enfin, avec un peu de chance, il disparaîtra sur une île au soleil et fichera la paix à Michael.

C'est là que le bât blesse, bien sûr – *avec un peu de chance*. Peut-être qu'il ne compte pas partir. Il est tout à fait capable de se pointer sur le seuil de ma maison ou sur celui de Michael à tout moment pour réclamer une rallonge.

Je me penche pour arracher une herbe au milieu des plantes aromatiques et je me dis qu'il n'y a à cela qu'une seule solution. Si le véritable assassin était découvert et poursuivi, mon policier ripou n'aurait plus de pouvoir sur nous – aucun pouvoir.

Le véritable assassin…

Je crois que je sais maintenant qui il est. Mais ai-je le droit de sauver Michael à tout prix… y compris celui de faire du mal à quelqu'un que j'aime ?

Je m'approche d'elle sans bruit, sur sa terrasse. Elle prend un bain de soleil et ses lunettes noires reflètent une poussière de nuages diaphanes. Le soleil ne va pas durer ; on annonce encore de la pluie et déjà une forte brise monte de la mer. Elle frôle la cime des arbres qui entourent la pelouse et fait virer les feuilles au gris argenté. Des vaguelettes agitent la rivière qui serpente au pied de la colline.

Ici sur sa terrasse, Charlotte est protégée des vicissitudes du climat, comme elle a été protégée de tant de choses depuis qu'elle a épousé Henry.

Je reste à l'écart un moment à l'observer. Elle ne bouge pas un muscle mais sourit. « Je sens que tu es là, Joanna. Est-ce que tu m'espionnes ? » Elle tend une main paresseuse. « Viens t'asseoir à côté de moi. »

Je lui prends les doigts et m'assois au bord de la chaise. Elle a la peau très chaude mais sèche. Charlotte transpire rarement, je m'en souviens maintenant. À côté d'elle, sur une table basse, se trouve un verre rempli à demi de vin blanc et, à côté, une bouteille.

« Comment as-tu su que c'était moi ?

– Je l'ai senti. Comme toujours. » Elle me tapote le bras. « Ma chère Joanna. Je suis heureuse de te voir.

– J'ai pensé que je ne te dérangerais pas si je faisais un saut en passant.

– Bien sûr que non. » Elle relève ses lunettes sur le front. « Mais tu as une drôle de voix. Qu'est-ce qui ne va pas ?

– Il est venu me voir hier soir. L'inspecteur Goff. »

Ses doigts se raidissent sur mon bras et elle se redresse sur son séant, le front plissé. « Qu'est-ce qu'il te voulait ?

– De l'argent.
– De *l'argent* ? Pourquoi fichtre…
– Pour son silence.
– Mon Dieu ! Oh, mon Dieu, Joanna, il a menacé de t'arrêter ?
– Pas moi, Michael. »

Elle me regarde fixement. Puis se renverse dans son fauteuil avec un soupir de soulagement. « Oh, bon, alors là. Tu ne lui as rien donné, j'espère.

– Non, mais j'ai dit que j'allais le faire. Aujourd'hui. »

Elle m'empoigne la main. « Non ! Non ! Tu ne peux pas faire ça ! Il ne faut pas.

– Ah bon ? Pourquoi ? Est-ce que tu le détestes au point de vouloir qu'il aille en prison pour quelque chose qu'il n'a pas fait ?

– Je…

– Il ne l'a pas fait, n'est-ce pas, Char ? Ce n'est pas lui qui a tué David. »

Elle est très pâle et détourne les yeux.

« Que s'est-il passé entre David et toi, Char ? »

Elle tressaille. « David et moi ? Rien ! Absolument rien ! »

Je sors de ma poche le billet que j'ai découvert à mon retour dans le blouson de cuir de David. Le papier est peut-être un peu plus froissé que lorsque je l'ai découvert. Je l'ai lu et relu tellement de fois, cette première semaine, avant de le fourrer dans un tiroir pour ne plus y penser.

Charlotte m'arrache le morceau de papier. « Quoi… ? » Prise au dépourvu, elle lit tout haut. « *David, je ne peux pas continuer à jouer ce jeu-là... Il faut que je te voie... retrouve-moi dans la prairie…* »

Ses yeux se referment brièvement. Ses mains tombent mollement sur ses genoux sans lâcher le message. « Où l'as-tu trouvé ? demande-t-elle d'un ton las.

– Dans le blouson de David, le soir de mon retour.

– Et tu n'as rien dit ? Tu ne m'en as pas parlé ?

– Je pense que je ne voulais pas savoir.

– Mais, Joanna, tu t'es imaginée qu'on avait eu une aventure ? Tu as cru que je t'avais trahie ? »

Je me tais.

De nouveau, elle détourne les yeux. Elle a l'air vidée. « Je ne voulais pas t'en parler. Je me disais que, puisqu'il était mort et que tu ne te souvenais de rien… il valait mieux tout oublier et qu'on n'aurait plus jamais à en reparler. »

Je me lève pour m'approcher du muret de briques qui borde la terrasse. « Eh bien, si, tu vois. Il va falloir qu'on en parle. Je veux que tu me dises tout. Et tout de suite. » Je sens la colère me gagner.

Ses yeux verts se tournent vers moi, brillants de larmes. « Oh, Joanna, ce n'est pas ce que tu crois ! Je te le jure. Il… David m'a fait des avances. Il le faisait tout le temps et je détestais ça ! Je l'ai menacé de t'en parler et il m'a répondu que, si j'osais, il ferait en sorte que je ne puisse plus te revoir. » Elle se lève et vient vers moi en se tordant les mains. « Je ne savais pas ce qu'il voulait dire exactement, je savais déjà qu'il était capable de tout, de n'importe quoi. J'avais tellement peur. » Elle prend mon visage entre ses mains glacées. « Je t'en supplie, dis-moi que tu me crois. »

Je retire ses mains. « J'aimerais bien. Mais de quel "jeu" s'agissait-il, Charlotte ? »

Elle retourne vers la table, prend son verre et en avale une gorgée. Sa main tremble. « Tu ne comprends pas ce que j'éprouvais, quand nous dînions ensemble ou même quand nous étions sous le même toit et que je ne pouvais rien te dire ? Et ne t'imagine pas que cela l'arrêtait. Il revenait sans arrêt à la charge et je n'osais rien dire à Henry. Je savais que ça le rendrait malheureux et je ne voulais pas prendre ce risque. Il n'était déjà pas en bonne santé à l'époque et, à son âge…

– Tu as écrit à David. Pourquoi ? »

Elle fait un geste de la main et laisse échapper un petit rire timide. « Oh, je me suis bêtement imaginée qu'il pourrait en sortir quelque chose. Je voulais le menacer une bonne fois de tout te dire. Je voulais l'avertir que s'il nous faisait du mal à l'une ou l'autre, j'irais le dénoncer à la police. J'avais tellement peur ! Même avant que tu me dises ce qu'il te faisait, j'avais une peur bleue de lui. Mais je ne savais pas quoi faire. »

Elle a la voix pleine d'amertume, un peu traînante. « Il m'a ri au nez… il m'a dit que tu ne me croirais pas. Il m'a juré que tu croyais tout ce qu'il te disait et que ça ne ferait que te dresser contre moi.

– Char… et tu l'as cru ? »

Elle me jette un coup d'œil. Et maintenant, c'est à moi de détourner les yeux. Mon amie, qui me connaît depuis toujours, a raison. David possédait un tel pouvoir sur moi que j'aurais fort bien pu le croire, lui plutôt qu'elle.

Mes épaules s'affaissent. Elle s'approche et s'assoit près de moi, m'effleure les cheveux au niveau des épaules. Sa main est maladroite et, pour la première fois, je me rends compte qu'elle a dû boire plusieurs verres. « Pardonne-moi, chantonne-t-elle. J'aurais dû te le dire. Mais je t'aime trop pour risquer de te perdre. » Elle me prend le visage entre ses mains et, me tournant vers elle, m'embrasse sur la bouche. Ce n'est pas le baiser d'une amie. C'est un baiser insistant, passionné, sensuel.

Effarée, je me recule. « Char… ? »

Ses doigts tremblants me caressent le visage. « Laisse-moi t'aimer, Joanna. Juste une fois. Je t'en supplie, ma chérie, ça fait si longtemps que j'attends.

– Non ! » Je la repousse. « Arrête ! » Un rugissement soudain retentit dans ma tête et un flot d'images me submerge, des images de Charlotte, de David, de moi. C'est la débandade sous mon crâne, elles flottent dans tous les sens, dans le désordre. Elles me frappent et m'égarent. J'essaie d'en attraper une au passage, de la coincer quelque part. Mais elle m'échappe, s'enfuit, puis revient me narguer.

Charlotte dans mon lit, à Pennoryn, couchée avec moi, côte à côte. Je porte le déshabillé rouge et elle est sur le lit et m'embrasse – pas comme une amie, mais comme une amante. Je vois David… David qui entre dans la chambre et nous trouve ainsi. Le souvenir me traverse l'esprit avec la force de la tempête, et mon mari dit, comme s'il parlait de très loin : « Mes petites salopes ! C'est pour moi, cette petite fête ? »

Je m'accroche au bras de Charlotte pour ne pas tomber. « Ça y est, dis-je. Je me *souviens*. Oh, mon Dieu, je me souviens de ce qui s'est passé, le soir où David est mort ! »

22

Charlotte et moi sommes assises en silence. Elle a passé son bras autour de moi et j'en suis heureuse, car elle m'apporte chaleur et réconfort. Je ne sais pas comment je m'en serais tirée toute seule. Elle me berce gentiment en me tenant contre elle. « Dis-moi ce dont tu te souviens, chuchote-t-elle.

– Oh, Char. Ç'a commencé après le dîner, ce soir-là. Il faisait froid, même pour un début décembre. Le vent descendait des collines et rugissait dans la cheminée. David m'a fait mettre cet horrible déshabillé rouge. Je me tenais devant la glace, et je le détestais. Mais je me détestais encore plus. J'avais l'impression que si je devais de nouveau subir la même chose que les soirs précédents, je me tuerais. »

Je noue mes mains et les regarde fixement. « J'ai menacé David de le quitter. Je lui ai dit que s'il ne partait pas, je partirais. Nous avons eu une scène affreuse et il m'a frappée, puis il est sorti de la maison comme un ouragan. Tu es arrivée peu après. Tu m'as trouvée au lit en train de pleurer. Tu t'es allongée sur le lit à côté de moi, pour me consoler, comme tu l'as toujours fait quand nous étions jeunes. À un moment donné, ç'a été comme ça, puis… »

Je la regarde, incrédule. « Char, tu t'es retournée et tu m'as embrassée… de la même manière que tu viens de le faire. J'étais stupéfaite. Je ne savais pas quoi faire, ni comment réagir, je ne savais pas que tu éprouvais ce genre de sentiments. Alors, David est entré et il nous a vues, et... » Je ne peux pas le dire. *Ça l'a excité.*

Elle fait une grimace. « C'était une belle ordure. Il s'est avancé vers nous, une lueur abominable dans les yeux. Je me rappelle chaque mot comme si c'était maintenant : "*Mes petites salopes ! Faites-moi voir comment vous faites ça, toutes les deux !*" »

Les souvenirs me reviennent à toute allure. « Nous avons essayé de sortir du lit, mais il m'a attrapée. Il m'a attrapée par le devant de mon teddy rouge que je portais sous le déshabillé et l'a déchiré. J'ai encore le bruit dans les oreilles. Quelle horreur ! » Les yeux me piquent. « Oh, Char, tout me revient maintenant. Tu as essayé de le repousser, mais il t'a frappée si fort que tu es tombée par terre. Il n'arrêtait pas de te parler, de te dire de te déshabiller, de dire que comme il t'avait déjà eue, tu n'avais rien à cacher. »

Charlotte me serre contre elle. « Il mentait, Joanna. Je le jure. David était ignoble. Il n'arrêtait pas de me harceler, mais je le repoussais. Il voulait te faire douter de moi. Il voulait nous séparer, c'est tout. »

Je lui prends les mains. « Il t'a frappée, puis t'a remise sur pieds et traînée à la porte. Tu n'arrêtais pas de lui crier après, de le battre, puis je me suis jetée sur lui. Je l'ai battu dans le dos en lui criant de s'arrêter, mais il était très fort.

– Comme s'il était devenu fou, renchérit Charlotte, frissonnante. Il t'a envoyée promener. Puis il m'a tirée dehors, m'a jetée par terre et donné des coups de pied. Oh, Joanna, je n'ai jamais eu aussi peur de ma vie, pas pour moi, mais pour toi. Il m'a crié : "Fous le camp ! Ne t'approche plus jamais de ma femme !" Je me suis levée et j'ai traversé le jardin en courant, puis la prairie en cherchant des yeux la ferme sur la route. Je voulais appeler la police, mais il n'y avait personne et la porte était fermée à clé. Alors je suis retournée chez toi et j'ai sauté dans ma voiture pour foncer chez moi et téléphoner. »

Elle se lève, prend la bouteille de vin et remplit son verre. Elle me le tend d'abord, mais je refuse. Elle le vide en deux gorgées et veut le reposer, mais rate la table et le verre se brise sur la terrasse. Elle n'a pas l'air de le remarquer.

« En arrivant chez moi, j'étais dans un tel état que je n'ai pas pu cacher à Henry ce qui s'était passé. Je ne lui ai pas tout dit, sauf que David était hors de lui. Et il m'a proposé : "Eh bien, si nous allions nous-mêmes à Pennoryn pour voir." »

Elle se passe une main sur les yeux. « Ce cher Henry, il a les meilleures intentions du monde, mais il peut se montrer tellement vieux jeu par moments. Il n'aime pas se mêler des affaires des autres. Je me suis laissé convaincre de ne pas appeler la police. » Ses yeux verts semblent éviter les miens. « Je ne savais pas, tu comprends. Je ne savais pas vraiment ce que tu voulais que je fasse. Ç'a l'air fou, mais j'ai pensé… Oh, Joanna, je me suis dit que ça s'était peut-être arrangé après mon départ, que David s'était calmé et que vous…

– Ma foi, dis-je, comment aurais-tu pu savoir ?

– Je me sentais tellement coupable de t'avoir embrassée, tu comprends. Je croyais que c'était de ma faute. Sur tout le trajet vers Pennoryn avec Henry, je n'arrêtais pas de revoir la scène dans ma tête, moi qui n'aurais jamais voulu te faire de mal. Et je me suis dit que si la police venait et que David leur disait qu'il m'avait vue t'embrasser, Henry l'apprendrait. C'en serait fini pour moi. »

Elle se couvre le visage de ses mains et pleure. À mon tour, alors, de me lever pour la consoler en lui tapotant le dos. « Ne t'en fais pas, Char. Vraiment, ça va aller. »

Sa voix monte, aiguë et affolée, comme celle d'une petite fille. « Mais quand nous sommes arrivés à Pennoryn, la porte de devant était grande ouverte. Tu étais allongée, immobile sur le sol. C'était vraiment curieux, tu sais, exactement comme l'a dit l'inspecteur. Tu étais allongée avec cette couverture sur toi et j'ai presque cru, sur le coup, que tu dormais. Puis j'ai vu tout ce sang devant la cheminée, David couvert de sang, et j'ai cru que mon cœur allait s'arrêter de battre. Je vous ai crus morts. » Elle se recule et me prend par les épaules. « Joanna, au nom du ciel, que s'est-il passé ? Tu t'en souviens ?

– Oui… » Le film se déroule sur l'écran de mon esprit, clair et net. Je vois David et Charlotte. Je me vois. J'entends chaque parole, chaque inflexion. « Je me précipite dans la véranda et je te vois traverser le jardin en courant. Puis je vois David faire le tour de la maison. Comme il ne te poursuit pas, tu ne risques rien, tu as pu t'échapper. Je retourne au salon pour appeler la police, mais David surgit par la porte de la cuisine et se jette sur moi. Il balance le téléphone par terre. Il tient à la main le lièvre sculpté, celui que Michael m'a offert en cadeau de mariage. Il l'a rapporté du jardin. Il le lève. "J'en ai toujours eu horreur, tu sais ?" me dit-il, et je reste là, terrifiée, en faisant signe que non. "D'abord Michael, hein ? hurle-t-il. Et maintenant, c'est elle. Jamais moi. Tu ne m'as jamais aimé !

– Ce n'est pas vrai ! C'était merveilleux, nous deux, au début. C'était merveilleux… mais tu as tout gâché.

– J'ai tout gâché, *moi* ? braille-t-il. Toi et ta façon gentillette de faire l'amour, et tes pleurnicheries : *Je veux un bébé, David.* Et pendant ce temps, tu rêvais de ton petit ami, l'artiste. En tout cas, c'est ce que je croyais." »

Je frissonne. « Il a rejeté la tête en arrière pour rire et son rire m'a glacée jusqu'à l'os. "Si j'avais su que tu avais une copine pendant ce temps, au moins, on aurait pu rigoler." Puis il est venu vers moi et m'a coincée contre la banquette. Il s'est mis à m'embrasser et il a posé ses mains sur moi. J'ai commencé à hurler, à hurler. Je ne savais plus à qui ces mains étaient – à David ou à mes frères. Mais peu importe. C'était trop pour moi. Je… »

Brusquement, la voix me manque.

« Quoi ? demande Charlotte avec insistance. Bonté divine, Joanna, que s'est-il passé ensuite ?

– Quelqu'un est là. Je vois quelqu'un. »

Elle a la voix qui tremble. « Tu sais qui ?

– Non, je ne sais pas. Une silhouette. » Mais je n'arrive pas à la voir. Ça ne vient pas. Charlotte a l'air tendu, anxieux.

« Char… » J'avale ma salive. J'ai du mal à le dire, mais c'est la raison de ma venue. Je ne vois pas d'autre explication. « Tu sais qui c'était, n'est-ce pas ?

– Non, je…

– Je t'en supplie, dis-le-moi. C'était Henry, non ? »

Elle recule, blessée. Elle pose les mains sur ses joues.

« Écoute-moi, Char. Henry s'est fait mal au bras ce soir-là. Il m'a dit qu'il s'était fait mal chez Abbott en soulevant des sacs de fertilisants, mais Mme Albicott, la réceptionniste du docteur, se souvient très bien que ça s'est passé le même soir. Je ne comprends pas pourquoi Henry aurait menti sur ce point, sauf si… Char, je croyais que tu couchais avec David. Est-ce que Henry s'est imaginé la même chose ? Est-il venu ce soir-là à Pennoryn et a-t-il tué David par jalousie ou en croyant te protéger ? »

Charlotte se détourne. Elle s'éloigne et sa main virevolte, comme si elle cherchait un point d'appui. Tout à coup, elle a l'air défait, vulnérable. Son énorme solitaire jette des feux sous le soleil et puis, plus rien quand Charlotte serre les bras autour de sa taille.

« Non, sanglote-t-elle. Non, ce ne peut être Henry. Il ne pourrait pas… »

Elle se retourne vers moi, accablée de souffrance. Elle a le visage déformé par la douleur. « Si seulement tu ne t'étais souvenue de rien ! J'ai fait mon possible pour que tu oublies tout. J'ai même essayé de te faire croire que Michael avait tué David, alors que je n'y croyais pas moi-même…

– Attends voir, Char. Tu veux dire qu'en toute bonne foi, tu n'en sais rien ? Tu ne sais pas si c'est Henry ? »

Elle hoche la tête encore et encore, les joues mouillées de larmes. Puis tout sort d'un coup. « Il… oh, mon Dieu, ça ne s'est pas passé comme je te l'ai dit ! Henry n'était pas à Fallston ce soir-là, à mon retour.

– Ah non ? Où était-il alors ?

– Justement, je n'en sais rien. Il commençait à avoir ces moments d'absence où il disparaissait et oubliait ce qu'il avait fait entre-temps, et je me suis fait un sang d'encre quand je suis rentrée, en voyant qu'il n'était pas là. Je m'inquiétais aussi pour toi, bien sûr, et je voulais retourner à Pennoryn pour voir si tout allait bien. Mais je ne pouvais pas m'en aller sans savoir où était Henry. J'étais folle d'inquiétude, j'ai pris toutes les petites routes de campagne, autour d'ici, à la recherche de cette fichue Morris. J'étais sur le point d'appeler la police pour Henry et toi quand il a ouvert la porte. Il ne savait pas d'où il venait. » De nouveau, un sanglot lui casse la voix. « Il ne se souvenait même pas qu'il s'était absenté, juste qu'il venait de laisser la Morris dans l'allée. J'étais tellement soulagée de le voir, je l'ai emmené avec moi et on a foncé sur Pennoryn pour te sortir de là. Mais quand on est arrivé... » Elle se tait.

« Tu as vu ce qui s'était passé et tu as pensé que c'était Henry le coupable, mais qu'il ne se le rappelait plus ?

– Oui. C'est ce que j'ai cru. Je me suis dit que s'il était venu à ma rencontre à Pennoryn et qu'il avait vu de la route comment David s'était conduit, comment il m'avait jetée dehors... au lieu de venir à ma rescousse, il était peut-être entré et...

- Et avait tué David. »

Ses yeux se remplissent de larmes. Je la tiens contre moi. « Ma pauvre Charlotte, alors tu n'en sais toujours rien ? »

Elle secoue la tête. « Henry a consulté le docteur Woolery. Il a fait venir un spécialiste et nous avons eu son diagnostic il y a quelques semaines. C'est la maladie d'Alzheimer, Joanna. Henry ne se souviendra jamais de ce qu'il a fait ce soir-là, alors à moins que toi, tu ne retrouves la mémoire... tu comprends, personne ne saura jamais ! »

Je me raidis. « Pourtant, tu as voulu me faire soupçonner Michael. »

Elle détourne les yeux et rougit. « J'avais peur. Je suis en train de perdre Henry, tu comprends. Personne ne peut dire combien de temps il nous reste avant qu'il soit complètement... ailleurs. Et puis tu es revenue et je me suis dit, au moins, il me reste Joanna. Mais j'ai eu à peine le temps de me retourner que tu parlais de te marier avec Michael...

– Alors tu as eu peur de me perdre.

– Je n'en suis pas très fière, tu sais. »

Je fais les cent pas sur la terrasse en réfléchissant à ce que je viens d'apprendre. « Tu sais, dis-je enfin. Je suis venue ici en me disant que la police avait besoin d'un autre suspect à se mettre sous la dent pour faire diversion. Et j'étais à peu près sûre que Henry était le coupable et que tu cherchais à le protéger. Je me disais que si je pouvais le prouver... » Je la regarde. « Mais,

Char, je ne veux pas de mal à Henry. Je ne veux pas vous faire de mal, ni à l'un ni à l'autre. »

Elle attend, l'air pleine d'espoir mais hésitante, tellement différente de celle que j'ai toujours connue que j'ai envie de pleurer : « Qu'est-ce que tu vas faire ? demande-t-elle.

– Je n'en sais rien, Char. Je n'en sais rien du tout. » Je regarde ma montre. « Il faut vraiment que j'aille à la banque. Tant que je n'arrive pas à comprendre, il vaut mieux que je m'en tienne au plan de l'inspecteur. »

Elle retrouve sa dureté pour me dire, en plissant les yeux : « Ma chérie… sans lui, tu sais, les ennuis seraient finis. Après tout, qu'est-ce que ça change, qui a tué David, hein ? Tant que la police ne le sait pas ? On pourrait s'en laver les mains et tourner la page. »

Je m'approche d'elle et effleure sous l'œil la trace du coup qu'elle a reçu. « Tu peux tourner la page aussi facilement ? C'est Henry qui t'a fait ça, n'est-ce pas ? »

Elle rougit.

« L'autre jour, chez Abbott, lui dis-je. Il s'est brusquement énervé. Ça lui arrive souvent ?

– Il… non, pas quand il est dans son état normal. Seulement quand il a ces… absences. J'ai voulu l'empêcher d'aller quelque part et il s'est débattu. L'autre jour… Bon, c'était un accident, bien sûr. Mais il m'a envoyé son coude dans l'œil.

– Charlotte, je suis désolée. Les docteurs peuvent-ils faire quelque chose pour l'aider ?

– Il faut vous y habituer, disent-ils. Sinon, mettez-le dans une institution. » Elle relève le menton. « Tu me vois faire une chose pareille ?

– Non. Mais peut-être y seras-tu obligée un jour.

– Pas tant que je vivrai, répond-elle avec fougue. Promets-moi que, même si les choses finissent par s'arranger entre Michael et toi, tu ne me laisseras pas tomber. Je jure de ne plus te faire de mal à l'avenir. »

Je la serre dans mes bras en caressant son dos mince. « Je ne te laisserai jamais tomber, Char. Je t'aime. »

Et ses larmes me brûlent la joue.

23

Je quitte Charlotte pour aller au village. Il me reste moins d'une heure avant mon rendez-vous avec l'inspecteur Goff et je suis inquiète. J'ai encore une chose à faire avant d'aller à la banque. Regardant à l'intérieur, j'aperçois une queue interminable.

Devant le marchand de journaux, il y a un téléphone public. Rassemblant tout mon courage, je compose le numéro du cottage de Michael. Pourvu qu'il soit là... Le téléphone sonne, encore et encore. *Pourvu que je ne tombe pas sur Annette à la galerie.* Puis, au moment où je vais raccrocher, Michael répond.

« Oui, bonjour, dit-il, essoufflé.

– C'est Joanna.

– Jo ! Bon sang, je suis tellement content que tu appelles. J'étais justement sorti, je te cherchais. Ma chérie, je regrette de tout mon cœur ce qui s'est passé hier. Je voulais t'expliquer mais, juste après ton départ, j'ai eu un appel de Londres. Un tuyau avait éclaté et il y avait une inondation à la galerie. J'ai dû y foncer pour éviter que les toiles soient endommagées. Je viens juste de rentrer et j'ai foncé à Pennoryn pour te dire... »

Je m'appuie contre la cabine, faible et ne sachant plus où j'en suis. « Michael, arrête, je t'en prie. Ce n'est pas le moment, c'est sans importance.

– Non, laisse-moi parler – je t'en prie. Jo, Annette était jalouse, je savais que je lui plaisais, mais il n'y a jamais rien eu entre nous. Il faut que tu me croies. Quand elle t'a vue arriver par la vitrine, hier, elle s'est jetée sur moi et je me rends compte de ce que tu as dû t'imaginer, mais... »

Je ne peux pas m'empêcher de lui rappeler l'évidence. « Michael, tu étais en train de l'embrasser.

– Non, je ne l'embrassais pas. C'est elle qui m'embrassait. Ce n'est pas la même chose. Jo, il faut absolument qu'on se voie pour en parler. Je dois retourner à Londres maintenant, mais pourquoi pas ce soir ? C'est ton anniversaire, non ? J'aimerais t'inviter à dîner. »

Sous cette avalanche de mots, je ne sais plus où j'en suis, ni ce que je dois dire ou croire. D'où je suis, je vois l'intérieur de la banque, où la queue s'allonge. J'ai promis l'argent pour deux heures. Et la pendule, au-dessus de la porte indique déjà une heure quarante.

« Michael, je n'appelle pas pour ça et je n'ai pas de temps à perdre. Il s'est passé beaucoup de choses depuis hier soir. J'ai pensé qu'il valait mieux que je te mette au courant. »

Je lui raconte la visite de l'inspecteur et son projet de chantage. « J'ai d'abord pensé que je ne t'en parlerai pas, puisque j'avais la situation en main. Mais il risque de venir te voir aussi. Il faut donc que tu sois prêt et que tu ne t'énerves pas. » Je me le représente déjà hors de lui et mettant l'inspecteur hors-jeu – une fois pour toutes.

Curieusement, il n'a pas l'air bouleversé. « Jo... je n'arrive pas à croire que tu ferais ça pour moi. Et je t'aime d'autant plus. Mais il n'est pas question que tu files un sou à ce salopard.

– Michael, je ne vois pas d'autre solution pour le moment. Il vaut mieux pour tout le monde qu'on s'en débarrasse. Sinon, il va aller fouiller dans nos vies...

– Je comprends où tu veux en venir. Mais laisse-moi réfléchir une minute. Il doit y avoir un moyen... »

J'attends, anxieuse, l'œil rivé à la pendule. Au moment où je suis sur le point de raccrocher, il dit : « Ma chérie, est-ce que tu as les papiers sur toi ? Ceux concernant le compte joint ?

– Je crois que oui. Oui, je les ai fourrés dans mon sac quand tu me les as donnés l'autre soir, pour ne pas les perdre. Pourquoi ?

– Très bien. Premièrement, j'ai obtenu un prêt sans qu'on ait besoin d'en passer par là. Je sais que ça ne te plaisait pas et je ne voudrais surtout pas avoir l'impression de te forcer la main. Mais, Jo, est-ce que tu veux bien me faire confiance ? Signe ces papiers quand même et dépose-les à la banque. Ne fais aucun retrait. Et quand l'inspecteur vient, dis-lui que nous avons transformé nos comptes hier et que ça s'est fait plus vite que prévu. Dis-lui que tu ne peux plus rien faire sans ma signature. De cette manière, il sera obligé de venir me voir.

– Mais, Michael…

– Je t'en prie, Jo, je ne veux pas que tu sois mêlée à cette saloperie. Tu veux me faire confiance ? Dès que j'aurai réglé le problème avec l'inspecteur, on annule tout. Promis.

– Ce n'est pas que je ne te fasse pas confiance, Michael. Mais je ne sais pas s'il acceptera.

– Rends-toi compte, il sera bien obligé. S'il peut se procurer les renseignements bancaires, il verra bien que tu lui dis la vérité. Et il ne pourra rien faire. Sauf venir me voir.

– Tu as sans doute raison…

– Évidemment. Il faut que tu me croies. Allez, dépêche-toi, maintenant. Et tu me retrouves ce soir au *Cygne bleu* ? Je vais rentrer tard de Londres, mais je devrais être de retour à dix heures. Nous en reparlerons à ce moment-là. Et ensuite, nous ferons la fête. Pour ton anniversaire. »

J'entends le sourire dans sa voix… et le charme. Il essaie de nouveau de me séduire. « Oh, Michael, je ne sais plus.

– Je t'en prie, on va parler et tout mettre à plat. L'histoire de l'inspecteur et celle d'Annette, tout va s'arranger, tu verras. »

J'accepte. « D'accord, rendez-vous à dix heures. Mais je ne promets rien. »

De nouveau, ce sourire dans sa voix. « Tu es dure avec moi, mon ange. Fais-moi confiance, ce sera vite réglé, je te le promets. »

La pendule au-dessus de la caisse indique une heure cinquante-trois et ça prend toujours du temps pour faire des modifications sur un compte en banque. Si je ne suis pas devant la banque à deux heures pile, l'inspecteur va-t-il croire que j'ai changé d'avis et s'en aller ? Va-t-il faire part de ses soupçons à ses supérieurs et va-t-on arrêter Michael ? Il y a encore trois personnes avant moi.

Deux heures onze minutes. Seigneur ! Je suis en retard. Mais sûrement…

Je sors de la banque et me poste sur le trottoir, à côté de la porte. Pas d'inspecteur à l'horizon. J'observe la rue, dans un sens puis dans l'autre, rien en vue. En m'adossant au mur de briques, j'essaie de prendre l'air détaché, comme si j'attendais un ami.

À deux heures et demie, non seulement je suis fatiguée, mais très inquiète. Je ne comprends pas que cet homme cupide renonce à toucher son pot-de-vin à cause de quelques minutes de retard. Je vérifie de nouveau l'heure. Deux heures trente-six.

J'en ai assez d'être debout. Le soleil passe derrière le kiosque à journaux. Une odeur de poisson émane du restaurant d'à côté. On prépare le repas du soir. Mon estomac proteste. Je n'ai avalé qu'un morceau de fruit depuis ce matin. Des femmes passent, chargées de paquets, d'autres avec des petits enfants, tous sont pressés de rentrer chez eux.

À trois heures un quart, je suis en rage. Qu'est-ce que je fais là, à me laisser mener par le bout du nez par un maître chanteur ? Michael a raison. J'ai été folle d'accepter un pareil marché, folle de venir ici. Et maintenant, je vais vraiment être bonne à enfermer si je reste une minute de plus ici.

Quel que soit le jeu auquel il joue, qu'il continue sans moi.

Je retourne à ma voiture, en m'attendant plus ou moins à le voir surgir, m'appeler, se précipiter sur mes talons. Mais il n'y a ni cris ni pas précipités. Je monte en voiture et rentre chez moi.

Je suis déboussolée par la défaillance de l'inspecteur, éreintée et l'esprit embrouillé par la faim, je n'y comprends plus rien. Je n'ai qu'une envie : laisser Michael s'occuper de tout, s'il se manifeste de nouveau. J'ai besoin de repos.

Entre-temps, une question plus importante me travaille. J'ai essayé de la repousser depuis que j'ai discuté avec Charlotte, mais elle me revient sur le chemin du retour. *Rappelle-toi ce soir-là. Qui d'autre y avait-il à Pennoryn ?*

Impossible de m'en souvenir. Je n'ai que des idées disparates et, si j'essaie de les rassembler, elles resteront le fruit de mon imagination. Mon problème, c'est que, sur tant de choses, j'ai tendance à avoir tout faux.

Sur la route de Pennoryn, le paysage est irréel. Le brouillard se glisse par les crevasses entre les collines. Des vrilles se faufilent dans la vallée tels des serpents et s'accrochent au sol. Des prés verdoyants de part et d'autre disparaissent, seules les vaches restent visibles, comme debout sur des nuages. Je plisse les paupières pour mieux voir et rate de peu un fermier et son chien qui marchaient sur le bas-côté de la route. Je braque, vérifie dans le rétroviseur que je ne l'ai pas touché et il me menace du poing. Mais il est sauf. Il me rappelle quelqu'un, la position de la tête, peut-être, ou bien… non, la démarche. La démarche me fait penser à Ian.

Ian, mon cher frère qui a parlé de Michael et moi à l'inspecteur Goff. Ian, qui lui a dit que Michael était capable de tuer.

Mes ongles pianotent sur le volant. Pourquoi Ian a-t-il fait ça ? Par rancune ? Pour se venger du coup de couteau que je lui ai donné la veille ? Ou y a-t-il autre chose que j'ignore ?

J'aimerais en discuter avec lui les yeux dans les yeux. En fait, j'aimerais lui défoncer le crâne.

J'y pense toujours quand j'arrive à Pennoryn et me gare dans l'allée. Le soleil tardif jette de l'or sur les vitres et le jardin est si beau que j'ai envie de pleurer.

Le camion du vieux Robert est parti. J'ai insisté pour qu'il prenne un jour de congé ou, au moins, pour qu'il parte tôt. Il travaille trop. Je me gare devant la porte et quand je descends, quelque chose sur la véranda attire mon œil : des roses d'un rouge intense dans un vase en verre.

Je grimpe les marches en courant et trouve un bristol au milieu des épines. Un rouleau en parchemin barre le haut : *Joyeux anniversaire !* En dessous, un message en lettres d'imprimerie : *Jo chérie, j'ai hâte d'être à ce soir. Je t'aime… Michael.*

Je prends les roses, respire leur parfum capiteux et je n'ose y croire. Il a dû passer la commande par téléphone juste après notre conversation. Et pendant ce temps-là, j'étais à la banque à changer mon compte, pour le protéger.

C'est difficile de changer, quand on a appris à se méfier.

Je me demande s'il est vraiment parti pour Londres. Je pourrais le prévenir que je n'ai pas vu l'inspecteur. Et le remercier pour les fleurs.

De nouveau, son téléphone sonne, encore et encore et, cette fois, Annette décroche en haletant. Je suis surprise qu'elle soit chez lui et suis sur le point de raccrocher. Je m'oblige à garder une voix vive, impersonnelle. « Joanna Carr à l'appareil. Est-ce que Michael est déjà parti ?

– Michael ? répond-elle du bout des lèvres. Oui, il est parti. Attendez une minute, je vous prie. J'ai des peintures plein les bras. Je vais m'en débarrasser. »

Je l'entends reposer le combiné et puis des bruits assourdis en fond. Un instant plus tard, elle est de retour.

« Dois-je prendre un message ? demande-t-elle, hargneuse.

– Oui, si vous voulez bien. Pourriez-vous lui dire que j'ai des informations urgentes à lui communiquer et qu'il me rappelle dès qu'il peut. Sinon, je le verrai de toute façon ce soir. »

Un court silence. « Vous le voyez ? À Londres, j'imagine ? »

Je grince des dents. « Non, à Mevagissey.

– Mais Michael ne rentre pas ce soir, m'annonce-t-elle, triomphale, parce qu'elle sait quelque chose de plus que moi. Il ne vous l'a pas dit ? Il passe la nuit là-bas. Il y a eu des complications, vous savez.

– Oui, il me l'a dit. Des histoires de plomberie. Il m'a prévenue qu'il reviendrait tard.

– Non, ce n'est pas la plomberie. Il a eu de mauvaises nouvelles concernant le financement de la galerie. » Puis elle prend l'air évasif. « Mais bien entendu, s'il vous a dit... Il est censé vous retrouver ici ce soir, alors ? À la galerie ?

– Oui, à dix heures. Nous en avons parlé il n'y a pas longtemps.

– Bon, eh bien, j'imagine qu'il a oublié de me le signaler. »

J'ai presque pitié d'elle. Je sais ce que c'est, d'aimer Michael et de le perdre. Le fait que nous nous retrouvions ce soir – et qu'il ne lui en ait pas parlé – ne doit pas être agréable pour elle.

« Je doute d'avoir de ses nouvelles ce soir, mais au cas où je lui parlerais, je transmettrai votre message », dit-elle. Le ton ne me laisse que peu d'espoir.

« Madame Carr ?

– Oui ?

– Il y a quelque chose qu'il faut que je vous dise. »

Mes jointures se resserrent sur le combiné. « Très bien.

– Vous savez, ça n'a pas été facile pour Michael depuis votre retour de l'hôpital. Il a déjà assez de problèmes avec la galerie, mais le fait qu'il doive en plus se faire du souci pour vous…

– Pardon ? Michael n'a pas à se faire du souci pour moi.

– Eh bien, il s'en fait. Il a négligé son travail, vous savez, pendant que vous étiez malade. Et c'est comme ça que ses ennuis ont commencé. Alors, maintenant, avec cette histoire de financement qui tombe à l'eau… Je trouverais dramatique que son affaire périclite…

– À ce point ? Je ne savais pas que c'était aussi grave.

– Eh si ! Vraiment, il se porterait mieux si vous le laissiez tranquille.

– Vous savez, lui dis-je, furieuse, vous dépassez la mesure. D'abord, vous le mettez sur la paille et après, c'est à moi que vous en faites le reproche.

– Je ne l'ai pas mis sur la paille !

– Tiens donc ? C'est Michael qui m'a dit que les travaux, à la galerie, étaient votre idée. Il paraît que la scène touchante du baiser dont vous m'avez gratifiée est également une idée à vous. C'est vous qui devez sortir de sa vie. Moi, au moins, j'essaie de l'aider.

– Sale pouffiasse ! s'écrie-t-elle. J'ai fait plus pour lui que vous n'en avez jamais fait. Je l'ai gardé en vie pendant que vous étiez à l'hôpital à vous morfondre pour votre mari. Et pour ce qui est d'aider Michael, moi au moins, je n'ai jamais essayé d'acheter son amour. À ce propos… ça vous fait quoi de savoir que vous valez plus pour lui morte que vivante ? »

En attendant que vienne la nuit, je pense aux dernières paroles d'Annette. J'aurais préféré ne pas les entendre. C'est difficile de se sortir ce genre de chose de la tête. Même si je ne crois pas une minute que Michael préférerait me voir morte, il est vrai que s'il m'arrivait quelque chose avant l'annulation de nos nouvelles dipositions bancaires, il hériterait de ma fortune.

Mais comment Annette l'a-t-elle su ?

Bon, elle a dû voir les papiers avant que Michael me les apporte. Ou bien – et c'est sûrement ça – il en a discuté avec elle. Elle tient ses comptes, après tout. Elle doit être au courant de ses démarches pour avoir un prêt.

N'ayant plus rien à faire, je m'installe devant la télévision, trop énervée pour lire, et fatiguée de toutes les pensées qui me tournent dans la tête.

Je tombe sur les informations et j'augmente le son pour entendre la météo : « Une autre tempête demain matin… avis de vent sur la côte… »

Mes paupières s'abaissent. Mes yeux se ferment. J'entends encore la voix qui continue d'égrener le temps de demain. Puis ce sont les nouvelles. Mes paupières se soulèvent paresseusement. Les mots « Meurtre à Mevagissey » s'affichent sur l'écran. Interloquée, je me réveille et remonte le son. Les crimes ne sont guère fréquents dans notre bourgade. De quoi s'agit-il ?

« … la voiture a quitté la route, apparemment conduite par quelqu'un qui a pris la fuite, poursuit le présentateur. La police ne dispose d'aucun indice pour le moment. L'inspecteur Horace Goff devait prendre sa retraite… »

Dans le coin gauche supérieur, une petite photographie apparaît, pas très récente, qui le montre beaucoup plus fringant. Mais indiscutablement, c'est bien le même homme.

« Quand ? dis-je tout haut. Seigneur, quand cela s'est-il produit ? » Apparemment, j'ai raté ce détail et le présentateur passe à un vol à main armée survenu à Liverpool.

J'éteins l'appareil et reste assise, la tête vide. L'inspecteur est mort.

Qui l'a tué ? *A quitté la route… un inconnu a pris la fuite*. Qui a fait cela ?

Pas besoin d'être Sherlock Holmes pour répondre à cette question. À part moi, trois personnes au moins avaient tout à gagner de la disparition du sinistre individu. Trois personnes que j'aime.

24

Je m'habille mécaniquement, pour finir en jean et en bottes avec un grand pull blanc. J'enfile par-dessus un blouson de cuir noir que je n'ai pas mis depuis des lustres et grimpe en voiture, toujours perplexe et anxieuse. Un léger brouillard descend. Rien à voir avec celui que j'ai dans le crâne.

Lequel d'entre vous l'a descendu ? La question tourne sans fin dans ma tête pendant que je roule. *Lequel ?*

« J'en fais mon affaire, m'a dit Michael. Ce sera bientôt réglé. »

Non… Je vous en supplie, mon Dieu, pas Michael. On ne peut pas s'en tirer avec le meurtre d'un policier.

Serait-ce Henry ? « Je ne sais pas de quoi il est capable, m'a dit Charlotte. Il a un caractère épouvantable. »

À moins que ce ne soit Charlotte ? « S'il n'était pas là, tous nos ennuis seraient terminés. »

Je secoue la tête pour me débarrasser de ces images. *Il faut que je joigne Michael pour en avoir le cœur net.*

Et après ? demande une petite voix.

Je ne sais pas. Le brouillard ne veut pas se dissiper.

J'arrive à Mevagissey peu avant dix heures. Les magasins sont fermés pour la nuit et les rues sont presque vides. À un pâté de maison du *Cygne bleu*, de la musique s'échappe d'un pub.

La maison de Michael est plongée dans l'ombre et seule une

petite lumière brille dans la galerie, au fond. Elle est envahie par la pénombre et, quand je regarde par la vitrine, je ne le vois pas. Sa voiture n'est pas dans la rue. Les deux battants de la porte sont fermés et, sur le coup, je suis prête à le guetter sur le trottoir. Mais, quand je pousse la porte, elle cède.

J'appelle : « Michael ? » et j'entre.

Aucune réponse. Peut-être est-il chez lui ou même au jardin, occupé à charger ou à décharger la Range Rover des tableaux qu'il a rapportés de Londres. Plusieurs toiles sont posées par terre contre les murs et d'autres sont sur des chevalets, un peu partout dans la pièce. Elle est assez encombrée maintenant, on a du mal à voir le mur du fond. La petite lampe sur le bureau d'Annette dissipe à peine l'obscurité. Je vois seulement des touches sombres ou claires sur les toiles et, dans certains cas, je ne distingue que les cadres.

Je pousse l'interrupteur, qui se trouve près de l'entrée. Rien.

« Michael ? Tu es là ? »

L'air est froid. Si Michael était dans les parages, je le saurais. Il y aurait un semblant de chaleur.

J'avance vers le fond, passe près des chevalets et là, j'entends le bruit d'une respiration. Un grattement, comme une chaussure sur le sol. Je fais volte-face, le cœur battant. « Michael ? »

Je reçois en pleine figure la lumière d'une torche. « Joyeux anniversaire, lance une voix narquoise. Bienvenue à la fête ! »

Une main m'empoigne le bras, une autre se plaque sur ma bouche pour m'empêcher de crier. La torche tombe par terre et il fait noir. Même la lampe sur le bureau est éteinte. Je me débats, donne des coups de pied, agrippe la main qui m'étouffe. Un bras me prend par la taille. Ça empeste le poisson et la bière – une odeur tellement familière. Je suis terrifiée.

Ian.

« J'vais t'apprendre à jouer du couteau, petite salope. »

Aussitôt, je cherche la cicatrice sur son bras et l'égratigne en enfonçant les ongles. Ian marmonne un juron, mais resserre son étreinte et me broie les côtes. Il m'emporte, collée à lui, vers l'arrière. J'essaie de lui mordre la main, mais il me tient trop serrée. Je ne peux plus respirer, mes poumons explosent.

Mais j'ai les bras libres. Quand nous passons près du petit bureau, j'attrape le vase délicat qui contient l'orchidée et le flanque en arrière sur le crâne de Ian. Le verre éclate en morceaux tout autour de nous. En poussant un cri, Ian relâche sa prise. J'en profite pour lui échapper et je cours. À mi-chemin de la boutique, il me rattrape. Mais cette fois, je suis prête. J'ai toujours le col du vase brisé dans la main, je fais demi-tour et le lui plante dans le cou. Il hurle et me frappe. Mais il me lâche et je suis déjà à la porte avant d'avoir mal. Brusquement, ma vue se brouille et je tombe, je tombe dans le noir.

Quand j'ouvre les yeux, nous sommes dans l'allée derrière *Le Cygne bleu*. Je suis par terre, en dehors du halo lumineux de la lampe qui éclaire la porte de service. J'ai les pieds et les mains liés, et Ian ouvre l'arrière d'une fourgonnette grise. Un nom est écrit sur les portes. Ma vision est trop floue pour que je le déchiffre, mais je distingue la moitié sur la portière de droite : « hew ». *Mayhew*, sans doute. Il a volé la fourgonnette du chantier naval.

Comme j'ai du papier collant sur les lèvres, je crie à pleine gorge, en espérant alerter quelqu'un. Mais l'endroit est désert à cette heure-ci. *Si seulement Michael arrivait.*

Je tourne la tête pour voir, et la douleur se répercute d'un côté à l'autre. Pourtant, c'est allumé chez Michael. Un rayon filtre à travers la haie entre le jardin et la galerie.

Je rassemble toutes mes forces pour lever les pieds et donner un coup dans les jambes de Ian, en espérant le faire tomber ou s'exclamer. Mais il est bâti comme un roc. Il pousse un cri étouffé, se tourne vers moi et me traîne par le bras pour me jeter sur le sol métallique du véhicule.

Avec une panique grandissante, je me souviens que Michael laisse toujours allumée la lampe de la porte de la cuisine quand il part. Il est à Londres, ce soir, comme l'a dit Annette. Il a changé ses plans et a oublié de me le dire.

Ian claque la porte de la fourgonnette et je me retrouve dans le noir. Il court s'asseoir à la place du chauffeur, met le contact et démarre à toute allure. Mon visage s'écrase contre le sol à chaque ornière ; un fatras d'objets me tombe dessus. Je suis coincée, incapable de bouger.

Je sombre totalement dans la peur.

La fourgonnette s'arrête enfin. D'abord, je n'entends que le bruit du moteur et je me demande ce que Ian fabrique à l'avant. La boîte à gants s'ouvre et se referme. Un cliquetis me parvient. Il sort, fait le tour et grimpe à l'arrière. Il repousse le bric-à-brac qui m'est tombé dessus. Il respire bruyamment et a des gestes nerveux. Il marmonne entre ses dents, des mots que je ne comprends pas, mais je me doute que ce sont des jurons qu'il mêle à mon nom.

Il me traîne dehors. Mon menton se cogne et s'accroche ; je me suis coupée. Quand il tire plus fort, la douleur me traverse la mâchoire. Il arrive enfin à me faire sortir et je heurte le sol. Il me retourne. Du sang me coule dans le cou et j'ai, dans la bouche, le goût du sang et de la terre. Il me charge sur ses épaules comme un sac. C'est alors que je vois où nous sommes : sur les falaises.

Je ne suis pas revenue ici depuis le jour de mes treize ans. Pourtant, je reconnais l'arbre au tronc noué. C'est là que mes frères m'avaient attachée et je ne l'oublierai jamais.

Paralysée par la peur, je n'ai plus la force de me débattre. Ian me laisse tomber sur le sol caillouteux et humide. Dans l'épais brouillard, on n'entend que la plainte des cornes de brume montant du port. Aucune lumière, à part la torche que Ian porte, le genre d'engin avec une lanière qu'on peut accrocher pour garder les mains libres. J'entends un bruit de ferraille et m'aperçois que Ian porte des chaînes autour du bras.

Il rit, l'air mauvais. « Ça fait un bail, pas vrai ? Bientôt vingt ans, hein ? Quelle veine que ton petit ami soit pas là ce soir ! »

Je ne comprends pas et ça doit se voir dans mon regard.

« Oh, il t'a envoyé un petit mot doux pour te prévenir, avec les roses. *Jo, je m'excuse, je ne pourrai pas être là à dix heures. Je te téléphone. Bisou, Michael.* » Il a un sale sourire. « Enfin, plus ou moins. Une chance que j'étais là en même temps que le camion de livraison. La petite mignonne qui a livré les fleurs ? Jolie comme un cœur. Elle m'a filé un nouveau carton pour que je change cette connerie. Elle a trouvé ça super romantique, tu sais ! »

Je ferme les yeux. Mon dernier espoir s'est envolé.

« Ben, voyons voir si tu vaux le mal qu'on se donne, ma petite garce. »

Il accroche la torche à une branche et me met debout. Me pressant contre l'arbre, il me retient avec son corps. La terreur me rend des forces, je me tortille pour m'échapper, mais c'est pire. Tandis qu'il fait passer la chaîne derrière le tronc, je le sens se durcir contre moi. J'essaie de me reculer, mais mes poignets, attachés dans mon dos, s'égratignent contre l'écorce. J'ai les genoux qui brûlent tandis qu'il entortille une chaîne plus fine autour de mes jambes. Maintenant, je pleure sans retenue.

Il m'arrache le papier collant de la bouche. « Y'a personne pour t'entendre. Tu peux gueuler tant que tu veux. Après, tu peux me dire ce qui te ferait plaisir, poupée. Tu peux me dire comment tu faisais avec ton connard de mari, ces nuits où j'étais dehors, à vous zyeuter par la fenêtre. »

Dans ma panique, un espoir renaît. *Mon frère m'a-t-il donné sans le vouloir le moyen de m'en tirer ?*

Je gagne du temps. Je ferme les yeux pendant qu'il soulève mon pull en coton de ses sales pattes et je m'empêche de crier quand ses doigts, puis sa bouche, se referment sur mes seins. Il fait des bruits de succion et ses cheveux empestent. J'ai mal au cœur, mais je me retiens, en avalant ma salive encore et encore. Il arrache les boutons de mon jean, le fait glisser sur mes hanches et se recule pour décrocher la lampe, qu'il braque sur moi, de haut en bas.

« Allons, voyons ça. Joli spectacle ! T'as pas mal grandi, fillette ! »

Je tremble tellement que je peux à peine parler. J'humecte mes lèvres pour obliger les mots à sortir. Des mots du passé, qui m'ont épargné un surcroît de souffrance. « Détache-moi, Ian… Je peux te donner du plaisir. »

Il rit. Puis il dit, ébranlé tout de même : « Tu crois que je vais me laisser avoir ? Tu me prends vraiment pour un con.

– Ian, sois raisonnable. Qu'est-ce que je peux faire ? Tu es plus fort que moi, je ne pourrai jamais m'en tirer. » Je baisse la voix, essaie de la rendre suggestive. « Ian… si tu nous as regardés faire, tu sais... Tu sais ce que je faisais avec David. »

Mes paroles font leur chemin : des images de ces nuits où il nous espionnait par la fenêtre. Ce que je faisais avec David, des choses qu'il m'obligeait à faire.

Il refuse encore, mais avec moins de conviction. Ses yeux sont noyés dans l'obscurité, mais je le sens faiblir. C'est Ian, et je le connais.

« Ça peut se passer comme ça, Ian, dis-je d'une voix douce, ou je peux me débattre. Si je me débats, il y aura des marques. Et j'irai à la police dès que tu me relâcheras. » Et là, l'idée me vient : *l'inspecteur*. Même mort, il peut encore servir.

« Tu sais, Ian, il y a un inspecteur qui n'arrête pas de poser des questions. Je lui raconterai tout. Je lui dirai que tu as tué David. Il va s'en prendre à toi et il te mettra en taule. »

Là, il laisse échapper un bruit méprisant : « Laisse tomber ton putain d'inspecteur. Il a eu son compte. »

Puis en voyant mon air stupéfait, il rit. « T'as cru que tu pouvais me bluffer, hein ? Ben il est aussi mort qu'un poisson qui a fait l'étalage. Il a voulu me coller le meurtre de ton bonhomme sur le dos, à moi ! Soi-disant qu'il avait un témoin qui m'avait vu sortir de ta putain de baraque cette nuit-là. Il voulait du pognon pour son silence. »

Bon sang ! L'inspecteur Goff avait donc fait sa tournée ! « C'est *toi* qui l'a tué ?

– Ben, j'ai juste aidé sa petite auto à quitter la route, c'est tout. Quand il est reparti de chez toi, l'autre soir. Je voulais juste lui foutre la trouille, mais le connard s'est planté dans un arbre.

En parlant, il continue de balader sur moi le faisceau de la lampe et c'est comme une main glacée qui me touche. Le brouillard nous enveloppe, je frissonne. J'ai les seins durcis par le froid. Le souffle de Ian s'accélère. Il s'approche.

« Non, Ian, ne fais pas ça. Je t'en prie. » Ma voix tremble et, comme toujours, ma peur l'excite. Sa voix devient plus douce, moins âpre.

« J'avais l'habitude de vous regarder faire, vous deux… il te touchait partout. te faisait des trucs. Je me demandais ce que ça faisait… »

D'autres mots me reviennent du passé, des mots qui m'ont sauvée face à David. Ils m'ont évité les chaînes, au moins.

« Ian, tu l'as dit toi-même. Je ne suis plus une petite fille. » Je me frotte contre lui, bien que mes liens soient serrés.

Il reprend son souffle et se raidit. Sa main plonge entre mes jambes, j'arque le dos et je gémis. « Oh, c'est bon… comme c'est bon… Oh, Ian, c'est tellement bon. Enlève-moi mes vêtements ! »

Il plane complètement, comme lorsque j'étais enfant, et comme David. Je regardais fixement le plafond en faisant semblant et ils ne demandaient pas mieux que de se plier à mes désirs s'ils s'imaginaient que ce serait meilleur. Je m'épargnais ainsi une minute – ou cinq – de souffrance.

En grognant, Ian passe ses bras autour de moi, derrière le tronc et défait les chaînes. Soulagée, je me laisse tomber. Ian est aussitôt à côté de moi pour couper les cordes qui retiennent mes chevilles. Il jure, tire, secoue et, enfin, je suis libre. Puis il s'attaque aux poignets. Je reste allongée, abandonnée et passive, sans opposer aucune résistance. À un moment donné, il croise mon regard et, en souriant, j'écarte les jambes, l'air engageant. Il tranche les nœuds avec une ardeur renouvelée.

Je prie tout bas : *Donnez-moi un instant, un instant seulement. Quand il est dans cet état, il oublie son couteau.*

Mais brusquement, il se fige, les yeux braqués sur la route. En tournant la tête, j'aperçois des phares qui s'approchent.

« Putain de merde ! lance Ian en se redressant. Qui… ? »

La voiture fonce à vive allure, droit sur nous. Quand elle est à une cinquantaine de mètres, elle quitte la route et traverse le chemin plein d'ornières. Les pneus crissent à une vingtaine de mètres quand elle s'arrête et j'en distingue enfin les contours : une Range Rover noire.

Ian bondit sur ses pieds. Il recule et part en courant, Michael sort de la voiture et s'élance derrière lui. Je me débarrasse rapidement des cordes, j'attrape la chaîne et me relève pour aller à leur poursuite. Ian file sur le rebord de la falaise vers le sud en faisant rouler des pierres. En quelques secondes, Michael est sur lui, le bloque au sol avec un pied et lui flanque un coup de poing sur la nuque.

Je le repousse de toutes mes forces en hurlant : « Recule ! Va-t'en ! »

Interloqué, Michael obéit. Je m'approche de Ian et le frappe avec la chaîne. Il essaie de se relever mais je continue de frapper, encore et encore. Ian s'écroule en hurlant. Il a du sang sur le crâne, mais je continue de lever le bras. Michael m'attrape le poignet en criant : « Ça suffit, Jo ! Bon sang, Jo, ça suffit ! »

Hors d'haleine, je me recule, les mains tremblantes comme si j'avais la danse de Saint-Guy. La sueur me coule sur le visage. Je regarde mon frère, ce monstre, et je me dis : *Non, ça ne suffit pas, ce ne sera jamais assez !* Mais j'ai à peine la force de tenir debout maintenant. Je pleure, je sanglote et Michael me prend dans ses bras : « Je suis là, murmure-t-il, tout va bien. »

Sauf que, à cet instant, Ian se met à genoux, se penche péniblement en avant et gémit, comme s'il était trop faible pour se redresser. Plus culpabilisé que moi, Michael va pour l'aider et, rapide comme l'éclair, Ian sort son couteau de son blouson et frappe Michael au ventre. Il le rate de peu et s'y reprend à deux fois. Comme je tiens toujours la chaîne, je la brandis de toutes mes forces en criant : « Non ! » et le métal le cingle en plein visage. Il tombe à la renverse avec un hurlement, en se tenant la figure à deux mains pendant que le sang jaillit.

Je le frappe. Il tourne les talons et s'enfuit. Je cours derrière lui, mais le brouillard l'engloutit et je perds rapidement mes repères. J'ai l'impression qu'il a dû prendre à droite, alors que je le sens tout près. Je tourne à mon tour. Michael, derrière moi, crie : « Jo, non ! » Mais c'est trop tard. Mon pied s'enfonce dans une crevasse et je tombe dans le vide. La mer vient cogner contre les rochers, à des dizaines de mètres en contrebas. Elle rugit à mes oreilles et la dernière chose que je vois, c'est le visage de Michael au-dessus de moi dans le brouillard, sa main tendue. Puis il disparaît, et moi aussi.

25

J'ai vaguement l'impression d'être allongée, le dos contre une roche dure et froide. Sur l'écran de mes paupières closes, l'horrible film tourne encore.

« Tu étais tellement prise par ta petite copine que tu as laissé le feu s'éteindre », dit David.

Charlotte s'est enfuie et David m'a arraché le téléphone des mains alors que je voulais appeler la police. Il remet une bûche en faisant comme s'il ne s'était rien passé. Il est agenouillé, son beau visage embrasé par les flammes. Puis il se redresse et se tourne vers moi en retirant sa ceinture. Il s'approche, la ceinture à la main, et quand il est près de moi, me fait tomber à la renverse. Puis il me donne un coup de pied – pas fort, pour ne pas laisser de traces – mais suffisamment pour que je sache que je dois me mettre sur le ventre, et j'obéis docilement. Il enroule la ceinture autour de mes poignets.

Je porte toujours le peignoir rouge avec, en dessous, le teddy qu'il a déchiré quand Charlotte était là. Une main descend sur ma croupe, qu'il caresse sous le satin largement échancré. Je me recroqueville. « Lève-toi, mon amour. » Il me tient par le coude. Mes jambes me trahissent et il tire plus fort. Il me reconduit dans la chambre, me met dans le lit. En écartant les vestiges du teddy en lambeaux, il scrute mon corps, me touchant ici et là.

« Au moins, elle n'a pas laissé de marques », approuve-t-il et

je réponds, suppliante : « Je te jure, David, que tu te trompes ! Ce n'est pas ça. Je t'en supplie, ne me fais pas mal ! » Indifférent à mes paroles, il plonge la main dans la table de nuit pour en retirer de longs rubans de soie écarlate. Il me remet sur le ventre, retire la ceinture et se sert de la soie pour m'attacher les mains aux colonnes puis les jambes. Je reste tranquille. Inutile de me débattre, ce serait pire. David a acquis du savoir-faire à Londres. Non seulement il a pris des forces en vivant à la campagne, mais il sait exactement comment attacher une femme.

Je devrais y être habituée, mais j'ai toujours la même peur au ventre. C'est terrible, quand on ne le voit pas venir. La douleur est là mais on ne sait pas ce qui la provoque ni jusqu'où ça peut aller. Il y a des bruits, du métal et peut-être du verre, des bruits qu'on entend dans ses pires cauchemars – et puis le contact brûlant, épouvantable. On crie et l'esprit cherche à tâtons une issue, mais on ne peut que penser : qu'est-ce qui va suivre ? L'imagination devient folle et bientôt on hurle contre l'oreiller, submergé par la terreur et la douleur.

David disait toujours que c'était meilleur en hurlant. Un jour, j'ai eu l'audace de lui rétorquer : « Si tu le crois, laisse-moi te le faire. Ce sera à toi d'avoir mal, brute ! » Il m'a giflée si fort que j'ai eu une marque cette fois-là. J'ai dû rester enfermée à la maison pendant une semaine pour que personne ne me voie.

Alors je suis couchée là et je le laisse faire ce qu'il veut en suppliant Dieu de me laisser mourir. Dieu a l'air de me répondre, car je m'évade sur un plateau au-dessus des nuages et je sens l'aile d'un ange m'envelopper et me protéger. Il a un visage doré, lumineux. Il fredonne une tendre mélodie en me berçant jusqu'à ce que, dans un doux sanglot d'enfant, je m'endorme.

Un bruit. Il est loin, et les ailes de l'ange disparaissent quand je me réveille. Je les entends bruire, comme les ailes d'une colombe. Je crie : « Reviens, ne me quitte pas ! » Mais elles ont disparu et une tristesse terrible me transperce le cœur.

David s'assoit à côté de moi sur le lit. J'ai les mains et les pieds libres. Le déshabillé rouge est par terre et il caresse mon corps nu doucement, tendrement, en faisant des petits bruits de gorge. « Ma petite Joanna chérie, murmure-t-il. C'était si bon... Dis-moi que tu as aimé, toi aussi. »

J'ai du sang sur les lèvres. « J'ai aimé, dis-je d'une voix sans timbre.

– Tu sais, quand tu te laisses aller, tu es formidable. Tu es tellement passionnée, mon amour. Je n'ai qu'un seul désir : c'est toi. »

Je fixe le plafond. J'ai mal partout et la gorge me brûle. David me prend dans ses bras pour me transporter au salon. Il me dépose sur la banquette devant le feu. Ma punition, je le sais, ne fait que commencer.

Je suis toujours couchée et j'attends qu'il bouge. La tête sur le côté, je vois le lièvre sculpté sur le sol, près de ma main pendante, où David l'a posé plus tôt. Je pense à Michael, à sa gentillesse, son bon cœur. S'il voyait ce que je suis devenue... après tout ce qu'il a fait pour me sauver...

La colère grossit en moi. Elle repousse la tristesse et remplit chaque centimètre de mon être, chaque cellule, chaque nerf. Bientôt, elle est partout... Une rage qui me transperce, qui entaille mon esprit mort, ma chair humiliée. Le chœur des anges se met à rugir à mes oreilles, leurs ailes outragées battent sur mon cœur.

David se penche de nouveau sur le feu. Il tient quelque chose à la main. Quand il se retourne vers moi, je vois une fine cigarette brune entre ses doigts. Il l'a allumée avec une branche, alors qu'il ne fume pas. Il se lève, s'agenouille près de la banquette et approche de moi le bout incandescent. Les ailes battent de plus en plus fort dans ma tête, elles battent furieusement, et les cris vrombissent à mes oreilles : Défends-toi ! Défends-toi !

Mes doigts se referment sur le lièvre et, avec un hurlement, je le soulève, les yeux fixés sur le crâne de David.

Ahuri, il tombe à la renverse. Mais je l'ai raté, je l'ai seulement touché à l'épaule. Ses yeux reviennent vers moi et sa stupéfaction, la haine absolue que je lis dans ses yeux, me disent que je vais mourir. Terrifiée, je me lève et cours à la porte. Mais David est sur mes talons et il prend ma main qui tient encore la sculpture. Je me débats, mais David me l'arrache et il la soulève, la bouche tordue par la rage. Je crie, les mains levées dans un geste de protection illusoire. La lourde sculpture en pierre s'abat sur ma tête. Ma vision s'obscurcit et la nausée me monte à la gorge tandis que je perds pied.

Je suis par terre, les membres engourdis, paralysés. J'entends un bruit et, au début, je crois que c'est une cohorte d'anges venus pour m'emporter.

Mais ce ne sont pas les anges, c'est un couteau qui fend l'air. Par mes paupières mi-closes, je vois la lame étincelante et la main de quelqu'un qui se trouve caché par David. L'arme le frappe dans le dos, encore et encore. Le sang jaillit. Le visage de David exprime la consternation, il brasse l'air. Quand il tombe, mes yeux, jusque-là fixés sur lui, se lèvent. Et je vois le visage de l'assassin.

J'ai mal à la jambe gauche, la tête me cogne. J'essaie de me redresser, mais je retombe, étourdie. Le brouillard s'est transformé en bruine et le vent souffle furieusement. Je me souviens que je suis tombée en poursuivant Ian. Je dois être sur la falaise, mais je ne vois pas plus loin que ma main.

Une voix me parvient ; elle semble venir d'en haut. « Jo ?

– Michael ? C'est toi ? »

Silence. Je répète : « Michael ?

– Oui, mon amour, c'est moi. Ça va ?

– Je ne sais pas. » J'essaie de me relever, mais le dos me fait mal. Ma botte racle la roche.

« Attends, je descends. »

Un tremblement me parcourt. « Michael, je ne vois rien. Où je suis ?

– Tu es tombée sur une saillie – pas très loin. Je t'ai vue tomber puis le brouillard a tout envahi. Jo, je suis au-dessus de toi. Il y a une fissure, juste assez pour avoir prise, mais elle va sans doute jusqu'à la saillie. Je descends. J'ai pris des cordes dans la voiture. » Des pierres dégringolent de la falaise et je l'entends grogner.

Je tends le bras gauche pour me repérer, et je ne rencontre que le vide. J'entends les vagues maintenant qui s'écrasent en dessous et je sens les embruns. Je tends le bras droit et je touche quelque chose de glissant. Du guano, sans doute. Je m'essuie la main sur mon jean, puis j'effleure le roc. « Michael... » J'ai la voix qui chevrote. « Le promontoire n'est pas très large. À peine trois mètres.

– Je sais, j'ai vu. Tu peux tenir debout ? Y a-t-il quelque chose à quoi je puisse m'accrocher en arrivant ? »

Je tâte de nouveau la paroi. Elle paraît à pic, pas une aspérité. Puis je trouve une crevasse qui parcourt le rocher à l'horizontale à la hauteur de la taille. Je me penche pour en vérifier la largeur, quand un élancement me traverse la jambe avec une telle violence que je crie. Je retombe en arrière, le souffle court.

Michael s'inquiète : « Jo, que se passe-t-il ?

– Ma jambe. Je crois que je ne peux pas bouger. »

Un silence. « Elle est cassée ?

– Je ne sais pas. Oh, Michael, j'ai peur. »

Il ne répond pas. J'entends ses bottes contre le rocher et le frottement de la corde. Le vent forcit et la pluie mouille mes cheveux et mes vêtements, me cingle le visage. Les minutes s'écoulent et, malgré la présence de Michael, je suis seule dans un monde hostile. J'ai la peur chevillée au ventre, et pas seulement parce que je suis isolée sur ce promontoire. Il y a autre chose, qui continue de hanter la falaise dans la nuit et qui va bientôt bouleverser ma vie à jamais. Comme si le diable rôdait dans les parages.

« Michael ? » Malgré moi, ma voix se fait suppliante.

Michael n'est pas un grimpeur. Il est robuste, mais je ne me souviens pas qu'il ait jamais fait de l'escalade. Régulièrement, des amateurs de varappe perdent la vie sur ces falaises. Quand la marée monte, des vagues plus fortes frappent et emportent tout ce qui est à leur portée.

Je tends l'oreille, mais le bruit s'est arrêté. J'appelle : « Michael ?

– Oui, Jo », dit-il, tout proche.

Je frissonne. Une intonation dans sa voix, que j'entends pour la première fois, un mélange de détermination et de désespoir. Brusquement, la terreur m'envahit. Sans savoir pourquoi, j'ai peur même de lui. Je me sens piégée sur cette saillie, incapable de bouger. Je ne veux pas qu'il reste.

« Michael, écoute, laisse-moi. Remonte. Va à Mevagissey pour demander de l'aide. » J'ai une grosse boule d'angoisse dans la gorge.

Il rit doucement. « Ça m'étonnerait, ma chérie. J'aime finir ce que j'ai commencé. »

Ses bottes frappent la paroi et le coup fait vibrer l'éperon rocheux où je suis réfugiée.

Il fait sombre, mais j'arrive à le distinguer malgré la pluie battante. Il a une torche suspendue à la ceinture, qui projette un large cercle lumineux vers le ciel. Son visage se trouve au niveau de mes pieds, collé à la face nue de la falaise. Dans la clarté incertaine, j'aperçois une corde à sa ceinture et une autre à son épaule. Elles sont accrochées en haut et pendent à un mètre environ de la falaise. Le granit là-haut est en surplomb.

La voix de Michael me parvient dans le vent et les vagues. « Mets-toi ça autour de la taille. » Il me lance le bout d'une corde. Elle tombe entre mes jambes, un filin mince mais solide, le genre dont on se sert pour attacher des caisses. Il y a des nœuds espacés d'un mètre.

– Les nœuds sont pour poser les pieds, crie-t-il. Les deux cordes sont attachées à la Range. »

Le regard fixé sur la corde, je frémis. Mes mains se recroquevillent. Un danger – un horrible danger – me guette. Une pensée m'obsède : je dois rester libre.

« Prends la corde, Jo ! »

Je ne vois pas son visage, noyé dans l'ombre. Mais j'entends sa colère : « Mi… Michael, je me suis fait mal à la jambe. Elle ne peut pas me porter. Je ne tiens pas debout.

– Attache cette putain de corde autour de toi, et après on verra ! » Il me braque la lampe en plein dans les yeux. « Putain, Jo, fais-le ! »

Je me serre contre le rocher en tremblant.

« Jo… » Il baisse le ton, presque menaçant. « Si tu n'obéis pas, je vais venir moi-même te déloger de cette foutue falaise. »

La terreur a pris possession de moi. Dans ma tête, la voix

d'Annette chuchote : « Vous ne savez pas que vous valez plus pour lui morte que vivante ? »

Et je me dis : *Il veut que ç'ait l'air normal. Il fait semblant de me sauver. Et quand je me serai suspendue à la corde, il n'aura plus qu'à couper...*

C'est pour ça qu'il n'est pas parti chercher de l'aide. Il n'en veut surtout pas.

La voix de Michael me parvient, cajoleuse, dans ma panique : « Excuse-moi, je ne voulais pas te faire peur. Je ne te ferai pas de mal. Mais il faut que je te sorte de là. Je t'en supplie, prends cette corde.

– Je... je ne peux pas.

– Si, ma chérie. Écoute-moi. Le rebord où nous sommes fait une vingtaine de mètres sur la gauche mais quelques mètres seulement à droite. Il y a un autre escarpement environ trois mètres au-dessus de nous. Il conduit à cette crique où nous nous sommes cachés à cause de tes frères, autrefois. Ma chérie, tu t'en rappelles, n'est-ce pas ? Tu te rappelles comme tu avais peur et que je suis venu te sauver ? Je vais te sauver à nouveau, Jo. Je vais grimper le premier, puis je t'aiderai à monter. Nous irons pas à pas jusqu'à la crique, ensuite on pourra remonter jusqu'en haut. Jo, tu me fais confiance ? Je ne te laisserai jamais tomber. »

J'ai les dents qui claquent. Tout mon corps tremble. Mais je veux le croire. Ses paroles sont sensées, et *jamais* Michael ne me ferait de mal, n'est-ce pas ? Ne l'ai-je pas assez répété à Charlotte ! Même dans une situation financière désespérée, il ne pourrait pas me faire de mal.

Alors, pourquoi ai-je une telle peur, comme si quelque chose d'horrible se préparait ?

De vieux schémas de pensée. Bien sûr. Annette a semé la graine de la peur et moi, qui ai appris à me méfier de tout et de tous, je m'en nourris. J'ai été sotte.

En grinçant des dents, je me sers de mes abdominaux pour me hisser contre le rocher en faisant porter le maximum de poids sur la jambe droite. Je parviens à enrouler la corde autour de ma taille, mais mon genou me fait horriblement souffrir. Je crie et mon pied glisse sur la pierre mouillée. Je m'accroche à la crevasse pour ne pas passer par-dessus bord.

Michael m'attrape par la cheville et me retient. La douleur jaillit, puis se calme. « Ça va ? demande-t-il.

– Oui.

– Bon. Tu peux faire un nœud ? »

J'en fais plusieurs. J'ai du mal, la corde est trempée. Je ne peux m'empêcher de pousser un gémissement.

« Tout va bien, Jo. Tu t'en sors très bien. Maintenant, fais plusieurs tours autour de ta poitrine, sous les épaules. Ça va t'équilibrer. » Il laisse filer la corde vers moi pour me faciliter la tâche.

J'y arrive, malgré ma maladresse. Je suis enfin attachée – ligotée de la taille à la poitrine. Il n'y a pas de retour en arrière possible.

« Parfait », dit Michael. Il se redresse et le vent se déchaîne de nouveau, emportant ses mots. « Maintenant, prends la fissure comme point d'appui et je vais tirer sur la corde pour t'aider à te mettre debout. Fais seulement attention à ne pas mettre le pied gauche par terre. »

Il entortille la corde autour de sa main et tire de toutes ses forces. Elle se raidit autour de ma taille, me serre le torse. Mon corps commence son ascension quand une bourrasque m'emporte et je me balance en plein ciel. Ma main, agrippée contre le rocher, a lâché prise.

De nouveau, la voix d'Annette se fait entendre : « ... vous valez plus morte que vive. »

En attrapant la corde, je donne un coup de reins pour me projeter en avant. L'instant d'après, je retombe vers Michael. Je me cogne contre lui. Nous nous balançons dans le vide, puis nous restons un instant contre la falaise. Mais le vent reprend, le pied de Michael glisse, une pierre roule et il perd l'équilibre, m'entraînant avec lui. Nous sommes suspendus l'un et l'autre dans le vide, comme un pendule, et nous oscillons dans le vent. Michael me tient contre lui. Il me crie quelque chose à l'oreille, peut-être de tourner pour que nous puissions amortir le choc contre la paroi en mettant nos jambes devant nous. Nous sommes placés de telle façon que je vais percuter le roc. Je le vois s'approcher de moi à toute vitesse, mais, à la dernière minute, Michael donne une ultime torsion. Son épaule et sa tête heurtent violemment la muraille, son corps se relâche et, noir dans la nuit noire, le sang coule sur le visage. Je cherche à tâtons une aspérité, une fissure, n'importe quoi. Il n'y a rien. Pire, nous sommes descendus en dessous du promontoire et nous nous balançons dans le vide, sans aucune prise.

C'est alors qu'un rire mauvais me parvient d'en haut. « J'aurais pas pu rêver mieux, faut dire ! » Et je reconnais la voix de Ian.

Maintenant, je sais pourquoi j'ai senti le diable errer sur les falaises cette nuit-là.

26

J'attrape la torche de Michael, qui pend à sa ceinture. À tâtons, j'appuie sur le bouton pour l'allumer. Elle clignote et s'éteint. Je tripote le bouton plusieurs fois avant que la lumière jaillisse. En dirigeant le faisceau, j'aperçois Ian sur le promontoire dont Michael m'a parlé, celui qui conduit à la crique. Il dirige sa torche vers nous. Un son étrange me parvient. Le rire d'un forcené.

Le vent hurle et Michael n'est plus qu'un poids mort qui tire sur moi. Les cordes trop fines autour de mon torse me scient les chairs. « Michael ! Michael ! Réveille-toi ! » Je n'arrive pas à le redresser. En levant les bras, je sens à portée de main le rebord de pierre d'où nous sommes tombés. « Michael… oh, je t'en supplie, il faut qu'on s'en sorte ! Je n'arriverai pas à nous tirer de là toute seule. »

Et je crie à Ian : « Bonté divine, aide-nous ! »

Il rit. « Et comment que je ferais ça, fillette ?

– Nous sommes attachés à la Range Rover. Vas-y et tire-nous. »

Il rit encore plus fort. « Et pourquoi que je ferais ça ? » Il éclaire la saillie et aperçoit ma main. « T'as qu'à te débrouiller toute seule, après tout. T'as qu'à te r'monter. Faut d'abord que tu te débarrasses de ton petit copain, bien sûr. Tu veux mon couteau pour ça ? » Il me le tend. Le genre de couteau denté dont on se sert pour vider les poissons sur les docks.

« Espèce de salaud ! Va au diable !

– Ouais, c'est bien ce que je pensais. Bon alors... »

Il dirige sa lampe sur les cordes, qui passent juste sous son nez, à quelques centimètres l'une de l'autre. Dans l'autre main, il tient le couteau, qu'il pose sur les cordes. Mon sang se fige.

« Tu ne peux pas faire ça ! Pas ça ! » Mais au fond de moi, je n'ai aucun doute : mon frère va nous tuer.

« Ian, écoute, écoute ! Je sais que tu me détestes maintenant. Mais sors-nous d'ici et je te jure de faire tout ce que tu voudras.

– Ouais, c'est ça, tu seras gentille avec moi, comme tout à l'heure, hein ? » Un rire qui vous glace le sang.

« Non... on. C'était un réflexe, tu m'as fait peur, c'est tout. Ian, aide-nous à remonter et je ferai n'importe quoi. Je reviendrai même vivre à la maison. Je serai là quand tu voudras, tu feras ce que tu voudras. Mais sors-nous de là, bon sang.

– Tu sais, j'ai pensé à un truc, fillette. Tu vaux pas la peine qu'on se donne pour toi. » Là-dessus, il s'attaque à l'une des cordes avec son couteau.

Je secoue Michael de toutes mes forces. Si seulement nous pouvions revenir sur notre refuge...

Des sirènes retentissent au loin. Brusquement, Ian tourne la tête et je distingue une silhouette dans l'ombre, derrière lui, que je ne reconnais pas. Il y a de l'étonnement dans sa voix.

« Ah non... non, tu peux pas faire ça... » crie-t-il, comme s'il venait de comprendre qu'il se trouvait face à sa propre mort.

Un autre mouvement, une ombre contre une autre, et Ian semble être aspiré en arrière. Il y a une bagarre, des pierres nous tombent dessus. J'entends des jurons, une voix que je ne reconnais pas à cause du vent et du hurlement des sirènes. Puis un cri et, juste après, Ian qui bascule par-dessus bord, tel un oiseau, les bras écartés au-dessus de la mer. J'entrevois quand il passe à notre hauteur un visage blanc de peur, la bouche tordue d'un rictus comme pour vomir. Puis plus rien que le bruit des vagues.

Je m'accroche à la corde, à Michael et je lève les yeux, mais il n'y a plus personne sur la saillie. Au sommet de la falaise, j'aperçois le rougeoiement des gyrophares. Des cris me parviennent enfin. « Holà ! Il y a quelqu'un ! Vous nous entendez !

– Oui ! Nous sommes ici, près du promontoire. » Ma voix paraît si faible.

« Combien êtes-vous ?

– Deux… » J'hésite. « Non, trois. » Quelque chose bouge sur le promontoire d'où Ian est tombé. Une mine défaite apparaît. Une silhouette étroite, vêtue de sombre, est réfugiée là.

« J'voulais pas le pousser, me crie-t-il. J'voulais juste lui prendre le couteau pour qu'y te fasse pas de mal.

– Je sais, dis-je pour le rassurer.

– Je vous ai suivis tous les deux et je suis retourné pour prévenir la police. »

Je les entends sur leur radio et le bruit métallique du matériel des sauveteurs, les filins qu'ils passent par-dessus la falaise. Les cordes me scient le torse à cause du poids de Michael, tout mon corps me fait mal à hurler. Mais tout va aller bien maintenant. Je peux survivre quelques instants de plus.

Mon frère Joseph se frotte les yeux. « Je regrette pour ce que je t'ai fait, Josie. J'ai voulu réparer. Je l'ai tué pour qu'il puisse plus te faire ces choses.

– Oui, dis-je. Je me souviens. »

À présent, nous ne parlons plus de Ian, mais de David.

Mon frère s'agenouille sur la pierre, comme un ange salvateur. « Tout ira bien maintenant. Tu risques plus rien. On risque plus rien. »

Épilogue

Plusieurs mois se sont écoulés depuis cette nuit d'épouvante, et Joseph purge trois ans de prison pour le meurtre de David. Il s'est dénoncé cette fois-là sur la falaise et il était prêt à s'accuser également de la mort de Ian, mais je l'en ai empêché. En tant que témoin, j'ai déclaré que Ian avait glissé, c'était un accident. Il y avait eu suffisamment de souffrance. Pourquoi aggraver les choses ?

Pour l'assassinat de David, j'ai donné à la police une version expurgée de ce qui s'était passé. « Mon frère m'a sauvé la vie. Et aussi la sienne. C'était de l'autodéfense. »

Ça m'a fait drôle de le voir le lendemain matin en prison, derrière une vitre. Toutes ces années, j'avais prié pour qu'il y ait une barrière protectrice entre nous, et voilà. Il avait les yeux injectés de sang à cause des larmes et du manque de sommeil, ses cheveux roux étaient sales et ébouriffés. Il avait l'air d'un gamin quand il m'a avoué que ce que Denny, Ian et lui m'avaient fait, ça lui était resté comme une pierre sur le cœur. « Comme la main de Dieu, un poids énorme, je le jure. »

Puis il m'a dit une chose étrange : « J'arrêtais pas de repenser comme tu les détestais, ces chaussures rouges. »

J'ai d'abord cru qu'il était tombé sur la tête, mais il m'a expliqué qu'il se souvenait de ce jour où, quand j'avais six ans, il m'avait emmenée voir *Le Magicien d'Oz*.

« Quand on est ressorti, j'tai demandé si t'aimais les chaussures. Et t'as dit que si t'avais été Dorothy, tu serais restée là-bas. T'aurais jamais claqué les talons pour rentrer à la maison. »

Joseph m'a aussi raconté que le soir de la mort de David, il était venu à Pennoryn pour me prévenir que Ian m'espionnait. Mais quand il a vu par la fenêtre ce que David me faisait, la culpabilité qui l'étouffait depuis des années l'a submergé. Il a frappé David sans vraiment s'en rendre compte.

Ensuite il a jeté le lièvre au pied de la falaise. En se rappelant la vieille légende, il craignait que l'âme de David vienne habiter le lièvre et continue de hanter Pennoryn.

C'est Joseph qui m'avait lu l'histoire du lièvre blanc lorsque j'étais enfant. J'avais rapporté le livre de l'école à la maison.

Quand il m'arrive de penser à ma famille, je me demande comment j'ai pu m'en tirer. D'après le docteur Shahi, j'ai peut-être « reconstruit » tout le temps sans le savoir. Prenons Pennoryn, par exemple. En bâtissant la maison, n'était-ce pas un passé plus paisible que nous nous donnions, David et moi ? Peut-être espérions-nous nous faire croire que nous venions, l'un et l'autre, d'un monde qui ressemblait à Pennoryn ? J'avais le jardin, et David…

Je ne saurai jamais ce qui est arrivé à David. Peut-être me voulait-il du bien lorsque nous nous sommes connus. Peut-être aspirait-il véritablement au mode de vie que représentait Pennoryn – mais qu'il en était incapable.

Un jour, j'ai demandé à mon bon docteur : « Comment ai-je pu croire que David et moi étions des âmes sœurs ? Étais-je fleur bleue et aveugle à ce point ? » Il m'a répondu : « Les âmes sœurs ne sont pas toujours de braves gens. Souvent, leur seule raison d'être dans cette vie est de nous obliger à grandir. »

Quant à sa théorie de la reconstruction du passé, maintenant que j'en ai quelque expérience, je pense qu'elle a du bon. Reconstruire le jour de mon treizième anniversaire m'a sûrement aidée. Le docteur Shahi m'a fait imaginer sous hypnose que ma famille – sans parler de mes amis – se trouvait elle aussi sur les falaises et m'entourait d'affection. J'ai même imaginé que Ian n'avait jamais porté la main sur moi, pas une seule fois. En fait, c'était le plus gentil frère qu'on pût rêver.

Bien sûr, il faut beaucoup d'imagination. Mais j'ai fait de mon mieux et, curieusement, je n'ai plus peur quand je songe à ce jour-là ni à cet endroit sur les falaises. Je ne tremble plus en pensant à Ian. Et la meilleure preuve, ce n'est pas ce que je ressens pour Ian, mais plutôt ce que sont devenues mes relations avec Michael.

Ça me plaît d'habiter le cottage et de vivre en ville. Je me suis fait au moins trois amis parmi les commerçants voisins, et j'ai trouvé un emploi à mi-temps. Michael aurait aimé que je m'occupe du *Cygne bleu*, mais je préférais avoir mon indépendance. Je suis donc de nouveau chez Morley, la galerie où je travaillais avant mon mariage. On me demande d'organiser des expositions et Michael me traite gentiment de rivale, mais à vrai dire, ça lui est égal. J'ai aussi mon propre compte en banque – qui n'a jamais été mis à contribution pour la galerie de Londres. Michael a tenu à s'en tirer seul sur le plan financier.

Quant à Annette, je tiens à dire qu'elle est partie. Michael lui a trouvé un poste à Paris à ma demande, alors que, pour sa part, il était prêt à la renvoyer purement et simplement. Après tout, c'était Annette qui, folle de jalousie, avait appelé Michael à Londres. « Où veux-tu en venir ? Tu me dis une chose à moi, et une autre à elle ! » Après l'avoir calmée, il s'était rendu compte que le message qui m'attendait sur le perron avec les roses n'était pas le même que celui qu'il avait écrit – et que j'allais tomber dans un piège. Annette a droit au moins à notre gratitude pour ce coup de téléphone salvateur. Dieu sait ce qui se serait passé, sinon, ce soir-là, sur les falaises…

J'ai vendu Pennoryn. Pourtant, j'y repense souvent. Je me souviens des deux collines qui forment le vallon, ce V aux pentes douces. Ce doux vallon était devenu pour moi un abîme sans fond, un gouffre si vaste que j'ai du mal à croire que j'en suis revenue. Robert y est toujours pour s'occuper du jardin des nouveaux propriétaires. Un couple adorable, originaire de Londres, qui a eu l'air vaguement soupçonneux quand je lui ai dit de ne pas le prendre mal si leur jardinier réclamait une pinte de rhum et un œil de chauve-souris. Ils apprendront, avec le temps, que la richesse de la vie est faite de nos différences. C'est ce que je ressens également pour Charlotte. Bien que je ne partage pas les sentiments qu'elle éprouve pour moi, je les accepte et elle est mon amie. Ce qui est aussi, bien sûr, une forme d'amour.

Quant à Henry, son état s'aggrave de jour en jour. Je vais souvent le voir. Et Charlotte s'est juré de rester avec lui jusqu'au bout.

J'aimerais croire que Michael et moi resterons heureux ensemble jusqu'à la fin… pour toujours, comme il est écrit sur mon alliance. Mais j'ai encore du pain sur la planche. J'ai ces moments terrifiants où le passé me revient et tout est à recommencer. Toutefois, ils se font de plus en plus rares.

J'ai appris l'an dernier des choses importantes, et que je conserverai toute ma vie. L'une d'elles, c'est que Mme Rimes avait raison. Seul un homme amoureux envoie des cartes postales à une femme qui a perdu la raison.

Et si deux personnes sont faites l'une pour l'autre, même si cela doit prendre toute une vie, elles se rencontreront un jour.

Remerciements

Avec toute mon affection et ma reconnaissance à Roland Deighton, dont les récits autant que son excellent livre, *For My Girls : A Cornish Boyhood... and Beyond*, m'ont amplement aidée à planter le décor de ce livre situé en Cornouailles. Je rends hommage également à Daphné du Maurier, dont *Vanishing Cornwall* m'a apporté une mine de superstitions et de détails locaux, dont je me suis inspirée.

Je dois beaucoup aussi à Ginny Crossley, qui a consenti à lire le premier manuscrit et m'a appris des détails, l'orthographe et des idiomes anglais. À Bill Damon aussi, qui, de même que Ginny, s'est montré d'un bon voisinage en m'offrant de bien agréables soirées, comprenant un bon repas, du bon vin, de la bonne musique et le tout, en bonne compagnie.

J'aimerais également remercier mon agent, Nancy Yost, et mon éditrice, Jennifer Enderlin, qui m'ont soutenue avec ardeur et encouragée à chaque étape de ce livre.

Un écrivain doit souvent relever des défis, et quelques bons anges se sont trouvés sur mon chemin pour m'aider à les affronter ; ils m'ont entourée de leur affection, de leur soutien et de leurs soins. Je leur dis un grand merci plein d'amour et de lumière. Aux nouveaux amis et voisins : Cathie Inglis, Peter Murphy, Jeff Girkout, et surtout Christine Switalski, au cœur généreux et aux mains secourables. Aux anciens amis, éprouvés et fidèles : Maylon Hamilton, Mona Horwitz, Anne Wilson, Sherryl Woods, Bernadette Reichardt Taylor, Margie Ford, Tammy Ford, Lu Wilcox, Cathy Landrum, Randy Landrum, Pat Myers, Read Myers, Toni Fuller, Robert G. Lenerd (le gardien de la flamme, qui a rendu les choses possibles), Maureen et Frank Havens, LaUna Huffines, Michael « Riz » Rizza, Ramona Boothroyd, Tom et Terri Doria, et à Sid Nyhus, le fan qui écrit les plus belles lettres du monde.

Comme toujours, à Peggy, Tiffany, Josh, Darrell, Constance, Becky et Scott.

Aux guérisseurs : Barbara Stone, Pindéy Shahi, Steve Roseboro, Steve Lockard et Barbara Caserta.

Pour un auteur, c'est une bénédiction de connaître des libraires indépendants. Je ne puis nommer tous ceux qui m'ont soutenue à l'occasion de mes huit précédents romans, mais quelques-uns s'imposent : Helen Strodl de Cheshire Cat Books, à Sausalito, Californie ; Hut Landon, de Landon Books, à Mill Valley, Californie ; Terry Baker, de Mystery Annex of Small World Books, à Venice, Californie ; Bruce Taylor de Mystery Books, à San Francisco ; et Beth Caswell, de Sherlock's Home, Long Beach, Californie.

Je suis sûre d'avoir oublié beaucoup de ceux qui m'ont soutenue sur le chemin. Je leur présente à tous mes excuses et la promesse qu'ils auront toujours une place dans mon cœur.

Enfin, j'aimerais remercier M.B. ; sans son amour, son enthousiasme et son goût du jeu, je n'aurais peut-être jamais écrit une ligne.

Achevé d'imprimer en mai 1998
sur presse Cameron
par ***Bussière Camedan Imprimeries***
à Saint-Amand-Montrond (Cher)

Éditions du Rocher
28, rue Comte-Félix-Gastaldi
Monaco

Dépôt légal : mai 1998. N° d'Impression : 982825/4
N° d'Édition : CNE section commerce et industrie Monaco 19023

Imprimé en France